刀尖

[2] 阴面　麦家 著

人民文学出版社

第一章 ◎

01

　　我本名姓冯,是上海滩上的航运大亨(以前叫漕帮主)冯八金的女儿。父亲原来的名字土得掉渣,叫八斤,当了老板后才改为八金。父亲是铁匠出身,体格强壮,又从小习过武,练了一身本事。作为上海滩上的一代漕帮主,我家曾经家大业大,而这一切都是靠父亲当初拼命打出来的。父亲有三个儿子,他们的名字都是龙啊虎啊马啊的,而给我取的却是一个轻飘飘的名字:点点。父亲给我取这个名字大概是希望我永远生活在无忧无虑中,不要去闯江湖,不要有承担,不要吃苦受难。如果不来日本鬼子,父亲的愿望我想一定是能实现的。

　　但是,鬼子来了……

是一九三七年八月十三日晚上，我们全家人聚在餐厅吃夜饭，突然听见远处传来隆隆爆破声，像天幕被炸开，整个城市上空都在抖。厨娘刚端菜上来，受爆炸声惊吓，手里盘子打了斜，菜汤溢出来，洒在桌上，连连向大家道歉。但接连而来的爆炸声掩盖了她的道歉声，我们都没听见，没跟她搭腔。厨娘觉得很无趣，无话找话地说："这是什么声音啊？是不是打雷啊？"我们都知道，这不是雷声，这是炮弹的轰炸声。我们都不吭声，只有父亲，接着厨娘的话说："打雷倒好了，就怕上海的天要变了。"母亲因此责怪他说："让你走你不走，天真要塌了，我看你怎么办，这么大一家子人。"父亲说："哼，妇人之见，仗还没打你怎么知道我们一定就要输。"母亲说："邻居都走了。"父亲响了声说："你别拿人家来说事，我还没有老糊涂，不会埋汰你们的。"

母亲没敢再说话。

在家里，父亲是绝对权威的，只有小弟才敢顶撞他。我有两个哥哥和一个弟弟，大哥叫一龙，二哥叫二虎，小弟叫小驹——我们都叫他小马驹。小马驹三岁时上街玩，被一个混蛋裹进大衣绑走，要父亲拿两根金条去换人。那时父亲还没有后来的发达，两根金条比他的命还值钱，他没有去要人，结果人家发了狠，把小马驹的两只脚板剁了，丢在大街上。后来父亲发达了，金条多得要砌进墙壁里，可小马驹永远只能像一条虫一样在地上爬。父亲觉得亏欠了他，所以对他宠爱有加。小马驹用两只残废的脚换来了在父亲面前的任性，家里只有他可以不视父亲的脸色行事。其次该是我了，因为我是独养女。外人都说我是父亲的掌上明珠，父亲待我比谁都好。可我知道，父亲给我的特权只是可以在两位哥哥面前耍耍小姐脾气，要在他面前撒野，得趁他高兴。

就是说，我还是要看父亲的脸色行事的。

比如这天晚上，我其实很想站在母亲一边告诉父亲，这场战争我们必定要输的。这不是说我不爱这个国家，我要诅咒她输，而是我比父亲更了解这个国家和她的敌人——日本佬。父亲那时在上海滩上是无所不能的，包括那些在上海滩上混的日本佬——有些还是蛮有头面的，都对他恭敬有余，称兄喊弟，常来找他办事，对他言听计从。他在南京政府里有朋友，有的位高权重，消息灵通。也许是受了这些人的影响吧，父亲一直对这场战争的输赢抱有幻想。正因此，很多有钱有势的人相继离开上海，出去躲了，父亲却选择留下来。他多次对我们说："天塌不下来，天塌下来也砸不到我八金头上。"

那是父亲最风光的时候，白道黑道，地上水上，都有他的势力，洋人国人都把他当个大佬，他有理由自负，更有理由留下来。他拼搏了一辈子，在上海滩上九死一生，才积攒下如此规模的家业，他不想因为我们战败而毁掉这来之不易的一切。

但是战争很快击碎了父亲的幻想,鬼子从海上飞来的飞机每天盘旋在我们头顶,丢下成堆的炸弹,让国军寸步难行,并且每天都有上万人炸死,小小的日租界,靠着一万多日军的坚守,守得岿然不动,坚如磐石。与此同时,鬼子从海上来的援军日日增多,气焰日益嚣张,飞机越发地多,大炮越发地响。到了九月份,鬼子援军开始一次次撕开国军防线,大兵随时都可能压上岸,对国军实行四面夹击。

尽管南京从四川、广西、湖南等地调来大批部队进行顽强抵抗,把撕开的防线一次次用人墙、用惨痛的代价补上、补上、补上……但是这倒霉的一天,终于还是来了!我记得很清楚,报纸上到处写着:一九三七年十一月五日凌晨,趁我们守部调防之际,日本陆军第十军司令柳川平助中将指挥所辖十一万人,在海军第四舰队的运送下,分乘一百五十五艘运输船,编成三支登陆队,在漕泾、金山嘴、金山卫、金丝娘桥、全公亭东西长约十五里的沿海登陆。天亮后,上海的天空里四处飘飞着鬼子成功登陆的传单,我的窗台上也落了一张。我拿着传单下楼去找父亲,最后在大门口的廊房里找到了他,看见他瞪着布满血丝的眼睛,在朝街上张望。

02

已是初冬,梧桐开始落叶,菊花蔫了,街上一派秋深气败的凋敝景象。偶尔，有人肩扛手拎着包包裹裹，慌乱走过，一派逃难的样子。我把传单交给父亲看，他不看，当即揉了，紧紧捏在手心里。显然，他已经看过这东西。父亲是个明白人，他知道这意味着什么：国军顶不住了！很长时间，父亲不理我，一脸肃杀地看着落叶在地上翻飞。父亲虽然已经六十多岁，身板看上去还是硬朗得很，但硬朗里却透着孤独，是一种又冷又硬的味道，尤其是目光，很少正眼视人，看什么总是迅疾地一瞟一睃，冷气十足，傲气逼人。他看我穿得单薄，对我说：

"天冷，回去，别受凉了。"

我回去加了衣服，从楼上下来，看见父亲也回来了，一个人在天井里伫立。我想上去跟他搭话，只见管家气喘吁吁地从外面跑回来向父亲报告说："完了，老爷，城里的日本佬开始反击，昨天夜里已经渡过苏州河，国军开始撤退了。"父亲不做任何表示。管家摇着头唉声叹气地说："啊哟，也不知道是真是假，要真是过了苏州河，那可是说打过来就要打过来的。"父亲冷冷地斜他一眼说："是吗？"管家说："那当然，鬼子脚上都是长着四个轱辘的，从那边过来，没遮没挡，能不快嘛。就算从金山卫过来，也要不了两天的。啊哟，真不晓得老蒋养的这些烂丘八是吃什么饭的，一百多万人，怎么连一小撮小鬼子都挡不住。"父亲面如凝霜，盯一眼管家："你少说一句不会吃亏的。"说罢转身就走。没走两步，又回过身给管家丢下一句话:"大少爷和阿牛回来,叫他们马上来见我。"父亲的声音有些沙哑,沙哑里有新添的沧桑感,却还是含着一股不容置疑的蛮横。

大哥和阿牛哥相继从外面回来,带回来同样的消息:国军全线撤退,上海沦陷在即。吃早饭前,父亲在厢房里召集大哥、二哥、阿牛哥开会。二哥迟到了,我去叫他时他还在睡觉。二哥新婚才几个月,婚房里披红挂彩的喜庆气氛还很浓郁,窗户上的大红喜字仍然红彤彤。父亲平时喜欢和大哥与阿牛哥商量事,对二哥是有点恨铁不成钢的意思。但这次,父亲非要等二哥下楼来才开会。我预感父亲是要同他们说大事情。

二哥像只猴子一样,跳跳蹦蹦地从楼上下来,看见阿牛在天井里等他,冲上去照着他胸前背后嗨嗨地抡几拳。阿牛哥不跟他闹,说:"快去,你爹在等你。"二哥伸出头,冲着阿牛,摇头晃脑说:"桂芝还在等我呢。是在床上,你没这种福气吧。"桂芝是我二嫂。阿牛哥白他一眼:"不就是个女人,有什么稀罕的。"二哥说:"当然稀罕,人生两大乐事,金榜题名,红袖添香,你懂吗?"

"老二,进来!"突然传来父亲冷峻的声音。

二哥立时收住声息,理好衣衫,进去了。

二哥就是**杨丰懋**,想不到吧。杨丰懋是何等角色,大佬架势,绅士气派,谈吐优雅大方,而眼下的二哥,只是一个整天打打闹闹、胸无大志的愣头青,经常给家里惹是生非。二哥进屋后父亲让我出去,但我没有走远,就在门口。我要偷听他们说什么!我当时是个心里有秘密的人,我很关心父亲要同他们说什么。我听见父亲说:"看来上海沦陷是迟早的事了,日本人的德行你们是知道的,我们必须做好应付事变的准备。俗话说,三十六计走为上策,但走了这一大堆家产怎么办?不到万不得已我是不会走的。可该走的还是要走,我想好了,今天就把妇人和孩子都送乡下去。"顿了顿,又说,"阿牛,这事你负责,马上去通知他们,准备走。"

阿牛应一声出门。

接着,父亲对二哥说:"老二,你去找一下杜公子,请他给我们搞一张杜老爷子的宝札名片,让阿牛带上,免得路上遇到麻烦。"二哥说:"桂芝也走吗?"父亲严厉地说:"她是男人可以不走。"二哥低声说:"她怀孕了。"父亲说:"那更要走。我再说一遍,妇人和孩子都要走。"我想象得出父亲这会儿的目光一定是死盯着二哥。二哥说:"好,知道了。"父亲说:"知道就好,就怕你不知道。"接着父亲问大哥:"你的事办得怎么样?"大哥说:"都办好了,几笔大款子都转到美国花旗银行了。"父亲问:"找谁办的?"大哥说:"罗叔叔。"

罗叔叔是一家报纸的总编,父亲的老朋友。父亲说:"找老罗办这事你是找对人了。"短暂的沉默后,二哥像临时想起什么似的,突然说:"爸,我听说罗叔叔可能是共产党。"父亲问:"听谁说的?"二哥说:"杜少爷。"父亲说:"杜少爷说的就要打折扣,他们两人尿不到一个壶里。"父亲又说："共产党也好，国民党也好，你们都不要去掺和。"大哥说："嗯，知道。"二哥笑道："是啊，乱世不从政，顺世不涉黑，这是爸的处世哲学嘛。"父亲说："你别光在嘴上说，要记在心上。你们看，还有没有其他事？"大哥问："小妹走不走呢？"父亲说："怎么不走？当然走。"大哥说："她要上学的。"父亲说："沦陷了学校能不能保住还不知道呢。"

我心想，我才不走呢。

厨房那边飘来一缕缕我熟悉的桂圆煮烂后特有的香气，那是父亲每天早上要喝的桂圆生姜汤散发出来的。我看见徐娘正往这边走来，她是我家的厨娘，是父亲从老家带来的一个远房亲戚，已经跟了我们十几年。我知道徐娘是来叫我们去吃早饭，我示意她别过来，让我去喊。我推开门进去，通知他们去吃早饭，同时想趁机跟父亲说说我不想走的事。父亲却不给我机会，不准我进门，说："别进来了，我们马上来，你先去吧。"

但他们并没有"马上来"，我和妈妈、大嫂、二嫂、弟弟小马驹，以及大哥的儿子小龙、女儿小凤，围坐在餐桌前，安静地等着父亲来吃早餐。小马驹有残疾，只能坐在轮椅上，因此公馆内的诸多地方都专门设有轮椅通道。徐娘的怀里抱着年仅一岁的小凤，正在用汤勺喂她稀饭。小家伙不停地将胖嘟嘟的小脸蛋扭到一边去，一双眼睛滴溜溜乱转，看看这个，看看那个。等了好久，父亲总算

驾到,却没有带大哥和二哥,只他一个人。父亲落座后谁也不看,只说一句:

"吃吧。"

妈妈问:"他们呢?"父亲依旧没抬头,呷一口汤,一边说:"不管,他们有事。"我们这才端起碗筷闷声不响地吃饭。不一会儿父亲抬头看看大家,直通通地说:"日本佬可能很快就要进城,我已经做了安排,吃完饭后你们就回屋去,尽快收拾东西,准备走。"妈妈问:"去哪里?"父亲说:"回老家。女人和孩子都走,徐娘,你和小兰一道去。"小兰是家里的用人。满桌子的人都愣住了,面面相觑,但谁也不敢开口问什么。父亲又说:"阿牛送你们去,兵荒马乱的,他可以照顾你们。"我看见二嫂张了张嘴,欲言又止。

我犹豫一会儿,终于说:"爸,我不走。"

"为什么?"

"我要上学的嘛。"

"你没看见街上的人都跑了,谁给你们上课。"

妈妈也说:"上学就不要去想了,这仗打得人心惶惶的,谁还去上学。"

我对妈妈赌气说:"那也不能说走就走,总要给人家一点时间准备准备嘛。"

爸爸说:"晚上走,给你一天的准备时间,够了。"

我撒娇说:"不够。爸,过两天走吧,我学校里还有好多事呢。"

爸爸撩起眼皮瞪我一眼说:"你不要名堂多,现在什么事都没有走重要。"我不敢过多顶撞,只好僵硬在那儿,不知如何是好。妈妈伸手碰碰我,让我快吃。我不理她。妈妈说:"还愣着干什么,快吃,还要做好多事的。"我瞪妈妈一眼,干脆起身往外走。"你去干什么。"妈妈在我身后喊。我没好气地说:"我去收拾东西,行了吧。"

03

吃完饭,小马驹在天井里"姐、姐"地大声叫我下楼。

我刚走下楼梯,他神秘地凑到我跟前,对我嬉笑道:"姐,你的白马王子听说你要走很伤心是不是?"我说:"你说什么,别信口雌黄。"他说:"要想人不知,除非己不为,你蒙得了爸妈,蒙不了我。"一脸坏水地冲着我笑。我心烦着,气呼呼对他说:"你知道什么嘛。"

他说:"凡是你不想让爸爸妈妈知道的事,我都知道。"

我说:"我知道你就想来套我话。"

他说:"那你什么都别说,看我知不知道你的秘密。"

我说:"知道就说,少啰唆。我还不知道你的鬼把戏,凡是算命的人都是骗子,什么神机妙算,就是骗人的把戏。"

他说:"听着,你的白马王子是某部电影里的一个人,你敢说不是吗?"

我一下慌了,十分吃惊地望着他,急不择言:"你……怎么知道?"

他一边嘿嘿地笑,一边说:"天上有风,地上有水,鸟儿会唱歌,鱼儿会说话,你说我是怎么知道的?"说着眼神里和面孔上即刻蒙上了一层缥缈的雾气,整个人都变得虚幻起来。

我敲一下他的脑门说:"又说疯话了!老实交代,你还知道什么?"

他双手合十放到鼻尖上,闭目沉思片刻,睁开眼说:"我还知道你两个小时后会从后门溜出去。"

他怎么知道的?我没跟任何人说过呢。这下我真是吃惊得很。他把脸凑到我跟前,得意地说:"放心去吧,我会替你保密的。"说着将轮椅歪侧着在地上旋出一个漂亮弧圈,洒下一廊笑声,消失在廊道里。

小马驹,我亲爱的小弟,从小为世人所伤害,又被家人溺爱。他既天真又孤独,既聪明又傲慢,既自卑又自负。他的生活就是在这个家里,轮椅上,但通过他的聪明好学,又走到别人不可及的远处。外人都说他算命算得准极,刚才我也算是领教了一回。

听母亲说,她怀小马驹时经常做梦看见白云仙鹤,算命先生说她怀的是个武将,将来一定能够顶天立地干大事。想不到,成了废人一个,双脚一辈子都立不了地。可除了不会走,小弟什么都比人强,断文、识字、算命、下棋,等等,都是一把好手。尤其是算命,经常有人慕名而来。报社的罗总编,罗叔叔,是最喜欢他的,说他是个通灵人,并认他为干儿子。我是不信他的,但有时候又觉得他真有点神。比如他说我的"白马王子",这是真的。我确实爱着一个人。我不知道小弟怎么知道的,可他就是这样,很多事情他不该知道却都知道,难道他真会通灵?

我爱的人就是高宽!

04

两年前,父亲花了两百块大洋找关系,把我送进上海艺术专科学校时,一定没想到我会违反他的"死规定",谈自由恋爱。上艺专前,我曾读过一年会计学校,那是父亲希望我学的。可我学了一年,整天打算盘,跟数字打交道,烦死了。有一天,我跟同学去片厂看人拍电影,觉得那太有意思了,回来就向父亲要求去艺专读书,去学表演。我要当演员!父亲说:"什么演员,不就是戏子嘛,最下三烂的东西。"他极力反对我去读艺专,只是拗不过我的坚持才勉强同意，同时又有一个条件：不准我在学校"搞自由恋爱"。他觉得我们是大户人家，学艺的人大多是自由青年，疯疯癫癫，配不上我家。我起头也没有这种打算，直到有一天高宽出现。

高宽英俊吗？

不，他的天庭过于饱满，以致整张脸有点"头重脚轻"，下半张脸显得特别小。小马驹说他是"异人异相"，说白了，就是长相有点怪，说好听点是长得有点个性。但不论怎么说，都不能算英俊：那种让女孩子一见生情的相貌。

高宽有钱吗？

不，他甚至连家都没有，父母亲在他五岁前都死了，他自小由姑姑养大，十五岁到上海闯生活，当过报童，拉过板车，在片厂打过杂。他后来当演员就是因为在片厂打杂，被临时拉去当群众演员，扮一个黄包车夫，没有台词，没有正面镜头。没想到两场戏走下来，被导演看上眼，派给他一个小角色，演一个街头小混混，演得活灵活现。然后一演又演，演成一个大明星。这种事生活里不多，像书里的故事。

我在上艺专前就知道他，看过他演的电影《秋水》《四万万》。说实话，在听他的词朗诵前，我对他一点感觉都没有。人年轻时都爱虚荣，喜欢人长相，我觉得他长得一点都不吸引我。我甚至有点反感他，因为平时经常听同学们说他曾跟谁谁谁好过，现在又跟谁谁谁在好，感觉像个被女人宠坏的谈情高手。第一个学期，我没跟他说过一句话，只在路上碰到过几次。那时他还没给我们上课，他教表演，要二年级才给我们上课。但他名气大得很，全校师生都以他为荣，路上遇到他，都对他恭恭敬敬，或者惊惊乍乍的。我不理他，几次都这样。有一次他主动招呼我，问我是哪个班的，我瞟他一眼，还是不理他！我就是这脾气，从小养成的，只要我心烦的人，不管天皇老子都不理。我决不跟人打肚皮官司，我烦谁一定要显摆出来。我妈因此说我是石头投胎的、不开窍、傻得很，到了社会上一定要吃苦头。我妈没有改变我，改变我的是高宽，他说我这大小姐脾气，参加革命后是必须克服的。

其实，高宽那时就是共产党，但我们都不知道，因为是"地下"的嘛。放寒假了，有一天，在报社当总编的罗叔叔给我一份请柬，说他们报社有个三周年庆典的联谊活动，让我去参加。这天天气很好，我想出去走走，就去了。活动在报社里举办，但罗叔叔的报社很穷的，城里租不起房子，在闸北区。那地方离我们家很远，我路又不熟，迟到了。到的时候，正好遇到高宽上台表演节目。是词朗诵，朗诵的是岳飞的《满江红》——

怒发冲冠，凭栏处，潇潇雨歇。
抬望眼，仰天长啸，壮怀激烈。

三十功名尘与土，八千里路云和月。

莫等闲，白了少年头，空悲切！

靖康耻，犹未雪。臣子恨，何时灭！

驾长车，踏破贺兰山缺。

壮志饥餐胡虏肉，笑谈渴饮匈奴血。

待从头收拾旧山河，朝天阙。

  我没想到在这里碰到他，更没有想到他的朗诵那么打动人。会场本是闹哄哄的，他朗诵后顿时安静下来，不一会儿静得鸦雀无声，仿佛可以听见他睫毛眨动、目光拉伸的声音。他的嗓音磁性十足、感情充沛，配着自然得体的手势，目光时而远放，时而收敛，声音时而高昂，时而低沉，错落有致，收放自如，真是十分具有感染力。

  朗诵了原文后，他又把它译成白话文讲解了一遍。这下，他和台下观众都更进入角色了，他自揣的激扬的文字与他的激情融会贯通，把大伙的情绪都调动了起来，他诵一句，大家跟一句，现场顿时一派热火朝天。我被彻底感染了，跟着大伙大声念，并且默默地流出了热泪。那泪水是滚烫的，我感觉眼睛都被灼伤了。

  人真是个怪物，以前我那么反感他，可就这么几分钟，他在我心里完全变了样。

05

从那以后,我一直渴望在学校里遇到他,每次遇到都紧张得手心出汗,心里默默对他说:嗨,停下来跟我说说话吧。不知不觉中我甚至养成了习惯:经常在心里跟他说话。尤其情绪低落时,他的身影就会在我的头脑里塞得满满当当,我不便对人说的话都对他一个人说了。每到周末,要回家前,我总想他突然出现在我面前,陪我去车站。如果可以,我还想和他一起去旅行,去某个荒凉小岛,或许是某座闻名遐迩的文化古城。我想和他一起吃早餐、午餐、晚餐,在花前月下散步、吟诗、诵词。我不知道这是不是爱,反正我开始惦记他,想念他。之前我从来没有这么惦记过一个人,他是第一个。可他好像知道我心里的秘密,整整一个学期都没理我,见了面总是视而不见地走过,好像在报复我。直到放暑假前一天,我们在炎炎夏日下,在去食堂的路上劈面相遇,他手上拿着两个包子,没有任何预兆的叫住我,对我说:"冯点点同学,你暑假准备怎么过?"我都忘记说什么了,反正结果是他告诉我,他暑假会在哪里开一堂课,一周讲一次,希望我去听。

讲课的地方在法租界的一个佛堂里,时间是晚上,听课的人一半是社会上的人,一半是他的学生,其中有两人是我的同班同学。受父亲的影响,我对政治是小心的,没兴趣,平时尽量不去掺和,学校里搞的各种主义小组和游行活动我一律不参加、不关心。可高宽开的课讲的全是些主义，什么马克思、列宁、共产主义、苏维埃、延安，等等。我听了两次，闻到了一股可怕的气味：他是个共产党！我害怕，第三次没去。但第四次又去了，因为我发现我老是想着他，我想见他的愿望远远大过我对共产党的害怕。这一次——就是第四次，他上完课后与我单独聊了一会儿天，问我前次为什么没来听课什么的。我当然没说实话，随便找了个事搪塞。闲聊中，他发现我家和他住的地方很近，只隔了一条弄堂，便叫我搭他的车回家。

从此，我们来去都是同一辆车。当然是黄包车，他才坐不起汽车呢。

我知道我不该爱上他，可我更知道，我已经爱上了他。两个人相爱确实是神奇的，有时根本说不出理由和道理，至少他具备的几个在别人眼里的优点，比如是名人，比如是共产党，这些都不是我爱的。我甚至不知道爱他什么，可我就是爱上了他。就这样，这个暑假我哪儿都没去，一周那么多天似乎就在等着去听他的课，可实际上我对他的课又一点兴趣没有。我去就是为了跟他同坐一辆车，同来同去，听他说话，闻他的气息。这就是恋爱的感觉！我真的爱上他了，虽然我没有对他表白过，但我给他送过烟、钢笔、苏州产的折叠扇。这些东西是我精心巧打的小算盘，我希望他从中看见我的心思，然后对我说一个字：爱！

我等着这一天。

可一个暑假都过去了,他什么都没说,把我气得回家撕裙子!

开学了,他要排一个话剧在学校里演出,请我去演一个角色。一天晚上我们在操场上散步,他给我说戏,黑暗中,有那么一会儿,我们的肩膀不小心碰了一下,我有种触电的感觉,要晕过去!为了保持平衡,我不得不蹲在地上。他俯身问我怎么了,我有种冲动,想对他说:我爱你!可说出来的话完全不是这样。我说:"同学们说你是共产党。"他笑道:"难道这把你吓倒了?"我抬头看着他,沉默着。他索性坐在地上,对我继续笑道:"你的样子好像是受了惊吓了,那我只能说不是了。"我说:"你说实话,到底是不是?"他反而认真地问我:"你说呢?"我说:"我不关心这个。"他问:"那你关心什么?"我低下头,一咬牙,干脆地说:"你心里有没有我?"他要滑头,反问我:"你说呢?"我说:"我要你说。"他久久看着我,久久才说:"有,高老师心里有一个大大的你。"我说:"你骗我。"他说:"没骗你,真的。"我激动地捧住他的手,一吐为快:"高老师,你该早发现了,我喜欢你。"他牵住我的手说:"该怎么说呢点点,要说喜欢,我早就喜欢上你了。"我说:"那你干吗不说,非要我说,好在我也敢说。"他说:"我想等你毕业再说也不迟。"我说:"那我刚才说的不算,就等我毕业了你再跟我说吧,正式说,好吗?"他说:"好,你等着吧。"

窗户纸就是这么捅破的,这天晚上。一九三六年九月十七日的晚上,离我二十一岁的生日还有五十五天。我记得,这天晚上月亮特别大,也许是中秋月吧。

06

五十五天后,就是我生日的晚上,高宽带我去大世界看了一场电影,是葛丽泰·嘉宝和罗伯特·泰勒演的《茶花女》,里面有一段影像和台词像胎记一样长在了我身上,让我永志不忘。那是泰勒和嘉宝互相表达爱情的一段——

在花园里,泰勒和嘉宝,像两只幸福的蝴蝶一样,笑容绽放,翩翩走来。嘉宝说她要卖掉所有家当,告别以前的生活,重新开始选择新的生活。

泰勒立停,拉住嘉宝的手问:是吗?你会为我放弃一切吗?

嘉宝深情地说:我心甘情愿,为了你。相信我,别再怀疑我,这世上我最爱的是你,我爱你胜过一切。

泰勒吻了嘉宝:那你就嫁给我吧。

嘉宝举着潮湿的嘴唇,定定地看着泰勒:什么?你说什么?

泰勒又吻了嘉宝,坚定地说:我们现在就去教堂结婚,牧师将对我们说的每一句祷告,就是我们心中的誓言。

嘉宝问:真的?

泰勒说:真的,因为我爱你。

嘉宝顿时激动万分:我也一样爱你,爱你!我是为你生的,我还要为你活。以后别再说我会离开你,上帝会生气的。

泰勒说:我永远不会离开你。

两人再次相吻……

这一次,他们吻得无比热烈,把我感染得心身都化了。我浑身的骨头像被抽掉了,身体不由自主地偎在高宽怀里。就这时,他吻了我。第一次!我的初吻!说心里话,自这个吻后,我把自己完全交给了高宽,同时我也彻底被他迷住了。这个吻像是有魔力的,把我和他都变成为爱而生、为爱而死的一对梦中情人,说话,做事,想法,都变了。有时我自己都不认识自己,我的内心竟然有那么多的深情和浓浓的爱意。我们几乎天天见面,每次见面都有说不完的话,抒不完的情,不想分手,不想让任何人和事打扰,只想两个人在一起。

很奇怪,以前我老觉得他的额头太凸出,不好看,可现在我反而很喜欢它，觉得那里面藏着他的智慧和动人的思想。我经常抚摸他高大的额头问他：这里面有什么？他总是说：爱！对冯点点的爱。比大海还深的爱。比天空还阔的爱。比时间还久的爱。比……比……不停地比，把地球上所有能比拟的东西都比完，有的比已经比得很不贴切，甚至肉麻，可我还是爱听，他还是爱说。

我们家，我父亲和哥哥他们，总的说是反共的。所以，罗叔叔从不在我家谈论他的信仰，我父亲也从不相信他是共产党。以前，我在家里常听他们丑化共产党，说他们共产共妻，嗜血如命，是一群无情无义的土包子。高宽完全改变了我对共产党的坏印象，我觉得他是世上最懂得爱的人。很长一段时间，他每天都给我送花、写信，校园里的野花都给他采完了，我收到的情书可以结集出一本书。我觉得他比嘉宝的那个泰勒还要好，好得多。他成熟、稳重、幽默、热情、诚实、宽厚、有思想、有理想、有斗志，虽然形象没有泰勒帅气，但心地一定比他有魅力。这一年，他开始给我们上课，每一次听他讲课的时候，我的心都跳得飞快，血流加速，神不守舍。我注视着他，想象着他已经对我说过和即将要说的情话，根本听不清他讲课的内容。有时候，我们的目光碰在一起，我的心会有那么片刻，猛一下停止了跳动，浑身也会随着抖动一下。到了夜里，我经常一个通宵一个通宵的失眠，满脑子都是他的音容和笑貌，失眠的痛苦灼伤了我的眼。

啊，恋爱的感觉真痛苦！

啊，恋爱的感觉真幸福！

如果没有战争，我有一百个理由相信，我一定会被他的爱融化，我会成为他的心，心的灵，灵的光。我们会一起看大海，登高山，逛大城市，住小旅馆，一天又一天，一夜又一夜，度过许多美好的时光。爱一个人，就是与他一起去看世界，走天地，翻山越岭，有苦同当，有福同享，编织一个只属于我们的世界。我们会结婚，父母亲反对也要结婚！可是现在我要走了，去乡下，这一别，不知何时能再见。我决定走之前无论如何都要见他一下。

第二章 ◎

01

谢谢小弟，在他的策划和帮助下，我成功躲过父亲的监视，溜出门去找高宽了。可他没在家，我打电话找他也找不着。我在楼下等他，等过中午，等到下午三点钟，还是没有等到他。傍晚就要走，我不敢再等，只好给他留下一封信，怏怏地回家。

父亲从中午起派阿牛哥和小兰四处找我，我在回家的路上正好遇见阿牛哥，他混在一堆乱哄哄人群里，不知道在忙什么。我怕他看见我，连忙躲了，钻进一个店铺里。我很好奇，想知道阿牛哥在干什么。看了一会儿，知道了，原来是出了车祸，有人被压在汽车轮子下，阿牛哥正在救人。阿牛哥膀大腰圆，力大过人，他一个人把汽车端起来，一个老汉声嘶力竭叫着，从汽车下面爬出来，满脸血污,却怎么也站不起来,寸步难移,很明显是腿骨被压断了。他的老伴在一旁号啕大哭,引来很多人观望。父亲经常说,阿牛哥天生有一副菩萨心肠。这不,他不但救了人家,还从身上摸出钱袋子,抽出两张纸币送给他们,让痛哭的老伴顿时感动得手足无措。

适时刚好有三个地痞,瞅见阿牛钱袋子里有不少钱,便趁机作乱,挤向阿牛。转眼间,阿牛的钱袋已经落入他手,手脚之快,令人称奇。这一切都被我看在眼里,我急得差点喊出来。不过阿牛随即发现钱袋子丢了,他稍为察看一番,便心知肚明地朝那三个正要溜走的地痞追上去。阿牛哥揪住其中一个。那人说:"你干什么!"声势吓人巴煞。阿牛哥说:"把东西给我走人。"那人装糊涂:"什么东西!你看,我身上什么也没有。"两个同伙上来帮腔,说着吵着挥动拳脚,要打阿牛哥。阿牛哥呼呼两下,将两人撂倒在地。第三个家伙拔出刀子,朝阿牛逼过去,哪知道阿牛拔出来的是手枪,一下把他们吓坏了。其中一人乖乖交出钱夹。阿牛哥接过钱夹,骂他们:"混蛋!这时候还要偷,真是要钱不要命了。"说罢掉头就走,让三个地痞和一群围观者痴痴地目送,像个不落名的英雄。

我也看呆了,嘴唇差点咬出血来。

听母亲说,父亲刚出道时有四位结拜兄弟,阿牛父亲是其中之一。在阿牛哥十三岁那年,他家遭黑道洗劫,一家老小无一幸免,唯独阿牛哥因为当时在外地拜师习武,侥幸躲过劫难。父亲收他为义子，把他培养成自己的保镖，待他比对亲儿子还要好。阿牛哥身壮如牛，腰杆笔挺，走路带风。他的性格也像牛，敦厚老实，不爱说话，有几分乡下人的土气。我听说他天天晨起习武，身手不凡，却从来没有见识过，这还是第一次目睹。不过我从小就佩服阿牛哥，他替我教训过曾经欺负过我的所有人。小时候，同学们从来不说我是谁家女儿，总是说我是谁的妹妹——阿牛哥的妹妹！在我的童年时代，阿牛哥是所有想欺负我的坏小子的噩梦，只要我提起阿牛哥，他们便会对我讨好卖乖，俯首称臣。那是我童年最开心的记忆。

在我后来的岁月里，阿牛哥更是成了我崇敬的大英雄。我到南京后，阿牛哥改名孙土根，做了我的联络员，在我单位门口开了一家裁缝店，扮成一个跛足的裁缝，暗地里帮我做了很多事，白大怡、李士武、秦时光都成了他的枪下鬼。这是后话。

话说回来，我回到家，免不了要被父亲骂。但他没时间大骂了，因为出发在即，我还没有收拾东西。等我收拾完东西下楼时，天井里已经堆满行李，站满了人，母亲、大嫂、二嫂、徐娘、小兰、小龙和小凤，一干女将和孩子。我发现没有小弟，问母亲。母亲说小弟不走了。我觉得他是最该走的，怎么不走？我去找小弟，他正埋头在案台上一门心思地用一堆虎骨卜算我们一路的凶吉。我说："小弟，听说你不走了，你干吗不走？"他说："我干吗要走？"

我说:"爹不是说我们都要走?"他说:"爹说是女人和孩子才走?我是女人吗?孩子吗?我都十九岁了,如果老天不亏我,让我有一双好脚,我都可以去前线打仗了。"后来我知道,他就是用这句话说服父亲,同意他留下来。我想既然小弟可以不走,我也可以不走,便又去找父亲说情。

"你别跟我啰唆,快准备走!"父亲用怒眼和一句话回复我。

车子停在门外,行李都已经装进去。我们相继出了门,准备上车之际,突见小弟滚着轮椅冲出来,不准我们走。他说:"我用牌给你们的出行卜了一卦,命相极凶。"他说了一堆理由和证据,要我们"改天再走"。父亲和妈妈似乎都给他说服了,在犹豫。二哥跳出来发话,说:"爹,妈,你们别听他的,他这玩意儿唬唬外面人差不多,怎么能唬自己人嘛,几天前他还在说日本人要等明年开春才能攻占上海,现在才初冬呢,完全是瞎说。"

正是这句话,坚定了父亲要我们走的决心。

我们就走了。五个小时后,小弟的话应验了!

02

给我们开船的是阿贵,曾经和阿牛哥一起做过家里的保安工作,前年犯了痛风病,一只脚老是伸不直,才安排他去开船。阿牛哥安排我们坐他的船也是出于安全考虑，毕竟他干过保安，万一路上有事，他可以搭个手帮衬一下。船看上去很普通，一只三吨载重的货船，破破烂烂，座位都是临时加设的。但实际上，这船装的是英国舰艇的发动机，开足马力，比小汽车还快。我们上船时，太阳已经贴在江面上，红彤彤，像一个刚出炉的大铁饼。船驶出市区，天昏暗了。我心情不好，一路上不吭声，满脑子里都是高宽，想着想着累了，就睡着了。当我醒来时，已是夜幕沉沉，我听见阿贵在前面驾驶室里急促地叫："阿牛！阿牛！快来看。"阿牛跑过去问："怎么啦？"阿贵往前面河上一指，说："你看，那是什么？"

我也来到驾驶室，顺着阿贵手指的方向望去，只见前方不远处，有一个简易的小小的乡村码头，码头上有一间低矮的水泥屋子，灯火通明，屋檐上竟插着一面血淋淋的太阳旗！

阿牛说："糟了，日本鬼子打到这边了！快，掉头！快掉头！"

但迟了，鬼子已经发现我们，雪亮的探照灯射过来，几个日本兵从小屋里冲出来，端着枪朝我们又喊又叫，要我们开过去。我们的船刚靠住码头，一个小队长模样的鬼子就带着两个士兵和手电筒跳上船，对我们进行盘问和搜查，抢走好多值钱的东西。最后他们带着东西准备走了，可走在后面的那个年长的老鬼子从我面前经过时，看见我的脖子上围着一根红绳子，便凑到我面前，猛地一扯绳子，扯出一块玉佩。这是高宽送我的，这也是他母亲留给他的唯一遗物。我不肯给他，他要抢。我急了，忘了害怕，抢夺中任性地推了他一把。小队长看见，冲上来对我举起手枪，哗啦哗啦骂。我不敢动，乖乖地原地不动，老鬼子便上来取玉佩。刚才他要抢的时候，我已经把玉佩又塞回到衣服里，这下他来取时居然想把手伸进我的衣服，吓得我一下蹲下身子。可他已经抓住我的衣服，紧紧地抓住不放，我身子往下一蹲，衣服就被拉开，露出半片胸脯，在手电筒的照耀下。

许多事情是无法回顾的，我一直不知道，如果没有这件事，鬼子会不会……现在，已经没有假设，只有噩梦——只见小队长举着手电来到我面前，照着我的脸看了好一会儿，然后嬉皮笑脸地说："花姑娘的，大大的不错，带走！"头目这么发话，船上和岸上的士兵都乐开了怀，一拥而上，强行把我拖了出去。阿牛和阿贵上前想拦阻，被几个鬼子用枪托打倒在地。小队长有点一不做二不休的意思，带走我后又打着手电照了一圈，把我大嫂、二嫂和小兰都拖走了。二嫂死活不从，见东西就抓住不放，一路抓，一路放，最后抓住的是阿贵的大腿，她哭着叫着要阿贵抓住她，别放手。阿贵紧紧抓住她不放手，小队长开了枪，把阿贵打死，踢进了河里。

鬼子把我们拖上岸后，用刺刀挑断缆绳，把枪栓拉得哗哗响，要船开走。但是船没有开走，我听见妈妈的声音："我们不能丢下她们不管！"接着妈妈毅然从船舱里出来，面对鬼子，凛然抗议道："不走！我们不走！你打死我也不走！"鬼子不解其意，用刺刀抵

31

着妈妈的胸脯淫笑，露出不屑的神情。阿牛哥及时将我妈妈拉回船舱，很快又出来，手上拿着两只金元宝，给鬼子下了跪。

但是，金元宝和下跪都没法阻挡日子鬼子的兽行。我们四个，都被鬼子拖回哨所糟蹋了……

03

记得高宽在课堂上曾给我们讲过莎士比亚的戏剧，有一句经典台词同学们经常挂在口头说：是生是死，这是个问题。以后很长一段时间，这句话经常盘旋在我的脑海里，仿佛哈姆莱特就寄生在我心中。这是我人生中最大的耻辱，在以后的岁月里，我不敢去触它，碰它，想它，那里是一片空白。二嫂出来后直接跳进河里，幸亏天已发亮，被阿牛及时救了上来。

但二嫂最后还是踏上了不归路，那是第二天夜里。我们是第二天中午回到家的，天大的耻辱！说都张不了口啊。回家前，母亲要我们都跪在她面前发誓，这件事只有天知地知我们知，不能跟所有人提半个字。阿贵死了，尸体没找着，母亲便借此编了个说法：路上遭不明人抢劫，我们只有回头。家里人也相信这个说法，毕竟死了人，我们痛苦的样子似乎也在情理中。可母亲的一番苦心被二嫂的死出卖了，回来当天夜里，二嫂死在了澡堂里，她把自己洗得干干干净净，穿上一身洁白的长裙，吊死在了澡堂的横梁上。

二嫂是一了百了，英雄一般地走了，却害煞了我母亲，她忍痛用心编织的谎言由此被揭穿。真相大白后，父亲连夜叫上家里所有亲人、家丁，当着二嫂的遗体向大家交代："你们都记住，不能对外人说她是怎么死的，就说是在回乡下的路上，船被撞了，她落水淹死的。任何人问起都这么说，没有鬼子的事。"后来我想，父亲这么说时其实已经想好要报仇了。要报仇必须这么说，不能提鬼子半个字。

果然，安葬了二嫂后，父亲把我们全家人叫进堂屋，举行了一个秘密的祭祖仪式。父亲跪在蒲团上，对着祖宗的牌位含泪相告："列祖列宗在上，我冯八金在下。十二年前我曾在此喝过血酒，发过毒誓，今生今世绝不再开杀戒。十多年来我以忍当仁，从没有食言。但今天我已忍无可忍，日本鬼子在光天化日之下对我冯家犯下奸淫大恶。是可忍孰不可忍！是可饶孰不可饶！列祖列宗在上，我要再开杀戒，替天行道！

"天上的神，地下的灵，冯家列祖列宗，我冯八金愿以全家老小性命和万贯家产作保发誓，我要杀掉对我冯家犯下奸淫大罪的恶鬼，有一个杀一个，有两个杀一对，斩尽杀绝，决不姑息。月有阴晴圆缺，人有冤仇恨痛，不报此仇，我冯八金誓不为人！"

从这一刻起，父亲跟佛祖修了十多年的因缘一刀两断，一笔勾销。我家的历史又翻开了猩红的一页……很多事我事后都不知道,但我知道,对我们作恶的那几个野兽没有活过新年。这年新历年第一天,阿牛哥把玉佩还给了我。我接过东西,问他:"都死了吗?"他不语。我又问他:"我们有人受伤吗?"他还是不语。我又问:"父亲知道吗?"他说:"别问了,以后开心一点就好了。"他真的什么也没有告诉我。后来也没人跟我说,至今都没人说,大概他们是希望我忘掉这件事吧。可我怎么能忘掉?很长一段时间,我睡不着觉,看见黑夜就怕,看见自己的身体就发抖,一睡着就做噩梦,就哭,就流泪。

为了防止我步二嫂后尘,母亲随时跟紧我,寸步不离,晚上跟我一起睡。我没打算向二嫂学习,但我也不知道,除此外我还能做什么。我唯一能做的就是回忆,回忆我和高宽之间的点点滴滴,回忆高宽说过的那些话、那些事。为了消磨时间,我开始用毛笔抄录他曾写给我的一些零散纸条,以便保存。这天午后我正在抄写下面这段话:

> 为富不仁,犹如浮萍,为官不为,不如草木。中国,正走在史无前例的颓败之险途上,有钱人不仁慈,当官的不作为,拿枪的不杀敌,受迫的不呐喊。当今之中国,内乱外患,道德沦丧,纪律涣散,民心萎钝。冰冻三尺非一日之寒,中华民族要崛起,必须施行新政,推举新主义,提倡新文化……

正抄到这里,新来的女佣小燕敲门进来,对我说:"小姐,外面有个人在找你。"我问是什么人,她说一个男的,留着长长的头发。我马上想到是高宽,问她:"他在哪里?"她说:"在大门口,一个人。要不要我去喊他进来?"我不由得立起身,想冲出去,可身子却又沉重地坐了下去。小燕问:"小姐,你是不是不想见他?"我当然想见他,可是……我见他说什么?我不知道怎么面对他。我对小燕说:"是的,让他走吧。就对他说,我回乡下去了。"小燕说:"他知道你在家里。"我说:"他怎么知道的?"她说:"我也不知道。"我怀疑是她说的,生了气,叫她走。她走到门口又回头说:"小姐,你还是见他一下吧。"我说:"别说了,我不见。"她说:"那我怎么对他说?"我说:"你想怎么说就怎么说!"我觉得我的肺要气炸了,那里面盛满了恶气。

小燕给我带回来一封高宽的信,是这样写的:

点点,亲爱的点点:

请允许我情不自禁地这样称呼你,这也是我有生以来第一次对一个女孩发出如此痴情的呼唤。那天我看了你给我留的信后,我的心一下空了,我一点心理准备也没有,就要忍受分别的痛苦。我担心这是你父母有意要让我们分手才这么突然让你走的。也许这是我多心,也许事情比我想的还要糟糕。总之,我不知道。我不知道你的真实情况,可我又是那么想知道。这就是痛苦。爱一个人原来是这么痛苦,整整一个礼拜我天天失眠,天天来你家门口晃悠,像一个幽灵。我希望你突然出现在我眼前,那么多天我见到了你家里的每一个人,可就是见不到你。我以为你真的走了,可今天我又听说你没走。天哪,你真的没走?点点,我太高兴了!我是一路跑来的,现在还在喘气,你看我的字写得多差,因为我的手在抖。听说你病了,我的手抖得更厉害了。点点,我要批评你,你不该对我隐瞒病情,你病了更应该告诉我,因为这时候你更需要我。我知道你是为我好,为了不让我担心,可我只有见了你才放得下心啊。好了,点点,你好好休息,明天我再来看你。放心,我很好,你也会很好的。人嘛,总是要生病的,不用怕,好好养病,我为你祈祷,你一定会很快告别病魔,跟我再见的。最最爱你的人,阿宽。

04

一连多天,高宽天天来看我,我天天"生病",不见。小燕天天给我带回来高宽恳切见我的信。每一封信,每一个字,都像刀子一样捅我心、刮我肉。我恨死小燕了,对他泄露了"我没走"的天机。我更恨自己,命这么苦!

其实小燕是无辜的,背后有一只"黑手"在操纵着这一切,就是阿牛哥。

后来阿牛哥告诉我,他其实早知道我跟高宽的恋情,有一天晚上高宽送我回来,分手时他吻我的一幕恰好被他撞见。二嫂的死,说明我们活着的苦难,真是生不如死啊!大嫂还好,两个孩子天天吵着她,时间容易打发一些。她至少要为孩子活下去。我和小兰是最难过,天天睁开眼睛都不知道怎么过,想的最多的就是一个字:死。小兰不久离开我们家,回老家去了,那里没人知道她的痛苦,她也许会好过一些。可我能去哪里?我只能待在房间里,像我的床,床又像我的棺材。小弟是没脚出不了门,我是身体空了,魂丢了,不知道去哪里。阿牛哥看在眼里,急在心里,他想让高宽来陪我度过最难的时光,便四处找他。可学校已经停课,剧院已经歇业,要在偌大的上海乱世里找到行踪诡秘的高宽,并不比在一座森林里找一片特定的树叶容易。阿牛哥找到了,可想他付出了多少努力。但他想不到的是,这非但不能减轻我的痛苦,反而是增加了。鬼子已剥夺了我爱高宽的权力,我无法面对他!面对他我能说什么?我还能给他什么?我给他他会要吗?再见了,高宽,我的爱人,请你把我忘记了吧,不是我绝情,而是命不该如此。高宽,请你饶了我吧,别来找我!离开我,去找你新的爱人,我已经无脸见你……读着他一封封要求见面的信,我只能在心底无声地呐喊。

我的冷漠和沉默终于把高宽激怒,一天傍晚,小燕给我送来这么一封信:

> 我的点点:你到底怎么了?我知道你没生病,你为什么要这样折磨我?请你别折磨我了好不好!现在请你听着,我一定要见你!明天下午三点钟,老地方,双鱼咖啡馆,风雨无阻,不见不散!如果不去,你就再也见不到我了。

这是对我的威胁,但更是他的痛苦。我呆呆地看着信,心里反而感到出奇的轻松,因为我知道我是不会去的。只要我不去,他就对我绝望了,我就解脱了。这样好,我想,就让这段孽缘这么结束吧。我的生命似乎也就这么结束了。从看到这封信起,我一直躺在床上一动不动,听不到自己的心跳声,只听到钟摆一下一下地摆动:喳、喳、喳……天黑了,天亮了,约定的**三点钟**转眼就到,我仍然躺在床上一动不动,形同枯木。我体会到了另一种形式的死。真的,这才是真正的死亡,心死!可是,当楼下的自鸣钟敲响三点钟时,我的心突然剧烈地跳动起来,我又活过来了。

我要去见他！我抓起披风，飞快地跑出去。

双鱼咖啡馆，双鱼咖啡馆……我拼命地跑，跑！可当我看到咖啡馆时，像看到鬼子强暴我的那个哨所，吓得我浑身哆嗦起来，两只脚像被冬天的寒冷钉在地上，根本动弹不了。没办法，我只好爬，爬上一辆黄包车。车夫问我去哪里，我说哪里也不去，就在这里待着。我就这么躲在黄包车上，偷窥咖啡馆里的高宽，我的阿宽……一个小时，两个小时，时间在我的眼睛里缓慢而又迅速地流逝。这段时间比一个世纪还长，我听到时间齿轮的转动声，心间滴血的声音，泪水流淌的声音。命运在考验我，考验我的勇气，考验我的道德，我的命运。可终于，我还是败下阵来，耻辱和对耻辱的恐惧把我牢牢捆在车上，除了心痛和流泪，我失去了一切，变成了废物。

五点半钟，绝望的高宽结束等待，走出咖啡馆，离去。

我看着他一步步走远，看他清瘦了许多的身子消失在凋敝的冬天的寒冷里时，忍不住号啕大哭。

我以为从此他消失了，可第二天他又来了。他食言了！他还想见我！我们的孽缘还没有结束！这使我再一次认识到他有多么深地爱着我，正因如此我又刻骨地恨着自己。我的心灵成了一个黑洞，我无法驱散自己心里深刻的黑暗，我认输了。这天下午，我给高宽写了一封信，交给小燕，让她转交。

信是这样写的：

对不起,高老师,我现在什么都不想多说,我只想告诉你,我爸已经把我许配给一个富家子弟。今生无缘,但愿来世我还能遇上你,爱你。高老师,你就忘了我吧,忘了我这个无情无义的坏学生……

第二章 ◎

01

再次见到高宽已是来年冬天。

这一年中,我们家遭遇的灾难罄竹难书!父亲死了,母亲死了,大哥大嫂一家四口都死了,小弟失踪了,家里的东西,被烧的烧,抢的抢,最后连房子、院子都被抢了,成了鬼子宪兵司令部的办公地……这是在一夜间发生的,我们家毁了。

毁掉我们家的罪魁祸首是我二哥,冯二虎,也就是杨丰懋。二哥有个朋友叫田原,在日本领事馆做事,据说是个特务,跟军方有很深的关系。鬼子占领上海后,我们家其实是太平的,靠的就是有田原这顶保护伞,他及时给我们家搞来一沓良民证,和一本特别的证明书,上面有日本驻上海派遣军总司令松井石根的签名,有点御书的意味。所以，不管是鬼子气势汹汹找上门，还是那些汉奸心怀鬼胎来串门，只要见了这本东西，都会对我们家客客气气，不敢无礼。鬼子刚进城那段时间，街坊邻居经常受鬼子和汉奸欺凌，我们家唯一受的气就是一个人：田原。他爱好陶瓷古董，家里凡是他看中的陶瓷器，都相继被他拿走。母亲看他又带走家里的什么东西，有时会发些牢骚，父亲总是安慰她："都是身外之物，拿走就拿走，只要人平安就好。"田原贪心是贪心，可确实也保了我们一家人平安。如果二哥后来不去外面惹事，我们家里可能就这么平安下去了。

可二哥做不到，他疯了！

开始我也不知道二哥做了什么事，只是感觉到他在外面没省事，让父亲担心了。有一天，正好是冬至节那一天，按风俗这一天男人女人都要洗个澡，洗了澡这个冬天就不会长冻疮。水烧好了，母亲喊我下楼去洗澡，从父亲办公室窗外经过时，我看到大哥二哥都在里面，像在挨父亲的训。父亲说："行了，都到此为止，结束了，不要再去想它了，把它从脑门里赶出去，忘记掉，忘干净，就像没发生过一样。"二哥显然不服气，憋着气说："就怕忘不掉。我现在看见鬼子心里就来气，就想宰了他们！"父亲说："现在大街上都是鬼子，你宰得完嘛。"二哥说："总是宰一个少一个。"爸爸提高声音："可万一宰到你自己头上怎么办？老古话说得好，常在河边走哪有不湿脚的时候。跟你说老二，你要知道,现在不是以前,你在外面闯再大的祸,我们都能找到人给你摆平。现在是鬼子的天下,摆不平的,万一出事谁都帮不了你。"二哥说:"老婆都被糟蹋死了,还能有什么事能比这大的。"爸爸骂:"你有完没完!你的老婆就是我儿媳,你难受我好受吗?你受辱我光荣吗?是男人就该拿得起放得下。"大哥说:"听爸的,收手吧。你媳妇要在地下有灵,我想她也该如意了,我们用九条狗命来抵她的债,够了,该满足了,不要再胡来了。一家老小都在鬼子鼻子底下,万一有个三长两短,你我都要悔死。"

二哥到底干了什么?后来我才知道,他在疯狂地乱杀日本人!父亲开杀戒是为了雪恨,雪恨后甘愿投靠田原,容忍他为所欲为,就是想过太平生活,不想过舔血的日子。他一直咬紧牙关,从不跟我们提起捣毁鬼子哨所的半个字,也是出于这种考虑。家大业大,父亲早厌倦打打杀杀的日子,不想当英雄好汉,只想安度晚年,让子孙平平安安。可二哥经过那次杀鬼行动后,对杀鬼子上了瘾,整天往日本艺妓馆、日本料理店、日本领事馆等日本人出入频繁的场所钻,找日本女人发泄,找跟鬼子有关的人杀。他有两支点四五口径的柯尔特 M1873 陆军左轮手枪,每杀一个人,都会在枪上刻下一个记号。我后来见到这把枪时,上面已经刻有九个记号,就是说他已经杀了九个日本人。其实杀的都是一些醉鬼、嫖客、弱者,甚至是手无寸铁的日本军官的家属或子女。

第二天，父亲训斥他的声音也许还在他耳边萦绕，可他照样不收手，甚至变本加厉。这是阿牛哥后来告诉我的：那天二哥带着他驾着车穿街过巷，来到城外一个码头。那里曾经是我们冯家的地盘，现在日本人统管了航运，我家的码头成了摆设，脏乱不堪，到处是废弃的物资、垃圾和报废的船只。阿牛哥看着这些，生气说："你看，鬼子把咱们的码头糟蹋成什么样了，都成垃圾场了。"二哥说："所以咱们也要学会糟蹋他们的东西，今天我就是要让你来糟蹋他们的东西。"阿牛哥问："你不会是让我来杀鬼子吧，冯叔昨天才教训过你。"二哥说："他不准我乱杀人，今天我们不杀人。"

二哥将车停在一个废弃的仓库前，要阿牛进去。阿牛听到里面有人在呜呜地呻吟，问他里面是什么人。二哥踹开门，将阿牛推进去。阿牛大吃一惊，屋里绑着一个清秀的女孩，嘴里塞着衣服团子，乌黑的大眼里充满惊恐和哀求。阿牛瞪着二哥吼："你这是干什么？"二哥扯掉女孩身上的衣服，说："糟蹋她！把她干了！"阿牛吓得要逃走，二哥把他推到女孩跟前，托起女孩的脸蛋说："你不敢？我告诉你她是什么人你就敢了，鬼子！你知道最后坚守四行仓库的八百壮士是谁杀的，就是她爸，维枝太郎旅团长！别没出息了，把她干了，为八百壮士报仇，为你的两个嫂子和小妹雪恨。"阿牛哥当然不肯，他抓起地上衣服盖在女孩身上要拉二哥走，被抡了一拳。二哥恼羞成怒，破口大骂："窝囊废！你不肯干是不是？

过来，看着，学着一点。"掏出枪，潇洒地朝空中扬了扬，然后一下将枪口抵住女孩脑门，毫不迟疑地开了枪，恬不知耻地说，"这叫以牙还牙，以血还血。"

此时的二哥已被仇恨和疯狂吞噬，他怀着一种他自认为的正义和使命感，把一个个陌路人送上黄泉路。他杀人其实没有什么明确的目标和理由，只要是日本人，只要机会成熟，就出手，就组织，就干。他把杀鬼子、睡日本女人当作替天行道，这注定要把我们家卷入一场更大的灾难中。

02

转眼到了春节。

为了冲冲喜，杀杀旧年的霉头，这年春节，家里天天放鞭炮，舞狮子。正月十五，元宵节这天，家里张灯结彩，门庭若市，一派洋洋喜气。父亲请来了两台戏班子，在天井和后院分别搭台唱戏，中午摆了八大桌，款宴八方宾客，像在太平盛世中，家有迎嫁之喜。

作为皇军重点保护对象，我家门楼上平时都插着日本国旗，这天大清早，父亲张罗的第一件事是吩咐管家把那面"狗皮膏药旗"拆下来，代而替之的是两只大红灯笼。战争的阴影，亡国的辛酸，这一天似乎被父亲刻意张罗出来的欢喜掩盖了。但终归还是没有掩盖住，因为二哥把田原叫来了。田原一来，发现他们的国旗没有在老地方飘扬，手向天上一指，问二哥："这是怎么回事？"二哥有情有理地对他解释了一番，恳求道："今天就算了嘛。"田原语气虽然不乏客气，态度却是坚定的，说："还是挂了好，你不挂我就不能进去，进去了万一被宪兵发现，我不好交代。"

没法子，只好又挂上去。

这天我的工作是在门口给客人胸前佩戴红丝条。田原看到他们的国旗重新飘扬起来，才接受我给他佩戴红丝条。看到那面脏兮兮的狗皮膏药旗又在飘扬，与两旁的红灯笼，还有结扎的彩球、彩条混杂在一起，显得不伦不类，我心里气得鼓鼓的，恨不得手上的别针就是一把尖刀，直插田原胸膛。

客人来了一拨又一拨，有父亲的故交新朋，有母亲的亲眷家属，有大哥二哥的兄弟好友。当然有罗叔叔，还有一位二哥的狐朋狗友，上海滩上一个有名的纨绔子弟，是杜月笙的一个远房表侄，本姓李，但他经常自称杜公子。这两个人将给我家制造两件事，一件直接引来我家的灭顶之灾，另一件则间接地让我幸运地躲过一劫。

罗叔叔和杜公子有点过节，恰好他俩是接踵而来的。先来的是杜公子，由二哥接待，后到的罗叔叔是大哥接待的。太阳很大，罗总编戴一副黑镜，像个黑社会老大，后面跟着打扮入时的年轻夫人，样子有点儿做作。我注意到，杜公子看罗叔叔来了，轻蔑地哧一声,对二哥讥笑道:"你现在水深哦,连这个罗胡编也勾搭上了。"二哥说:"说什么,他是我爸老朋友,还是我小弟的干爹呢。"杜公子说:"哦,你们还这么亲。他可是个老滑头,你看他娶的那个小女人,很年轻呢。"二哥说:"这有什么,人家老婆不是在北平给日本特务暗杀了,凭什么不能娶。"杜公子说:"你看他办的报纸,跟共产党一个腔调,全是假大空。"二哥说:"你啊就因为前次人家报纸说你款捐少了,记仇。"两人不等罗叔叔走近,转身往里走。因为高宽的原因,我心里对可能是共产党的罗叔叔特别亲近,但罗叔叔并不知我们的关系——老关系不知道,新关系更不知道。罗叔叔心里只有小弟,见了我就问:"小马驹呢,我要跟他下棋。"

虽然小弟算命出名,但这不是他的正业,他的正业是围棋,三四岁起父亲就培养他,十来岁时已在上海城里找不到对手。我那时整天待在家里,很苦闷,最后帮我走出困境的就是围棋。小弟每天陪我下棋、讲棋。棋道里藏着人道,事由因起,峰回路转,黑白世界里演绎的是人生起落沉浮。他在棋盘上让我看到了他的精彩,也让我悟到一些人生的道理。人在极度困境中很容易沉沦,也很容易拯救,所谓否极泰来就是这个意思。

这天来的人中,有两个人必须介绍一下,一个是吴丽丽。她是我二嫂的表姐,二嫂死后又认我母亲为干妈,经常来我家玩。后来我才知道,她是当时军统上海站头目陈录公开包养的情人,二嫂死后她又跟我二哥偷偷好上,所以认我母亲为干妈,这样可以经常来我家。我后来加入军统,靠的就是她的这层关系,陈录。这是后话。

另一个人姓钱,是个银行老板,他是我母亲的远房表叔,儿子叫钱东东,是我在艺校的同学。就在春节前没几天,东东被一个鬼子当街打死,我了解的过程是这样的:那天下大雪,钱东东在街上叫车,好不容易才叫到一辆黄包车,却被一个临时赶来的中年人捷足先登。东东气愤不过,追上去骂了一句:"× 你的!"中年人立刻跳下车,怒目圆睁,用怪异的口音问东东:"你 × 谁?"东东看对方气势汹汹,加上听他说话,发现是个鬼佬,所以没顶撞他,只是申辩道:"这车是我喊的。"鬼佬并不跟他辩论,继续说:"你 × 我?我先 × 给你看。"说完一巴掌向东东打过来。东东挨了巴掌,没还手,算是让了,求和了。鬼佬还不解气,又朝他抡一拳,打在鼻子上,顿时流出鼻血。我认识东东,他性子很烈,在学校经常跟人打架,这时尽管他知道对方是鬼佬,可哪里能受得住如此挑衅。两人当街对打起来。真打了,鬼佬哪是东东对手,没两下就被打倒在地。车夫见此情景,叫东东快跑。东东跑了,可哪跑得过子弹,日本佬掏出手枪,朝东东开了一枪,东东倒在地上,再也没站起来。

因为我是东东同学,钱叔叔主要是我接待的。说真的我没想到他会来,因为事情才过去半个多月,他一定还沉浸在巨大的悲痛中。后来我知道,他来是另有目的,他想认识杜公子,让他在黑道上寻人替东东报仇。我是无意中听到钱叔叔和杜公子的对话的；上菜了，我没看见钱叔叔，四处找他。二哥说他应该在北厢房里，我便去那里找他，正好听到——

钱叔叔说："我儿子才二十一岁，他的生活还没开始就结束了，就因为这句话。"他的声音听上去又丧气又麻木，冰冷的，"这句话满大街的人都在说，都没有事，可我儿子却因此丢掉了性命。我看见他躺在地上，眼睛睁得大大的，一只手伸在半空中，像在等我去拉他起来。我去拉他，他的手冰凉冰凉的。我大声喊他，东东，你怎么啦，起来跟我回家吧。他一动不动，连流出来的血都凝固了，结冰了。他死了。我儿子死了。我无法接受，希望杜公子帮帮我。"

杜公子说："我怎么帮你？"

钱叔叔说："这是任何一个父亲无法接受的。"

杜公子说："是，这我知道，哪个父亲都接受不了。可我不知道你跟我说这些是什么意思。"

钱叔叔说："我要给儿子报仇。"不等杜公子发话，钱叔叔又说，"我要杀了他！"

杜公子说："那你怎么来找我？"

钱叔叔说："我没人可以找，我一直在金融界混，身边没有这种人。"

杜公子说，明显是生气了："难道我是这种人吗？你听谁说的？杀人放火的事我从来不干的。"

钱叔叔说："我知道。"

杜公子说："既然知道怎么还来找我？"

钱叔叔说："只有你才找得到这样的人，帮帮我吧，我给钱，要多少钱我都给。"

杜公子说："钱？你认为谁会为钱去卖命？现在谁敢去找鬼佬的麻烦，躲都来不及！老兄，我很同情你，但我告诉你，没有人会为钱去杀一个日本人的，现在，除非你自己。"

谈话到此结束，钱叔叔很扫兴，最后连饭都没吃就匆匆走了。这事本来跟我们家毫无关系，八竿子打不着，谁想得到，后来竟像变戏法似的，七变八变，变成了给我家招来灭门大难的祸水。要不是罗叔叔曲里拐弯地把我赶出家门，我也是必死无疑。

03

那天罗叔叔是最后一个走的，因为我父亲留下他说了点事，其实说的就是给我找对象的事。他走的时候已经九点多钟，夜深了，演戏的人都走了，看戏的人也走了，热闹的冯公馆一下安静了。我在天井里帮徐娘和小燕收拾东西，罗叔叔和父亲、母亲一行从父亲办公室出来。罗叔叔看到我，把我叫过去，表情暧昧地说："嗯，确实是长大了,完全是个大姑娘了嘛,今年是二十几了?"妈妈跟过来说:"二十一了。"罗叔叔的口气更神秘:"看来我是该履行责任了。"我以为他说的是让我去他那儿工作,说:"我才不当记者呢。"罗叔叔笑道:"谁让你当记者,工作的事我就不管了,让你爸爸管吧,他在上海有那么多关系,肯定会管得比我好。"我问:"那你要管我什么?"罗叔叔看看我父母,母亲接住话头,对我说:"罗叔叔要替你介绍对象。"罗叔叔说:"关键是老天给你派了个人来,我上个月刚认识,从美国留学回来的,写诗写小说,非常有才气,家里也不错,父母亲都是大学教授,仪表也是堂堂的。怎么样,有兴趣吗?"我拉下脸,说:"没兴趣。"罗叔叔说:"你见了就会有兴趣的。"我说:"我才不见,我不需要。"父亲笑了笑,饶有兴致地说:"你不需要,我们需要啊,男大当婚,女大当嫁,天经地义的事。"我马上想到他们把罗叔叔留下来是在谈这事,顿时火冒三丈,掉头离去。

我不知他们是怎么想的,也许他们把我的这种强硬态度理解为不好意思。第二天,罗叔叔带着那位仪表堂堂的"高材生"上门来见我,我死活不肯下楼,父亲上来请我也不领情,让他们非常生气。等那人走后,父亲对我大发一通火,我一气之下,把我和高宽恋爱的事情一五一十跟他们亮出来,高宽的照片、信,都翻出来给他们看。我哭哭啼啼地告诉他们,我跟高宽是怎么恋爱的,我们曾经有多么好,好了有多长时间,现在又为什么分了手。但分手的原因我是胡编的，我说："我把我被鬼子强暴的事跟他说了，他接受不了，就跟我分了手。"我说得有鼻子有眼，有时间，有地方，地方就是双鱼咖啡馆，时间就是那一天。我父母亲完全相信了，因为这是我这几个月来唯一一次出门，他们都记得这事。我这么说的目的是要他们别管我这闲事，因为管不了，没人会娶我这个"烂柿子"的，死了心吧。

但我父母没有死心，他们背着我让阿牛哥去找高宽，他们想同高宽私下谈一谈，争取改变他。我后来知道，当时高宽已经接到命令要去重庆，阿牛哥找到他时他正在准备行装，很忙碌，没时间接待他，加上一听是我父亲要见他，一股恶气涌上心头，态度很恶劣，说："堂堂的冯大人要见我干什么，我又不是什么富家子弟，他的女儿我高攀不上。"高宽以为我嫁给富家子弟一事是真的，父亲听这"回音"，以为真是他把我抛弃了。很奇怪，那段时间，我违心撒的每一个谎言都能成真，无人能识破，这就是命。

高宽，一个有见识的知识分子，一个曾经深深爱我的人，都无法接受现在的我，要忍痛割爱，要分道扬镳，更何况那些未来的萍水相逢者。这是最简单不过的推理。所以，我的现状，我的婚姻，让我父母亲伤透了心，绝望了。为了确保我未来的婚姻，他们绞尽脑汁，用尽心机，另辟蹊径。很快，他们安排我出国去旅游，不可思议又不言而喻的是，给我安排了一个陪客——阿牛哥。陪我出国旅游是假，创造机会让我们培养感情是真。他们怕我嫁不出去，想让阿牛来收购我这个"废品"!

这无异于我养了几个月的"伤口"又被扒开了,并且撒了一把盐。我欲哭无泪,既没有争辩也没有伤心,是一种心痛极了、失去反抗的麻木和冷漠。我可以想象,待在这个家里我的伤口将不断地被人以关心和爱的名义打开,因而永远不可能愈合。与其留下来受煎熬,不如一走了之。这天晚上,我下定决心要离开这个家。我写了好几份留言,有的很长,都撕了,最后只留下一句话:

爸爸,妈妈,大哥,大嫂,二哥,小弟,我走了,你们不要找我,就权当我死了。

就走了。

像一只迷途的鸟永远飞出了巢。

04

当一个人真心要躲起来,别人是很难找到的。我连夜离开上海,坐车,又坐船,第二天傍晚才到达目的地:一个跟我家里从来没有来往过的女同学家里。这里离上海市区有四五十公里,没有汽车,没有邮局,没有警察,只有水牛、桑树、竹林、池塘、鸡啼、鸟鸣。同学的父母都是养蚕的桑农，我每天在鸟叫声中起床，吃过早饭出门，和同学一起去桑园摘桑叶，下午去河里摸螺蛳、网鱼，晚上天一黑就上床睡觉。新的生活方式让我变成一个新人，没有过去的荣华富贵，也没有过去生不如死的苦痛，我在用疲倦和粗糙的生活抹平痛苦，只有晚上失眠时，痛苦才会重新造访我。不过总的来说，我对现状是满意的，如果允许，我愿意就这么一直活下去，直到老死。

当然是不可能的，我偷跑出来，身上没带多少钱，同学家靠养蚕谋生，生活十分拮据。同学有两个哥哥，原来都在军队里，大哥还当了团长，每月给家里寄钱，在村里算是有钱人家。可是大哥去年在南京保卫战中牺牲了，二哥的部队在浙江被打散，至今生死不明。我怎么好意思寄生在这么一个被悲伤的阴影日夜笼罩的农家中。待了不到一个月，我悄悄溜回城里，寻找新的出路。我找到另一个同学，小学同学，她是个犹太人，父母在教会工作。我想去当修女，希望他们帮我联系。他们答应帮忙，让我回家等消息。我又回到乡下同学家里，不到半个月犹太同学通知我去南京拉贝先生办的女子教会学校读书。这是我当时最向往的一条出路，看到通知书后，我激动得哭了。

乡下同学一直不知道我出了什么问题，她曾多次问过我，我都敷衍过去。小痛才会叫，痛到极限时是无声的，麻木的，对谁都不想说，因为没有谁可以为你分担减痛。现在的我更相信，人不过是一根会思考的芦苇而已，很渺小，很脆弱，因为人世太复杂，太冷酷，太残忍。我到最后分手也没有跟她说明真相，真的不想说。我了解自己，我不需要安慰，我要行动，要去过一种崭新的生活：没有生活的生活。

第二天，我告别同学，出发去南京。我要去拥抱另一个世界，但是这个世界又残酷地把我留下了。我提着少有的行李，随着拥挤的人流走进月台，一个警察突然把我叫住："你，站住。"我只好站住。

"你去哪里？"

"南京。"

"票，拿出来我看看。"

我递上票，让他看。就在这时，我无意中看到柱子上的通缉令，惊呆了。警察看完票还给我，让我走，可我像是被钉在地上，动弹不了。

警察发现我在看通缉令，顿时变得严肃地责问我："怎么，你认识他？"

我当然认识，他是我二哥！

下面的事是后来二哥告诉我的：

那天，是二哥介绍钱叔叔和杜公子认识的，两人交谈后心里都有气：钱叔叔愿望落空，心情郁闷，当即走了；杜公子也是心气不顺，找到二哥发牢骚。二哥问怎么回事，杜公子说："他让我去杀人，杀鬼佬，神经病！"二哥详细了解情况后心里暗喜，他那时正处在疯狂杀鬼佬的热情中，有人愿意出钱要一个鬼佬的人头，正中他下怀。

当晚，二哥便登门造访钱叔叔，把"生意"揽了下来。

跟踪几天后，二哥把打死东东的那个日本佬的情况已摸得很清楚：他年纪五十岁，是日本某新闻社驻中国记者，住在闸北区胡湾路上的一个院子里，每天上午很少出门，晚上经常很迟回家，有时也睡在外面。他有个固定情人，是个唱昆剧的小戏子，住在大世界公园附近的一条弄堂里。他虽然身上有枪，但身边没有任何随从，似乎很好下手。一天晚上，二哥扮成车夫，拉一辆黄包车，守在戏子楼下。只有他一辆车，鬼佬从楼里出来，别无选择地上了他的车。二哥拉着他，轻而易举送他去见了阎王爷。

二哥啊，疯狂的二哥，你太大意了！你不想想，一个记者身上有枪，且敢当街打死人，说明他决不是一般的记者。确实，他不是一般人，他是有后台的，他的同胞兄弟山岛鸠晶，是当时上海宪兵司令部的第三号人物。

山岛怎么会让自己的哥哥死得不明不白？他发动宪兵队开始进

行兴师动众的全城大搜捕。于是，一条条线索被梳理出来，最后自然理到钱叔叔头上。钱叔叔被鬼子带回去行刑逼供，一天下来皮开肉绽，倒是没开口，为了保护二哥。可到了晚上，鬼子把钱叔叔两个女儿又弄进来审，还威胁钱叔叔，如果天亮前不把人交出来要处死他两个女儿，逼得他精神崩溃，供出了二哥。宪兵队押着钱叔叔连夜闯到我家抓二哥，结果因为抓不到人恼羞成怒，大开杀戒，最后连猫狗都不放过，见人就杀，见活物就灭。唯有阿牛哥和二哥，那天正好被父亲派去外地找我，没在家，侥幸躲过一劫。

是我救了他俩，也可以说是我毁了这个家！我后来经常想，如果鬼子那天在家里抓到二哥，会不会就手下留情，饶过这一家子人呢？进一步想，如果我没有离家出走，鬼子当天很可能抓到二哥，我的家也可能不会就这么被毁了。我恨死了自己！

灾难让我走出了困境。

我决定要好好活下去，为我父母而活，为他们报仇。我血液里流的是冯八金的血，该不是个胆小怕死鬼的血吧。第一件事，我要找到二哥。我不知道他在哪里，但我想吴丽丽可能会知道，便去找她。丽丽姐的男人在上海是有家室的，军统工作又秘密，去会她的机会其实很少，大部分时间她是一个人，很无聊，便经常邀母亲和二嫂去打牌。上海沦陷前我陪母亲去过多次，一栋黄色的独门独户的小别墅，有一个用人叫何嫂，我也认识。那天我敲了好长时间的门，何嫂才来给我开门，开了门又不想让我进去，说丽丽姐不在家。我问她在哪里，何嫂说她已经几天没回家了。我注意到，何嫂神情紧张，说话语无伦次，便不管她阻拦，硬推开门闯进去。

屋里很乱，楼上的家具都堆在楼下，要搬家的样子。我问："怎么回事？要搬家吗？"何嫂说："是的。"我问："搬去哪里？"她说不知道。我预感是出事了，问她："出什么事了？"她说："我也不知道，反正小姐已经三天没回家了。"我问："陈先生呢？"我问的是丽丽的男人。何嫂说："先生今天上午来过一回，说这儿已经被鬼子盯上，让我赶紧整理这些东西，准备搬家。"我沉吟一下，问她有没有见过我二哥，她说十几天前见过，最近没见过。我问她："你知不知道我家的事情？"她说："咋不知道，出事后二少爷就躲在这儿，天天哭呢，天杀的鬼子！"我问她知不知道现在二哥躲在哪里，她不知道，说："满大街都贴着他的头像，我想他应该不在城里。"会在哪里？我看见电话机，决定给罗叔叔打个电话问一问。

罗叔叔一听见我声音非常震惊，问我在哪里。听说我在吴丽丽这儿，他在电话那边不禁叫起来："天哪，你怎么在那里，马上离开那里，不要让任何人看见你在那里，快走，越快越好。"我小声说："已经有人看见了。"他说："不管是谁，一定要堵住她的嘴！"他给我一个地址，让我速去那里。我挂了电话，联想到何嫂刚才说

59

的情况,我猜测现在这儿可能已是是非之地,便吩咐何嫂:"不要跟先生说我来过这里,跟任何人都不要说,鬼子都以为我死了,谁要知道我还活着,万一被鬼子盘问起来,对你反而是多一件事。"何嫂说:"你放心,我不会跟任何人说的。我知道你家一向对吴小姐好,我不会伤害你的,老天保佑你平平安安。"说着流了泪。她这话、这样子让我怀疑,丽丽姐已经出事,肇事者可能就是她男人,陈录。

05

我赶到罗叔叔指定的地方后,一个小老头推着黄包车上来跟我搭话,确认我的身份后,他让我上车。车子走了又走,从城里走到乡下,沿着黄浦江一直顺流而下,不知道要去哪里。原来罗叔叔已经安排二哥这天晚上离开上海,我算出现得及时,否则不知什么时候才能见到他。

几个小时后,在江边的一个阴冷潮湿的涵洞里,我见到了比父亲还要苍老的二哥——见到之初,我以为是父亲!从见到我起,不管我问什么、说什么,二哥都没有跟我说一句话。他不但老了,还傻了。悲痛和饥饿让他变成了废物,变成了哑巴,变成了一个傻瓜。他已在这个鬼地方躲藏三天,一直在等机会离开,今天晚上终于有一艘船要给鬼子去嘉兴运粮食，船老大姓赵，与罗叔叔是同一个村的，交情笃深。他妻子姓郭，是个大胖子，比赵叔叔要大半个人。后来赵叔叔和郭阿姨都去了南京，郭阿姨代号老P，就是香春馆里的那个老板娘。赵叔叔代号老G，一直跟着我和高宽，名义上是我家管家，实际上是电台报务员，同时兼管高宽的安全，高宽外出执行任务时一般都带着他。别看赵叔叔个子小，力气可大呢，扛着两百斤一袋的大米上船，如履平川，面不改色，大概是经常撑船锻炼出来的。

当天晚上，我和二哥一起跟赵叔叔的船离开了上海，这个伤心之地！我以前从没有见二哥流过泪，可这一路上他都在流泪，无声地流泪，常常泪流满面，睡着时也在流。最后泪水变成了黄水，有一股脓臭味，显然是泪水灼伤了眼睛。等我们下船时，他的双眼已经肿得像嘟起的嘴巴，眼皮子红红的，鼓鼓的，眼眶只剩下一条线，根本睁不开眼——这下子，他不但成了哑巴，还是个瞎子，走路都要人扶。

赵叔叔把我们安排在嘉兴码头附近的一个农户家里，主人家的老爷子懂一点中医，给二哥熬鱼腥草的水喝，又用艾草灸脚踝上的两个穴位，两天下来眼睛的肿总算消下去。第三天，有只小木船来接我们，上船后我发现竟是阿牛哥！原来阿牛哥把我父母的尸骨带回老家安葬了，然后一直躲在乡下。罗叔叔想把我们送回乡下老家去避难，又怕鬼子去过村里，有埋伏，所以先回去侦察一番，结果遇到阿牛哥，当然就安排他来接我们。罗叔叔真是我们的福星，我们三个天各一方的人，就这样又有幸相聚在一起。

二哥见了阿牛哥后，号啕大哭一场，这才开始张口说话。在回家的路上，他断断续续地向我和阿牛哥讲述了他干的傻事——帮钱叔叔杀人得赏，和这一个月来东躲西藏的经历。这段经历里，吴丽丽和她男人陈录扮演了重要角色，高宽牺牲后组织上让他接任老A工作前，要求他对这段"历史"有个交代，为此他专门写过一个材料：

我家被鬼子满门抄斩后，我没地方藏身，就去找了吴丽丽。当时陈录不在上海，说是在浙江，很少回来，吴就把我留在她屋里。但事实上陈根本没离开上海，所以这么骗吴，是因为她老嫌他来看她的时间少，缠得他心烦，才撒谎说走了。我待到第三天，陈得到口风，说我跟吴住在一起，当天夜里就闯来捉奸。我越窗而逃。看我逃跑后，他当作什么事也没发生，没有对吴提我。吴以为他不知情。其实陈是老军统，哪里骗得了他。我毕竟是匆忙逃走的，在房间里留下很多破绽，陈心里明白我刚逃走，他所以不提我，是为了稳住吴，好寻找下一个机会。我曾经以为，陈即使知道我和吴的关系也不至于对吴起杀心，因为他早想把吴甩掉。谁想到他已经暗中和鬼子勾搭上。他抓我哪是捉奸，就是为了讨好鬼子，好去找鬼子领赏。

我离开吴后，本想马上离开上海，但两个原因促使我留下来：一个是我恰巧在街上遇到一个以前我帮过的人，他正好在吴丽丽家附近开了家客栈，并且保证一定会保护好我；另一个是，当时大街上已经四处贴了抓捕我的通缉令，我想到小妹点点肯定就在城里，也许会看到这个东西，然后一定会去找吴丽丽了解家里情况。小妹是我唯一的亲人，我不能抛下她不管，这么一想我决定等一等再说。我住下来后，让客栈老板给吴丽丽捎信去，这样万一小妹去找她才找得到我。

吴丽丽是个不大有心计的人，她以为陈真的什么都不知道，知道我住在哪里后经常抽空来看我，给我送吃的、用的；我的枪都还在她家里呢。哪想到，陈录已经把吴丽丽用人何嫂收买，吴经常外出，老往一个方向走，让何嫂觉得异常，向陈汇报了。陈便派人跟踪吴丽丽，几次跟下来，我的情况全被摸清。一天晚上，吴丽丽来得比平常晚，而且是空手来的，没给我带吃的。我说，你既然来该给我带点吃的，我还饿着肚子呢。她说今天陈带她出去应酬了。我说，那你可以不来。那天我情绪不好，说话很冲，我们闹了点不愉快，把她气走了。可想到我还没吃晚饭，她出去后又给我买了东西回来，让我很感动。她说，我就知道你这德行，坐牢了还要人服侍，我是前辈子欠你的。我说，行了，别做怨妇了，麻烦不了你几天了。

我想小妹可能已经离开上海，我也不能老是这么等下去。我说我准备走了……就这时，我突然神经质地感觉到外面好像有动静，停下来侧耳听，又打开窗户看，末了又让她出去看看。

她出去了，我把身上和枕头下的枪都取出来，警惕着。不一会儿，她在外面喊：二虎，快跑！我刚跑到门口，她又喊：快跳窗跑，敌人来抓你了！她话音未落，一个"鬼子"不知从哪儿窜出来，举着枪冲进我房间。我率先开枪，打死了他。紧接着，一伙"鬼子"迅速从楼梯上冲上来。丽丽冲进屋，关住房门，对我喊：快跳窗跑！我让她一起走，她说敌人是来抓我的，她没事……话没说完，外面枪声大作，门被射穿，丽丽中了弹。负伤的丽丽死死顶住门，为我争取了十几秒钟，我才得以跳窗逃走。吴丽丽就这样死了，那些人都穿着鬼子的制服，其实是陈录的手下，那个被我打死的人我认识的……

陈录借鬼子的名义杀人，是够狠毒的，但后来这事恰好被我利用。我到重庆后，把假鬼子说成真鬼子，这样陈录便有勾结鬼子的证据，直接导致他最后没有当成上海军统站站长。这是他觊觎已久的位置，之前也已经代理多时，按理是板上钉钉的事，没想到被人夺走。到手的鸭子飞了，他一气之下投靠了李士群，身败名裂，引来杀身之祸。

这是一九三九年冬天的事，戴笠下令，要不惜代价铲除叛徒陈录。那时我已被陈录亲自"发展"为军统，正在重庆歌乐山上接受培训。为博得军统信任，我主动请缨，趁机潜回上海，家仇国恨一起报。我也因此博得戴笠信任，被他调到身边工作。

第四章 ◎

01

话说回来，还是一九三八年春天，我和二哥、阿牛哥一起回到乡下老家：浙江德清县的一个叫冯家门口的古老山村。这里距著名的风景名山莫干山，只有二十公里，属于丘陵地貌，青山绵延起伏，平原迤逦铺展。正是阳春三月之际，山上山下到处是油菜油汪汪流泻的翠绿，蓬蓬勃勃地显露出春天盎然的生机。冯家门口是个大村庄，一片片白墙黑瓦的村庄横逸在青山与平原的连接处，仿佛一抹陈年的旧梦嵌在新春的瞳眸里。一条清澈的小河绕着村庄而过，流水潺潺。一株大皂角树屹立在村头，枝繁叶茂，如伞如盖。我和二哥都是农民打扮，阿牛哥更是了，走在这样的乡间土路上，一点也不引人注目。阿牛哥站在路边的大皂角树下，翘首望着眼前的村庄，对我说："小妹，到家了，我们到家了。"

我已经累不可支，听了这话一下子坐在地上，说："再不到的话，我看我也到不了了。累死了，上次回来没感觉有这么远啊。"阿牛哥说："那当然，你坐在轿子上就是睡一觉的工夫。你上次是什么时候回来的？"我说："三年前，父亲带我们回来祭祖。"二哥本来还有兴致听我们说，听到**父亲**一词顿时变得萎靡下来，一个人走开去，走到树背后。他默默站立一会儿，忽然跪在地上，对着远处的青山又哭又诉："爹，妈，冯家的列祖列宗，家乡的父老乡亲，我冯二虎对不起你们啊。"

阿牛哥拉起二哥，说："走吧，要哭这不是地方，我带你去一个地方。"

阿牛哥带我们绕过村庄，走过一座木桥，钻进一个山坞里。在山坞里走了约两里路，眼前顿时开朗起来，正是夕阳西下，视线极远，我看到山坞尽头，一个半山坡上，有一大片新土，新土处有一片灵幡在随风飘扬。走近了，才发现，这是一片新坟，其中有两座特别大，肩并着肩，那是我父母的坟……原来，阿牛哥这么多天来就在忙这事：让死者入土为安！

阿牛哥告诉我们，他是第二天中午回到城里的，从四桥码头上的岸。这个码头原来是我们家的，那些在码头上拉生意的车夫都认识他。"我刚上岸，他们中就有人告诉我家里出了事。"阿牛哥说，

"我赶回家看，果然如此，鬼子已经把房子封了，门前坐着两个人，没有穿制服，也不带枪，我估计是维持会的人，鬼子临时安排他们在看门，守屋。我从后花园溜进去，进屋就闻到一股呛人的血腥味。我顺着那气味找过去，最后在天井发现大片血迹。鬼子就在那儿杀的人，集中在那儿杀，那个血啊，流得满地都是，几乎每一块石板上都沾满了血。因为太多了，虽然过了那么长时间，有些地方血还没有干，摸上去黏手，血糊糊的。我不知道以后能不能找到他们的尸体，就找来几块毛巾，把能吸的血都吸了，心想这样即使以后找不到他们尸体也可以给他们葬个衣冠坟。这么想着我又去每个人房间，各收了他们一套衣服。本来我想尽量收一些值钱的东西，但鬼子很快进来了，我只好匆匆忙忙撬开冯叔的办公桌，拿走了两只金元宝和一把手枪。"

我当场向阿牛哥要了这把手枪，不仅仅因为这是父亲的遗物，我是要以此表明，今后我要为父母报仇。

阿牛哥给我手枪后接着说："接下来我开始找他们的尸体。我问遍了街坊邻居，包括街上收马桶的、买豆浆的、补鞋的，凡是平时在那一带出入的人，我都找上门去问。终于问到一个人，他给我提供一个人，说那天是他拉走的尸体，他就是我家后面那条街上那个拉马车的苏北人。我找到他，求他，好话说尽，他就是不承认，死活不承认。后来我火了，把一只金元宝和手枪一起拍在他面前，让他选。他还是怕死，选了金元宝，告诉我一个地方，竟然就是我家那个被废弃的货运码头。我去了码头就知道，他开始为什么不敢承认，因为他黑心哪，他根本没有安葬尸体，只把他们丢在了垃圾堆里！"

除了没有发现小马驹，其他人都在，包括家里的工人，还有两只狗，总共十七具尸体。后来阿牛哥把他们运回老家，在这青山之中，这片向阳的山坡上，把他们都安葬了。他没有请任何人，每一座墓穴都是他一锹锹挖出来的。

听了阿牛哥说的，二哥和我都感动得跪在他面前。人死了，入土为安，这是比天大的事！阿牛哥啊，你对我们的恩情比天还要大啊！我们哭着，磕着头，感谢阿牛哥大恩大德。阿牛哥又惊又气，一手拎一个，把我们俩拖到父母坟前，骂我们："这才是你们要跪的地方！"说着自己也跪下，对着我父母的坟号啕，"冯叔啊，冯婶啊，你们看，我给你们带谁来了，是二虎和点点，他们都好好的，冯家还有后代，以后每年都有人来给你们扫墓，你们就安息吧。"我们也跟着号啕大哭，哭声回荡在山坞里，把林间的鸟都吓飞了。

02

二哥一跪不起，一直跪了三天两夜，直到昏迷过去。

阿牛哥把他背回家里，养了几天，二哥恢复了身体，还是上了山，他在父母坟前搭了个草棚子，除了下山吃饭外，其他时间都待在山上，白天黑夜守着坟。坟地长出的新草绿了，花开了，我们一次次劝他下山，他就是不听。他经常说一句话：他们都是我害死的，我无脸再活着，活着就是为了陪他们。

　　一天早晨，山上来了一位七十多岁的老汉，坐在二哥棚子前，无精打采地吧嗒着旱烟，一边自顾自说起来："冯八斤有今天，我三十年前就料到了，他杀的人太多，结的冤太深，虽然后来他想回头，用金盆洗手，用金子修庙，给村里建了功德祠，做了一些善事，但终究是在阳间行的凶太多，在阴间留下太多要找他算账的小鬼。一个小鬼法力不够，治不了他，但多个小鬼聚在一起，大鬼也要听他们的。这不，发作了吧，这么多坟就有这么多条命，都是用来给他还债的。我看你已经在山上待了长时间了，我知道你是在守陵行孝，可我要劝你下山。听我的，小伙子，下山吧，为什么？因为你日日在这里做孝，那些小鬼都看见的，你不怕这些小鬼也来缠你？"

　　二哥说："就让他们来缠好了，反正我也不想活了。"

　　老汉说："这么说你不是八斤的儿子。"

　　二哥说："我就是他儿子，是老二。"

　　老汉说："既是他的儿子，你就不该说这话，八斤是条血性汉子，你这样子哪有什么血性，猪狗都不如。"说罢走了，走远了又丢给二哥一句话,"与其在这里被小鬼缠死,不如回城里去报杀父之仇。"

就在这天晚上,二哥下了山,向我和阿牛哥讲起遇见老汉的经过。虽然他对老汉的长相描述得有鼻子有眼睛,但阿牛哥问遍村里所有老人,都不知道这个人。我们甚至去邻村找也没找着。我一直以为,二哥可能是做了个梦,把梦当真了。不管是不是梦,二哥确实从此变了,他振作起来,开始酝酿回城里去报仇。

这也是我和阿牛哥当时的想法。在二哥蹲守父母坟前的那些日子,我每天都在跟阿牛哥学习打枪。家里有几杆猎枪,我迷上了它们,天天上山去打猎,苦练枪法。阿牛哥自己也在练,他本来枪法就很好,练了以后就更好了。山上有野兔和山鸡,很难打的,我经常一天都打不到一只,而阿牛哥总是满载而归。每次提着野物下山,阿牛总是会说:"这些尸首要是鬼子就好了。"我们已经在心里杀了无数个鬼子!我们已商量好,不管二哥怎么想,我们一定要回城里去杀鬼子报仇。二哥加进来后,我们更加来了劲。

一天晚上,二哥把我和阿牛哥都从床上叫起来,说他做了一个梦,父亲在梦中告诉他,家里藏了一箱宝贝,让他去找。我不相信,怎么可能呢?父亲已经出去三十多年,爷爷去世后家里的房子空了也有好几年,父亲怎么会在这里藏宝贝?我们在上海有那么大的房子、院子,哪里不能藏,要藏到乡下来。

二哥说:"你不了解父亲,为什么父亲经常要我们回来祭祖?

这里才是我们的根。"他宁愿相信梦，也不相信我的理性分析。没办法，我们只好陪他找。找了三天，一无收获，我和阿牛哥都懒得找了，只有二哥不放弃，整天在房子里转来转去，东敲西敲，像个捣蛋鬼。一天深夜，我听见他在后院的猪圈里敲，声音很大，我下楼想去阻止他，结果看到一堆金灿灿的金元宝和金条。

是砌在猪圈的石墙里面的！总共有九只金元宝，十根金条，一块金砖。这真是天大的喜事啊，我们正愁没钱去买武器，谁承想父亲早给我准备好了。二哥拿起一只金元宝，痴痴地端详一会儿，突然对着金元宝叫了一声爹，说："爹，当年你被恶人逼上绝路，靠自己打的刀子斧头去闯江湖，今天那些玩意儿顶不了用，我要靠这些玩意儿去换最先进的武器。"

二哥决定去上海买一批枪弹，拉一伙人马，组织一支铲鬼队。第一个队员就是我，我领受了我们铲鬼队的第一项任务：进城去找杜公子去买枪弹。要不是罗叔叔及时来看望我们，真不知我会有什么下场。事后我们才知道，杜公子那时已经在偷偷替鬼子做事情，我若去找他买枪弹，无异于飞蛾投火。

03

罗总编穿着乡下人的土布衣裳，挎着一只布袋，几乎就在我出门前一刻钟出现在我们面前。他看我整装待发的样子,问我要去哪里。我说上海。他又问去上海干吗?问这问那,我们说了实话。他听了十分愕然,问:"这是谁的主意?二虎,是不是你的?"二哥承认了。罗叔叔很生气,严肃地批评他一通,然后开导他说:"二虎,你的心情我可以理解,但做法我绝不赞同。三十多年前你父亲可以拉一支人马去闯他的世界,但如今时代变了,你要闯的江湖也变了,鬼子有庞大的组织,武器精良,人员众多,你拉的队伍再大也是杯水车薪。"

二哥说:"你的意思就是让我们忍着,可我们忍无可忍啊!"

罗叔说:"你可以换一种方式来复仇。"

二哥问:"什么方式?"

罗叔说:"**革命,参加革命。**"

二哥问:"怎么革命?跟谁革命?"

罗叔叔其实是有备而来的,他从衣服的夹层里抽出一面红色旗帜,认真地铺展在桌上,对我们一字一顿地说:"跟着它!"这是一面中国工农红军军旗,但二哥哪里认识,问:"这是什么?"罗叔叔笑了:"你连这都不知道,说明我的宣传工作没做好,这是中国工农红军的军旗,也是中国共产党的党旗。"

"罗叔叔,你是共产党吗?"我们都问。

"是的,我是中国共产党的地下组织成员。"罗叔叔第一次对我们公开他的秘密身份。

尽管家里早有这种猜测——罗叔叔是共产党,但是真的被他本人这么活脱脱证实在眼前时,我们还是倍感震惊。事情来得太突然,我们没有表态,而罗叔叔心里似乎有的是说服我们的底气。这件事就像一个急于出嫁的姑娘遇到了求爱者,结局是笃定的。就这样,当天下午,我们进了山,去了墓地,当着父母亲的英灵,举行了庄严的入党仪式。最后,罗叔叔对我们说:"今后我们就是一条战壕里的战友,战友情比兄弟情还要深,深就深在今后我们要生死与共,志同道合,为一个主义——英特纳雄耐尔——同奋斗,共命运。来,现在我们一起把手放在一起,你们跟着我说,共产党万岁!中国万岁!日寇必败!中国必胜!"

我清晰记得,这一天是一九三八年六月二十日。

一个月后,我们三人先后回到上海,参加了第一次党组织活动:**长江七组**的成立仪式。会议是在赵叔叔的轮船上开的,有罗叔叔、赵叔叔、郭阿姨,我们兄妹三人,另有罗叔叔的司机,共七人。今后我们就是一个小组,罗叔叔是组长,赵叔叔和二哥是副组长。在这个会上,二哥把他从老家猪圈里挖出来的宝贝:九只金元宝、十根金条和一块金砖,作为党费交给了组织。罗叔叔问我和阿牛哥的意见,我们也表示同意后,罗叔叔拿出一只金元宝,对我说:"这一只你留着,是你父亲给你的嫁妆。"我不要。罗叔叔和大家都执意要我收下，我就收下了。然后罗叔叔又拿出两根金条交代二哥，让他去开办一个公司。二哥继承了父亲做生意的天赋，以后他就是靠这两根金条启动做生意，当了大老板。

阿牛哥留在船上，做了赵叔叔的帮工，我呢，罗叔叔把我安排去了一所中学当老师。我们基本上隔十天聚一下，再次会面时，我和二哥、阿牛哥都没有一下互相认出来，因为我们都是全新的身份，异样的穿着：阿牛哥是船夫的打扮，赤膊，折腰长短裤，一块脏毛巾搭在肩头，像煞一个船工；二哥蓄了胡髭，人中一字胡，西装革履，扎领带，戴着金戒指，俨然一个阔老板；我扎一根独辫，穿着蓝印花布斜襟衫，朴素的样子像个刚进城的乡村姑娘。这次见面，给我留下最深印象的是，二哥给阿牛哥搞来了一支英国人造的小口径步枪，据说射程有五六百米远。大约过了一个多月，二哥又带来了一支长枪，这是一支改造过的狙击步枪，德国出产的，配有望远镜的。就在这次会上，罗叔叔第一次给阿牛哥下达任务——暗杀二哥曾经的好友杜公子！

04

杜公子确实该死！他居然公开投靠日本人，当了中日友邦会会长。这是一个挂羊头卖狗肉的货色，名为友邦，实际上是日本特务机构，专门在民间收集抗日力量的情报，是笑里藏刀的下三烂角色。但二哥不知是为什么，也许是因为跟杜公子故有的交情，不同意罗叔叔的这个决定。他说："都是出手，与其杀他不如杀一个鬼子。"罗叔叔说："鬼子那么多杀哪一个？"二哥说："宪兵队哪个头目都可以。"罗叔叔说："鬼子的头目不是那么好杀的，出门有汽车，下车有护卫。这是阿牛第一次行动，不要挑难的，先拣个好上手的活为好，以后可以增加信心。"二哥说："那么让阿牛说说看，杀谁容易，我敢说阿牛一定会觉得还是去我家杀鬼子容易。"罗叔叔笑了，"你呀，还是想搞个人复仇。"二哥说："不是的。"罗叔叔依然面带笑容，说："莫非是跟杜公子的交情在起作用？"二哥说："这怎么可能。"罗叔叔说："确实，不能念旧情。你是最知道的，什么杜公子，他本姓李，为了攀附杜家势力才自称杜公子，今天又攀附鬼佬，这种人是最没有骨头的，有奶便是娘，最该死。你今后在感情上一定要跟他一刀两断，视他为敌人。"二哥说："这我知道，我心里早跟他绝交了。知人知面不知心，他妈的，我真是瞎了眼，跟他交了朋友。"罗叔叔说："嗯，你怎么冒粗口了，你现在是大老板，要学着点文明礼貌。"二哥打了自己一个嘴巴，认真地从身上摸出一根缠了红丝线的牛皮筋，套在手腕上，说："我晚上回去罚跪半个小时。"

这根牛皮筋是我给他准备的。我还给他准备了一个心字形胸佩，里面夹着父母亲的头像。为了改掉他的坏脾气和鲁莽粗暴的行事作风，我跟二哥约定，只要他犯一次错，比如说粗话、冲动发脾气、违反组织纪律等，他就在手腕上戴一根牛皮筋告诫自己，晚上回家要打开胸佩，对着父亲的照片罚跪。二哥后来真的变了一个人，就是从这么一点一滴做起，重新做人的。

二哥接着说："不过我要申明一下，我反对去杀杜公子，或者说李走狗吧，可不是因为念旧情，而是我真的觉得去我家杀鬼子更容易，为什么？因为阿牛熟悉那儿的地形和机关，我家后院有个暗道，直通河道，我估计鬼子现在肯定还没有发觉这个暗道，阿牛从那儿进去、出来，绝对安全。"罗叔叔问阿牛："你也这么想吗？"阿牛说是的。罗叔叔问他："可是你想过了没有，你得手以后敌人会怎么想？谁知道暗道？他们住在里面都不知道，你凭什么知道？敌人因此马上会猜到，是你老二又回来了。"

这一下把二哥说服了。

罗叔叔接着说道："为什么我说杀杜公子容易，因为他现在还没有被人杀的意识，经常一个人在外面窜来窜去，我们很容易掌握他的行踪，挑选一个绝杀的机会。"

确实如此，后来阿牛哥很顺利地完成了任务，他躲在两百米外的一栋废弃的居民楼上，把杜公子当街打死在东洋百货大楼前，神不知，鬼不觉。这是阿牛第一次出手，枪法神准，干脆利落，为他以后做一个出色的狙击手开了一个绝佳的好头。在随后的半年多时间里，阿牛多次应命出击，任务有大有小，无一失手，每一次都出色、安全地完成了组织上交给的任务，让我们小组在党内名声大噪，据说重庆和延安都知道有我们这个小组。

做地下工作犹如潜于水中，有机会总想上岸喘口气。这年春节，我们是回乡下去过的。我们是四个人：我、二哥、阿牛哥和罗叔叔。

罗叔叔出事了，感情出了问题，年轻的夫人离开了他，外面都认为是两人年纪相差太大的原因。其实不是的，是信仰的原因，她对共产党没有好感，以前罗叔叔一直对她瞒着自己的身份，后来不知怎么知道了，她接受不了。她没有这么高的政治觉悟，要求罗叔叔在她和信仰之间做选择，罗叔叔没有选择她，春节前两人正式分了手。这是一件非常痛苦的事情，所以我们叫罗叔叔一起跟我们回乡下过年，他也高兴地答应了。作为父亲的老朋友，我们对罗叔叔本来就有一份很深的感情，现在又是我们信仰的领路人、小组的领导，我们对他的感情更深了。就我个人而言，我后来心里一直把罗叔叔当作父亲看待的：虽然不是父亲，却胜似父亲。

我们到乡下的第二天是腊月二十八，正好是阿牛哥的生日。一大早，二哥在早饭桌上就嚷道："今天我们要好好给阿牛过个生日，一个阿牛今天过的是二十四岁生日，二十四岁可是个大生日，第一个成年本命年啊。再一个嘛，这半年来阿牛屡屡立功，为我们小组争了光，也为我们家添了誉。阿牛，听说你的事迹已经上了延安的报纸，毛主席都知道了，了不得啊。"我用玉米粉花了一个下午给阿牛哥做了一份特大的金黄色的大蛋糕，二哥把擦枪油涂在火柴棍上，做了二十四支假蜡烛，让阿牛哥隆重地许了一个愿。我问他许了一个什么愿，罗叔叔让他别说。

"说了就不灵了。"罗叔叔说。

"来年多杀鬼子。"阿牛哥还是对我说了。

无酒不成席。我们找乡亲去买了一坛他们自制的番芋烧酒，酒过三巡，大家都有些兴奋，互相敬来敬去，敬出了好多平时不便说的话。比如我，就在这天晚上认了罗叔叔当干爹。罗叔叔说："要做我女儿，要先敬酒，敬三杯。"之前我已经喝了不少，加上这三杯，就醉了，失态了，哭个不停，一边哭一边把自己不幸被鬼子强暴的事也说了，完全失控了。第二天我当然很后悔，但事后看说了其实也有好处，我和罗叔叔的感情更深了，我对他可以毫无保留地倾吐衷肠，他更像父亲一样地待我了。以后，我在私下场合都叫罗叔叔为干爹，他也乐于我这么叫他。

年三十那天下午，我们一行四人进山去上坟，带去很多吃的、用的。当天晚上，我们早早吃了年夜饭，因为二哥和阿牛哥执意要通夜陪父母去守岁。我也想去，但天太冷，他们怕我身体吃不消，不同意,让干爹在家里陪我。我们送他们进山,回来的路上,我与干爹说了好多知心话。回到家天已经很黑,我们便各自回房间睡觉了。

可我睡不着。

我从窗户里看见,楼下干爹的房间里透出灯光,知道他也还没睡,便下楼去找他。刚下楼,我看见干爹提着马灯立在天井的廊道上迎接我,见了我,远远地说道:"我以为你已经睡了,突然听到楼板上有脚步声,以为是冯哥回来看我们了。"我说:"干爹,你别吓我,我经常做梦看见他们还活着。"干爹问:"你刚才做梦了?"我说:"没有,我睡不着。"干爹说:"本来就还早着,才九点多钟,要在城里这会儿我们都还在忙乎呢。"我说:"干爹,和干妈分手一定让你很痛苦吧,你在想她吗?"干爹说:"不谈她,大过年的谈些开心事吧。"我说:"我没有开心事。"他说:"你这么年轻,要想得开,人在乱世里都有苦难的,你要学会往前看,不要被苦难压倒。"我说:"知道了。"要说的话如鲠在喉,我从容不了,冒昧地说:"我想跟你说件事,可以吗?"他看着我笑道:"看来是要说大事,说吧。"我磨蹭一会儿,索性直截了当地说:"我想嫁给阿牛哥。"

他的身子像被我的话吸了过来,定定地看着我:"你说什么?"

我说:"只要他不嫌弃,我想嫁给他。"

他说:"为什么?你……怎么了?"

我说:"没怎么。"

他说:"那你怎么会突然有这个想法?"

我说:"因为……我喜欢他……"

他说:"你跟我说实话,到底这是怎么回事?"

说实话就是提伤心事,我哭了,一边哭一边把我父母曾经有过的安排对他说了。我说:"我知道他们的意思,怕我嫁不出去,所以希望我嫁给阿牛哥。"他问我:"阿牛知道这事吗?"我说:"估计我父母肯定跟他提过。"他说:"那你喜欢他吗?"我说:"我现在哪有资格去喜欢人。"他说:"你这话就不对了,你这么年轻漂亮,又有文化知识,天下的男人都可以去追求,凭什么你就矮人一等?你呀还是……那个事在作怪,这就是你的不对。"

我说:"可这是现实,改变不了的。"

他说:"什么都可以改变!你说我们在干什么?我们在改变江山,江山都可以改变,有什么不能改变的。"

我说:"反正我就是这么想的,只要他不嫌弃我,我可以嫁给他。"

他说:"但你心里并不喜欢他?"

我说:"我也喜欢。"

他说:"别说假话,你喜欢他为什么要离家出走?你出走不就是抗议你父母的安排?"

我说:"那是以前,以前是以前,现在是现在。说实话干爹,就凭阿牛哥安葬了我父母亲这一点，我就愿意嫁给他，何况阿牛哥现在还是我们小组英雄。你不是常说，谁是最可爱的人，那些为中华民族自由独立而英勇杀敌的英雄是最可爱的。"

他沉吟道："阿牛确实值得我们每一个人爱，他诚实勇敢、组织纪律强、革命热情高、杀敌本领高超，组织上是十分信任他的。我如果是你的父亲，我十分乐意你嫁给他，只是……"他停顿一会儿，严肃地看着我。

我说："你现在就是我的父亲，所以我才来找你说。"

他说："跟我说没错，我帮你去说也应该，只是你一定想好。"

我说："我已经想好了，我喜欢他。"

"真的？"干爹认真地问我。

"真的。"我回答得很肯定。

05

我寻思，只要干爹去问，这事就定了。阿牛哥不可能拒绝我的，因为他拒绝我，就要背上嫌弃我的罪名。我想阿牛哥即使真嫌弃我也不会拒绝我的，我了解他，他虽然不是我们冯家人，但对冯家人他是最好的，比我们自家人还要好。生活确实改变了我，愿意嫁给阿牛是我天大的变化，以前我想都没想过，可现在我是真心实意的。真的，从看到我父母亲坟墓的那一刻起，我就有这个想法了：我找到了嫁给他的理由，而他，我相信是没有理由拒绝我的。

但阿牛哥拒绝了我。

干爹是第二天找他谈的，当时我正和二哥在堂屋里给列祖列宗的牌位更换新的红纸、竹牌，同时把我父母亲等新亡人加进去。干爹进来后发现我们摆放得有些问题，老少混在一起，不伦不类，便帮我们出主意，提出按辈分排放祭祀牌的建议。比如像我大哥大嫂他们，作为晚辈，干爹说他们的祭祀牌不能跟祖宗一起挂在墙上，应该放下来，排列在案台上的。言之有理，我们便重新布置、排放，罢了干爹留下二哥叫我先走。我来到后院，看到阿牛哥和阿根在外面清理阴沟。阿根是父亲留在这里守屋的，是个哑巴，我有点怕他，但他其实是个好人，对我家很忠心的。听阿牛哥说，村里听说我家出事后，有人曾想来霸占我们房子，阿根提着猎枪站在门口，拼了命才把那些人吓跑。

不一会儿二哥也出来，把阿牛哥叫走，说干爹有事找他。我猜到干爹要同他说什么事，好奇心驱使我溜到他们隔壁的厢房里去偷听。房子老了，木板缝隙很大，我甚至可以瞅见他们。干爹点旺香火，对阿牛说："你坐下。今天我要对着列祖列宗跟你说点事。"阿牛哥坐好，干爹挨着他坐下，先找了个闲话说："阿牛，你又长一岁了，你这个生日好啊，生下来就过大年，出生没两天就长一岁。"

阿牛憨笑道："以前冯叔在世时说我这个生日不好,出生没几天就是两岁了,最吃亏的。"干爹笑道："嘿,多一岁怎么叫吃亏?是赚了。再说了,现在人都喜欢按阳历论事,按阳历说你是生在年头,也是好事嘛。"顿了顿干爹说,"好了,不说这个,我们说正事吧,阿牛,你看它,发现什么了没有?"

干爹指着那些新做的祭牌,阿牛侧身看,目光落在两块祭牌上:冯关水、黄秋娣。这是阿牛父母的名字。干爹说:"他们兄妹俩刚布置的,你看,把你的父母亲也请进家门了。"阿牛有点吃惊,啊了一声说:"谢谢罗叔。"干爹说:"谢我做什么,我不是说了这是他们兄妹俩的意思,跟我没关系。"确实,这是我和二哥商量定的。干爹说:"我觉得这是他们的一份心意,你的父母亲就像你一样,虽然跟他家没血脉关系,但实际上比有血脉关系还要亲。这样好,放在这儿要热闹点,有阿根每天侍候他们,至少吃喝是不用愁的。"阿牛略为伤感地说:"是,这样是好,就是让我过意不去。"干爹说:"这你就见外了,他们对你好也是因为你对他们好。"阿牛说:"我好是应该的,没有冯叔收留我,我可能早就成孤魂野鬼了。"干爹哈哈笑道:"现在是你叫不少汉奸鬼佬做了孤魂野鬼,哈哈,阿牛,你真的很了不起,我是打心眼喜欢你。因为喜欢你嘛,就……怎么说呢,你今年二十四岁,不小了,该成家了。你现在是已经立业,但没有成家是不?"阿牛讪笑着。

"跟我说实话,你现在有对象吗?"

"没有。"

"心中有喜欢的姑娘吗?"

"没有。"

"真的没有?"

"真的。"

"好,我替你看中了一个,帮你做个媒,好吗?"

"谁?"

"远在天边,近在眼前。"

"是这村里的?"

"是这屋里的。"

稍作停顿,干爹接着说:"不跟你绕弯子了,今天你的父母在场,点点的父母也在,你给我说句实话,喜不喜欢点点?"阿牛顿时局促了:"罗叔……她是我妹子……"干爹说:"妹子是妹子,但没有血缘关系,不影响的。"阿牛支吾一会儿,干脆说:"这不可能的。"

"为什么?"干爹问,"你不喜欢她吗?"

"哪里嘛,"阿牛说,"我从来没有这么想过。"

"现在想也来得及。"

"这不可能的。"

"怎么不可能?"干爹说,"据我所知,冯哥在世时就有这个想法,曾跟你谈过是不是?"

"都过去了……"

"什么过去,还没开始呢,我的意思,你要喜欢点点,趁这个春节我帮你们把大事办了。"

"罗叔,你就不要为难小妹了,小妹不喜欢我的。"

"谁说她不喜欢你,不瞒你说我已经问过点点,她喜欢你的。"

"不可能,我了解小妹,她……"

"她怎么了,你说啊。"

"点点有她喜欢的人……"

"不可能。"

"真的,我都见过那人。"

干爹说:"那也是以前,现在她只喜欢你,她亲口对我说,她喜欢你。现在我就想听听你的意见,你要喜欢她,愿意娶她,事情就很简单,我可以代表你们双方父母……"不等说完,阿牛迫不及待地说:"罗叔,这事你就别操心了,我还是做点点的哥吧。"干爹问:"这么说是你不愿意?"阿牛说:"可以这么说。""为什么?难道你也……"干爹迟疑一会儿说,"不能理解她?"我听了心里很暖,干爹为我找了一个很体面的词。"你要不理解就直说,"干爹说,"毕竟……事情已经发生,你……"阿牛打断他的话一口气说道:

"罗叔你别这么说，要说……小妹出的事，也是因为我没保护好她，是我的错，再说了小妹是冯叔的心头肉，为了她好，她就是出了再大的事，我也该娶她。"

干爹说："这不就成了，我说了她喜欢你，愿意嫁给你，你还解释什么。就听我的，趁这个新春佳节，我来给你们选个好日子。"

阿牛明显急切起来："不，罗叔，这事……我不能听你的，我了解点点，她爱着那个人，我现在就想找到他。"

干爹说："没有的事，要有也是以前的事，他们以前可能是好过。"

阿牛说："不是可能，而是肯定的，我亲眼见过他，小妹很喜欢他的。"

干爹说："那他为什么不来找她？这么长时间我从来没见过这个人，你想找都找不到是不？这说明什么，分手了，他们的关系结束了。"

阿牛说："但我认为这不是那个人不喜欢点点，而是点点欺骗了他。"阿牛简单回顾一下他应冯叔要求去找高宽的过程，然后解释道，"我后来一直在想，他当时为什么情绪那么大，还说什么让小妹去找富贵人家。现在我想明白了，一定是小妹出事后，不敢爱他，骗了他，把他惹怒了。"干爹听了一言不发。阿牛接着说："小妹心里有障碍，对他不惜撒谎忍痛割爱，这是个误会。罗叔，我一定要找到他，把真实情况告诉他，再给小妹一个机会。如果他因为那点鸟事嫌弃小妹，行，到那时我再来娶小妹。罗叔，今天我说句掏心窝的话，我打心眼里喜欢小妹，但小妹有心上人，我不能趁人之危，夺人所爱，我要帮助她找到她的心上人，让他们再续良缘。"

听到这儿，我心如刀绞，泪如雨下……

第五章 ◎

01

后来我知道，正是这年大年三十这一天，高宽回到了离别一年的上海。这一年他先去了重庆，后又去了延安。此次回沪，他是来就任中共上海市委组织部长一职的。他有意选择大年三十这一天回来，是为了安全，他打扮成一个不修边幅的艺术家，提着皮箱，扛着画夹，从车站里走出来，即使我见了也不一定能认出来。他曾是演员，教过表演，一向擅长化装，把自己装扮成一个截然不同的人是他的拿手好戏。如果说原来的他是年轻的，风华正茂，书生气十足，而现在则有一点离经背道的沧桑味，头发长过肩，胡子乱如麻。

春节后，我们回到上海，分散在各自的岗位上。二哥的生意已经做大，下面有西药店、外贸公司、典当铺、酒店、轮船等实业。他曾在日本留过学，日语讲得很好，加上有罗叔叔明的关系，暗的协助，生意日日兴旺，盘子越做越大，迅速成了上海滩上的新贵。阿牛哥离开船上，在二哥旗下的典当铺里做了老板。铺子开在外滩电信大楼背后的弄堂里，据说有一次阿牛哥就爬上电信大楼干了一票，用开花子弹把鬼子的一只运油船点燃了，船和船上的汽油都烧了个精光。我还是在原来的学校当老师，为了便于跟日本人打交道，我就在那时开始跟二哥学习日语。一天下午，我坐三轮车去典当铺找阿牛哥会面，我走进铺子，看见阿牛哥在铺子里当班。我放下一包东西，取走一包东西：一只装有玉手镯的盒子。我记住了阿牛哥的话：**晚上八点，在老地方上船，有领导要来视察我们小组，给我们作指示。**

晚上八点，除了干爹，我们都到了：赵叔叔老G、郭阿姨老P，还有干爹那个司机——我想起来了，他姓阎，是个诗人，爱喝酒。他是我们小组中最早遇难的，就在这次见面不久后，他在一次行动中牺牲了。我把下午从典当铺里拿来的盒子还给阿牛哥："还给你，我只戴了几个小时，又是你的啦。"二哥说："怎么又是这玩意儿，你们就不能换个别的东西嘛。"老P说："对，老是一样东西拿进拿出，万一被人瞧见容易引起人怀疑。"二哥推推阿牛哥："听到了没有？"阿牛哥说："知道了。"我问老P："郭阿姨，晚上要来什么领导啊?"郭阿姨说:"那可是个大领导,从延安来的,我也没见过。"二哥问:"叫什么名字?"郭阿姨说:"姓林,双木林,名字……你看我这记性,刚才还记得的。啊呀,干我们这行的名字有什么用,都是假的,一天都可以变几个。"阿牛哥说:"前面没码头了,他怎么来?"我白了他一眼说:"这还用说,他肯定是坐船来的嘛。"大家笑了。郭阿姨对阿牛哥笑道:"当哥的怎么还没有小妹聪明。"阿牛哥笑道:"她的脑瓜子谁能比,扒开来看,里面肯定有个金算盘。"郭阿姨说:"那你脑袋里肯定有架望远镜。所以嘛,老天是公平的,给了你望远镜就不会给你金算盘。"这时,一直在掌舵的赵叔叔说:"前面来了一条船,估计是他们来了,准备发信号。"

二哥提着手电筒,走出船舱,与前面来的船对信号。信号对上了,两条船减速靠拢,并在一起。我先看见干爹,接着便看见了那个**大领导**——天哪,他不是别人,居然是高宽!虽然他长发齐耳,变了很多,但我还是一下认出了他。刹那间我的大脑唰的一下,一片红,接着是一片白,差点晕倒。我极力稳定身体,心又蹦到嗓子眼,让我眼前一片黑暗。我闭上眼,低下头来,极力安稳情绪,心里默默想着,又不知在想什么。

干爹先跳上船,然后是高宽,然后是警卫员。三人都上船后,两只船又分开各自往前开去。简单寒暄后,二哥带着罗叔叔和高宽钻进了船舱,警卫员则留在外面放哨。

船舱里灯光昏暗，空间狭小。在罗叔叔的引荐下，高宽依次与郭阿姨、阿牛哥、阎诗人握手、问好。我恨不到躲到暗舱里去！我躲到最后，用围巾包住半张脸，希望他别认出我来。可当他握住我的手时，似乎是我的手让他认出了我，他的目光从我的脸上转移到我的手上，又从我的手转移到我的脸上，最后停留在我的眼睛上。相持中，干爹对我说："你应该认识他吧，有一次你去我们报社参加庆典活动……"不等说完，高宽惊呼道：

"是你，点点！"

"你好，高老师……"我满脸通红，幽幽地说。

"意外！真是太意外了！"高宽紧紧握住我手，动情地说，"啊，点点，真是没想到在这里见到你，怎么？你现在是我们的同志了？"

干爹问高宽："怎么，你也认识她？哦，对了，你在他们学校当过老师，我怎么忘了。点点，你的高老师现在可是大领导，我的最高首长。"我支吾着，脸热得如燃烧的焦炭，不知说什么。高宽还在一个劲地感叹："真想不到在这儿见到你，点点，你都好吗？"

就这样，我们在杳无音讯地别离一年后，在这个晚上又意外地相遇了。我清楚记得，那天晚上天上挂着一轮银制的明月，月光像水一样洒在波光粼粼的江面上，给人一种梦幻的感觉。有时候，我真觉得我的生活像一场梦，有噩梦，也有美梦。

02

这次见面阿牛哥是真正的主角，和我寒暄完后，高宽环顾一下大伙问干爹："哪位是冯大牛同志？"干爹把阿牛哥推出来，高宽笑了："原来就是你。"阿牛哥看一眼我说："我一直在找你呢。"我知道他说的意思，但高宽不知道，他上前拍拍阿牛肩膀，亲切地说："是等着我来给你发奖状吗？让你久等了，不过你的收获可能要比你想象得多。"说着示意大伙坐下。

等大伙坐定，高宽清了清嗓子，一本正经地道来："今天，我是代表中共上海市委全体领导同志来看望大家的，这半年多来你们小组纪律性强，要求高，在极其困难的条件下积极开展工作，取得了一个个丰硕的果实，可谓捷报频传。尤其是冯大牛同志，虽然参加革命时间不长，但取得的革命成果惊人之丰，喜人之硕，多次出色完成任务，极大地灭了敌人威风，长了我们志气。这样的同志，自是我们学习的楷模，组织上准备在内部进行大力宣传表彰。"高宽从随身的皮包里取出一只文件袋，打开说，"下面我来宣读一份嘉奖令。"嘉奖令有两份，一份表彰我们小组的，记我们小组集体二等功一次，奖励活动经费一百块大洋；另一份是表彰阿牛哥个人的，记他个人一等功一次，并授予他**红色神枪手**的荣誉称号。

宣读完毕，高宽对阿牛哥笑道："同时还有物质奖赏，阿牛同志，你希望组织上给你什么奖赏？"

阿牛不好意思地说："我不要奖赏，这么高的荣誉已让我受之有愧。"

高宽对大家说："你们看，我们阿牛同志不但枪法神准，觉悟也蛮高的。不过这个奖赏我想你一定会喜欢的。"他冲船舱外的警卫喊一声，警卫提着一个长长的礼盒和一只小盒子进来，交了东西又出去。高宽打开长礼盒，问："你们猜猜看，这是什么？"

大家都猜出是一杆枪。

高宽说："对，是一杆枪。阿牛同志，打开来看看，喜欢吗？"

阿牛打开一看，是一支乌黑锃亮的狙击步枪，顿时笑眯了眼。"好枪！"阿牛惊叹道。

高宽说："这枪可比你用的那杆枪要好得多哦，这是德国造的XB12-39狙击步枪，是目前世界上最先进的，尤其是这瞄准镜，有五十倍的放大功能。"

阿牛问："多少倍？"

高宽说："五十倍，你现在的枪是多少倍的？"

阿牛答："十倍。"

高宽说："所以嘛，它比你的好，它是最好的。"

阿牛激动了，急切地上前想拿起来看，二哥一把抓住他，"你急什么，等首长给你颁发吧。"大家笑了。高宽说："好，阿牛同志，现在我颁发给你，同时还有两百发子弹。"我给阿牛哥整整衣服，阿牛哥上前庄严地领了枪弹，大家一阵鼓掌。

刚才阿牛哥跟罗叔叔咬过一会儿耳语，我想一定是在告诉干爹高宽和我是什么交情。果然，高宽跟我握手告别时，罗叔叔抢过他的手说："点点现在是我干女儿，她代表我送您回去吧。"我不好意思地低下头，没有表态。高宽对我说："如果没事就跟我走吧，我会安全把你送回家的。"我看看罗叔叔，罗叔叔说："这样是命令，把首长安全送回家。"风吹乱了我衣领，高宽从背后替我理了一下，手指轻轻碰到我的耳郭，我顿时有种眩晕的感觉。这个晚上，我像到了另外一个星球，因为失重，我随时都会产生眩晕感。

两艘船靠拢，我和高宽及警卫跳上另一艘船。我们走进船舱，相对而坐。我一时陷入不安中，低下头，不敢看他。高宽久久地看着我，轻声喊我的名字。我抬起头，看着他。他说："这一年里你都好吗？"我又埋下头，流下泪。我该怎么说呢？这一年对我来说比一个世纪还漫长，我仿佛生活在噩梦中，人世间所有的悲和苦，耻和辱，都经历了，而且由于无处诉说，它们一直沉积在我心中。此刻我是说还是不说，对我又是个巨大的问号。最后，我选择了不说，我用不说的方式告诉他我的变化，我的苦难。

上岸后，高宽问我："你去哪里？"

我说："回家。"

他说:"是富家子弟的家吗?"

我说:"你以为是真的吗?"

他说:"当初认为是真的,后来知道是假的。"

我突然哭了,高宽把我揽在怀里,扶我上车,带我回了他的家:在法租界犹太人集聚区的一栋小楼里,房东是个印度大胖子,高宽的房间在二楼。我们走进房间,高宽立刻打开抽屉的锁,取出一本笔记本让我看。我打开扉页,看到我的照片夹在塑料皮下。我怔怔地看着,热泪滚滚流下来。他看到我脖子上的红丝线,小心地拉出来,看到他送我的玉佩。我泪流满面地说:"我什么都丢了,就它一直陪着我。"他捧起我的脸,帮我拭去泪水,然后一口咬住我的唇……

03

说不说?

这是个问题。

我选择了说,毫无保留地。

这天晚上,我躺在高宽怀里,把自己不幸的遭遇和对他积攒了一年的思念都倒出来。最后我说:"就这样,短短几个月里,父亲,母亲,大哥,大嫂,小弟,那么多亲人都离开了我,还有你,让我无法面对的你。我失去了亲人,失去了爱人,失去了一个女人爱自己心上人的权力，多少个夜晚我都想结束自己可怜又可悲的生命，生活对我来说已经成了受刑，要不是参加了革命我真不知道怎么才能活下去。"

他说："亲爱的点点，真是让你受苦了，可你千不该万不该，在你最痛苦、最需要我帮助的时候，把我推开。"

我说："我没有脸再见你。"

他说："这你就错了，大错特错！两个人相爱就是为了一起荣辱与共，风雨同舟，你这样让我留下了终生的遗憾，我没有陪你一起走过最艰难的时光，今后我一定要更加好好地爱你，敌人夺走了你什么，我要加倍还给你。"

我问："高老师，你还爱我吗？"

他笑了："你该喊我首长。我早就不是什么老师，以后你就叫我阿宽吧。"他举起我的手，庄重地把它按到他的心口，"你听，点点，这颗心比以往任何时候都更加爱你。"

我突然想起小马驹给我算命时说的话：**你们虽然分手了，但心还在一起，他永远是你的白马王子，你永远是他的公主……**我哭着，呼喊着他的名字，一遍又一遍，仿佛他要被我的泪水冲走似的。我说："阿宽，你真的会原谅我吗？你真的还爱我吗？"他紧紧地抱着我说："当然，亲爱的点点，你别说傻话了。作为同志，我们随时要准备为对方失去包括生命在内的一切，对你是这样，对我也是这样。你想一想,我们把生死都置之度外了,还有什么不能放弃的?"我仍然恸哭不已,他依然紧紧抱着我,抚着我头发说:"哭吧,尽情地哭吧,你有再多的泪水我都帮你盛着。点点,相信我,我爱你,比从前更加爱你,你如果愿意我想马上就娶你,我要做你的爱人,每天每夜,白天和夜晚,都陪着你。"

清明节前一天,利用回家扫墓之际,我和高宽在老家祠堂里举办了隆重的婚礼,村里五十岁以上的老人和妇女都应邀来吃我们的喜酒,场面非常热闹。阿牛哥在村头的老槐树下放了很多鞭炮,把拉磨的驴惊得发了疯,逃走了。老人们说这是好兆头,说明我将来要生个胖小子。乡下有种说法,鸡飞生女,狗跳生男,驴跟狗一样,都是四只脚的。这种话当然只能听听而已,不作数的。

回到上海,干爹代表组织又为我们摆了一桌喜宴,庆贺我们结婚。席间,干爹问二哥:"老二,你知道我今天为什么非要请大家吃这顿酒吗?"二哥说:"我还没有喝醉,你不是说了嘛,点点是组织的人,你作为一组之长,是点点的再生之父,加上又是干爹,所以你是嫁女儿啊。"干爹说:"也对,也不对。同样是嫁女,你是嫁了小妹又收了妹夫,有送走的,也有迎来的,而且送只是名义上的,实际上是'送一得二',只有进账没有出账。可我这个再生之父啊,只有送,没有迎,亏大了。"除了知情者高宽在微笑之外,其他人听了都觉得纳闷。干爹继续说:"不瞒你们说,我已经接到上级指示，点点要离开我们了。"

"去哪里？"二哥问。

"市委机关。"干爹说。

"真的？"二哥问我。我说："我也不知道。"干爹对我说："首长在这里，我敢造谣吗？点点，千真万确，明天你就要去新岗位就职，今天这顿酒啊，既是干爹为庆贺你们新婚开的喜酒，也是我作为一组之长给你设的饯行酒。"我真的不知道，惊异地问高宽："真的吗？"他对我微笑地点点头。干爹递给我介绍信说："咦，是真是假，看看这个就知道了，这是我给你转组织关系的介绍信，你收好，到了新岗位就要上交。祝贺你，双喜临门！"

既是双喜临门，一杯杯酒都针对我来，我又有惭愧又有惊喜，就是没有理由挡掉一杯杯酒。但我居然没有喝醉。这天晚上，我发现我是酒桌上的英雄，这也成为我后来去戴笠身边做卧底的一个条件，因为谁都知道，戴笠好色也好酒。

04

"请问小姐找谁？"

"我从周庄来的，找我的娘舅。"

这是我到市委去报到，与守大门老汉接头的暗语。老头看我对答如流，即刻放我进门。当时上海市委在四川北路109号院内办公，这儿是一家生产床上用品的棉纺厂，进门有一条狭长的人行道，两边植有成行的行道树。已是清明过后，春暖人间，行道树正长出新绿。阳光迎面照来，被树枝和树叶剪碎。门卫老头领着我，踩着一路树叶的影子，曲里拐弯，最后走进一个破败幽静的四合小院，这就是当时中共上海地下组织的神经中枢。

从这天起，我将在这里度过三个月时间。这也是我一生中最充实、最幸福的一段时光，几乎每一个白天和夜晚，我都和我心爱的人——高宽——亲密无间地守在一起，一起紧张地工作，一起努力学习，一起甜蜜生活。老天唆使魔鬼剥夺了我太多太多，同时又派来这个天使尽可能地补偿我，让我重拾对美好生活的无限向往和憧憬。

我们搬了家，就在厂区内，是变电房配套的一间十多平方米的小屋，门口有菜地，有鸡窝。我们住过去后，警卫员又给我们找来一只断尾土狗，一身黑毛，生性凶恶（据说断尾狗都凶恶）。市委分配给我的工作是做高宽的助手，替他保管文件、电文，配合他工作，照顾他生活。因为办公地和住家很近，走路五六分钟，我有大量时间待在家里，闲来无事，我就变着法子把家里布置成天堂。我亲自平整地面，还上漆，漆成红色，像铺了红地毯；墙面太脏了，我买来洋白纸，把四面墙都贴了，还请人画了芳草、青山、一线绿水从天花板往下流，流到我们的床前。总之，屋子虽小，却被我布置得温馨无比，所有来的人都发出连连惊叹。我还经常烧好吃的，请同志们来聚餐，每一个人吃了我做的菜，都夸我手艺好。其实我哪有什么手艺，我只是虚心认真而已，见人就讨教，失手了就虚心总结、改进。

每天，我在鸡啼中起床，先学习日语半个小时，然后出门扫地，回屋烧早饭；吃了早饭，陪高宽一起去上班；中午，我提前半个小时回家，第一件事就是察看鸡窝，看鸡有没有下蛋。下了蛋，我会奖励它们一把谷子、玉米；狗赶走了黄鼠狼，我会替它梳理毛发，请它吃猪棒子骨；菜地里长了虫，我戴上手套去抓虫；瓜熟蒂落了，我要收摘回家。每天，我把鸡屎、狗屎扫在一起，在菜地边挖一个潭，埋下；菜叶黄了，我会给地里施肥。我想不到，经历了那么多磨难后，我还能过上这样惬意的生活；我成了个幸福的家庭小主妇，乐于围着灶台、家具、菜地、鸡窝、狗食转。关键是，有人爱，爱人在身边，不管是什么样的生活，我都感到甜蜜、充实。

只是，这样的生活太短暂了！

一天早晨，吃早饭的时候，高宽冷不丁问我："听说你跟陈录很熟悉？"我说："以前是，现在反目成仇了。"他问："为什么？"我说："因为我二哥。"他问："二哥怎么了？"我说："说来话长。"他说："说来听听。"我说："你干吗关心这个，那都是些乌七八糟的事,我才不想说。"高宽说:"必须说,因为这意味着你下一步的任务。"

我惊了一下,问他:"你要给我什么任务?"

高宽笑了,说:"这要根据你说的情况,到底是些什么乌七八糟的事。"

我默想片刻,说:"陈录以前有个相好,叫吴丽丽,我一直叫她丽丽姐。她曾是我二哥的女朋友,因为贪慕虚荣,在二哥去日本留学期间认识了陈录,当时陈录是南京政府驻上海特派员,权势显赫。为了甩掉我二哥,丽丽姐把自己的表妹介绍给我二哥,自己则做了陈录的情人。陈录原来答应要娶丽丽姐的,后来因为爆发战争,上海沦陷,陈录转入地下军统工作,不便娶她了。丽丽姐当然不高兴,我二嫂去世后,便和我二哥又开始私下来往。我家被鬼子抄了后,二哥一直躲在丽丽姐家里。陈录知道二哥和丽丽姐的事后,公报私仇,把丽丽姐杀了,二哥侥幸逃掉。事情就是这样的。"

高宽听了点点头,说:"嗯,是够乌七八糟的。陈录这家伙是很毒辣的,也很狡猾,他一边勾结日本人,一边又讨好戴笠。现在他是戴笠的红人,下一步可能当上军统上海站站长。他对我们很不友好,经常对我们下黑手,我们想找个同志潜伏到他身边去,但一时又没有合适的人选。"

"你想让我去?"

"你觉得他会接受你吗?"

"你希望我去吗?"

"不,我不希望你离开我。"

"但是别无选择,因为你没有别的人选?"

"你也不是最合适的,他跟你家的关系已经破裂了。"

"只要你舍得我去,我一定可以打进去的。"

"我不舍得。"

"但你没有别的法子。"

"我再想想吧。"

"别想了,就让我去吧,没人比我更合适的。"

"可是,你们的关系已经破裂了。"

"他恨的是我二哥,不是我,而且他也知道事发前我已经从家里出走。所以我要去找他,他应该会接受我的。"

"我舍不得你去,很危险的,我先找找其他人再说吧。日本鬼子是我们当前的大敌,但国民党是我们的天敌,因为他们把我们共产党当作了天敌。"

高宽站起来,走向窗边,他沉思的背影显得忧思忡忡。

尽管高宽很不想让我离开他,但找来的人都没我适合。要接近陈录,非我莫属。就这样,六月底的一天晚上,我穿着漂亮的裙子,拎着一袋行李离开了我的鸡、我的狗、我的菜地、我心爱的人、我收拾得十分温馨的小屋，住进了一家小客栈。我的行李里有武汉的纪念品、良民证、土特产、标有武汉风景胜地的照片，等等。总之，我来自武汉，我离家出走后的日子都是在武汉度过的……负责安排我和陈录"邂逅"的是郭老姨和阎诗人。

05

陈录回家经常要坐一路电车，我寄住的客栈楼下便是这路电车一个站点，离二哥公司的办公楼相距也只有百十米远。那几天，我天天在房间里守着，郭阿姨则在二哥办公室守着电话。一天下午郭阿姨接到阎诗人电话，便来通知我：陈录已上车。我急忙站起来，她又说："不急，车过来至少要二十分钟。他今天穿一件白衫衣，戴着一副大黑框眼镜，有一个戴墨镜的人跟着他。我们有个同志已经跟他上车，戴一顶毡帽，手上拿着一把折叠扇子，应该就站在他身边。我们的同志会偷听你们的谈话，你要注意他的帽子，如果他脱下帽子，说明你可以跟陈录走，否则就算了。"我说："好的。"她又交代我："记住，你刚从武汉回来，准备在上海找工作做，暂住在客栈里，家里发生的事你一点都不知道。"天气热了，正是梅雨季节，客栈里潮湿闷热，她一路跑来，热了身，在房间一闷，便出了汗，脸上施的粉走了形。我帮她处理时，她发现我的手在抖。她安慰我不要紧张，可我还是有些紧张。我知道，从此我单飞了，以后一切都要靠自己。

本来，郭阿姨要陪我上车的，可上了街，在等车的时候，赵叔叔突然拉了辆黄包车来，把郭阿姨拉走了。我不知道为什么，这个突然的变故，让我变得更加紧张。事后我知道，这是高宽的决定，他这样做还是为了小心，因为郭阿姨的胖形象很扎眼，我们以前会过那么多次面，万一被人瞧见过，对我今后在那边潜伏很不利。

我上了车，很快看到穿白衬衫的陈录和他戴墨镜的保镖，还有那个戴毡帽的同志。车上人不多，也不少。我有意往陈录那边挤，快到陈录身边时，有意借着车子启动之后的一个踉跄，踩了陈录保镖的脚，随即连忙道歉，说了一堆话："啊哟，对不起这位先生，对不起，实在对不起，我今天人不舒服，身上没劲，控制不住。哟，你看，把你鞋子都踩脏了，真对不起。"保镖说："没事，小姐。"我说："谢谢您，这位先生，您真好。说真的，上个月我在武汉也是坐车不小心撞了一个人，被臭骂一顿。啊，还是我们上海人文明。"保镖不开腔，让出一个抓手，示意我抓好。我又是连声道谢，完了转过身来站好。

刚才我说话时故意背对陈录，但我相信，我的声音已经引起了他的注意，我感到他一直在偷看我。稍后我转过身去，他便一眼认出我来。"这位武汉来的小姐好面熟啊。"他笑着小声对我说。我看着他，问："先生是……"他摘掉眼镜，我认出他，失声叫道："姐夫——"我以前就是这么叫他的。他立即用目光示意我安静。他戴上眼镜，往我挪近一点，悄悄问我："你去哪里？"我说："去医院看病。"医院和他家是同一站，这样我们可以同时下车。他问我怎么了，我说："没什么，刚从武汉来，路上太辛苦，几天没睡觉，可能感冒了。"他问我回来几天了，我说："前天夜里到的，昨天在客栈里睡了一整天。"他看着我，好像想说什么又没说。我说："你可不要跟我家里说我回来了，也不要跟丽丽姐说。"他点点头，问我："你回来干什么？"

感谢上帝，这是我最希望他问的话，原以为他要等下了车，有更好的交流机会时才会问的，没想到这么快就问了。我说："我也不知道干什么，反正想找个事做，我从家里带的钱花完了，再不挣钱就只有当叫花子了。嗳，姐夫，你能帮我找个事做吗？"我有意轻叫一声姐夫，明显是一种有求于他的媚俗。为了表明我跟家里誓不两立的关系，趁他迟疑之际我又加补充说明："你可别把我回来的事告诉丽丽姐，否则我只有再流浪去了。"我已经巧妙地打出两张牌，表明我跟家里"素无来往"。他沉默着，静静地看着我，似乎有点同情我，还是不相信我？他说："待会儿我跟你一起下车，下车后再聊吧。"

那个戴毡帽、拿扇子的同志一直站在我们身边，一声不响。车到了站，我准备跟陈录下车，"扇子同志"抢在我们前面下车。我注意到，他下车前拿掉了帽子。刚才我虽然几次看过他，但一直没认出他就是高宽，直到下车后他有意咳嗽一声，我才恍然大悟。真是一位化装高手啊，我暗自叹道，偷偷看着他手里拿着帽子，往前走去。

我等着陈录带我走，我想最好是陪我去医院看病，次之是去茶馆坐一坐。但他也许是有事，也许是谨慎，只是把我带到弄堂口，见四周没人，站在路边跟我聊起来。他有点迫不及待地问我："你真的没跟你家里联系过？"

"我干吗要跟他们联系？"我说，"要联系我就不会走了。我可不是闹着玩的，要不是武汉那鬼热的天气，我连上海都不想回。"

"你跟家里闹什么矛盾了？"他好奇地问。

"说来丢人，懒得说。不过丽丽姐应该知道，她没同你说过吗？"

"没有，是什么？"

"你去问她好了，我不想说。"

"她肯定不知道，她要知道早跟我说了。"

"这说明他们也觉得丢人，所以连丽丽姐也不告诉。"

"到底是什么事？"

"他们要我跟阿牛结婚！你说荒不荒唐？所以我宁愿死也不想回去。"

他突然说："现在你想回去也回不去了。"

我说:"那你错了,只要回去,他们肯定高兴,他们就我一个女儿,肯定还是希望我回去的,只是我伤透了心,回不了头了。"

他掏出一根烟抽,同情地看我一眼,说:"点点,不瞒你说,你家里出事了,你爸妈、大哥大嫂和一家子人都死了,包括你丽丽姐,也……和他们一起被日本人杀害了。"他把大致经过跟我说一遍,只是虚构了丽丽姐和二哥,说他们也都死了。他说:"事发当天夜里,你丽丽姐正好在你家里,也被冤杀了。"他说得有名有堂,真真切切,发誓立赌。我这才演起悲痛戏,如遭雷劈一般,当场昏厥过去。他只好送我去医院,晚上又送我回客栈,一切都是我们计划中的。

第二天上午,他又来客栈找我,带我出去吃中午饭。

06

当天整个下午,我都在等同志来找我,可就是没人来。

当天晚上,我实在想念高宽,怎么也睡不着,后半夜索性溜回家去,让高宽大吃一惊。"你怎么回来了?"高宽说,"你应该待在客栈。"我说:"我等你们去人找我,你们怎么没去人呢?"他说:"我们看他上午去找过你,担心他留了眼线,想观察一天再说。你这样回来太贸然,万一他派人跟踪呢?"我说:"没有,我注意了的,绝对没有。"他问:"你这么急回来,有事吗?"我说:"我想你,我想到真要离开你了,不忍心走。"

高宽一听,知道我这边情况不错,问我:"他被你骗住了?"我说:"应该不错吧。他告诉我,我家里的人都死了,我哭得昏过去了。"我把大致情况讲了一遍,"你看,我的眼睛现在都还是红的吧。"他说:"既然家里人都死了,他是个什么态度呢?打不打算安顿你呢?"我说:"我开始跟他说,我准备去南京或杭州寻工作,让他帮我找找关系。今天中午吃饭的时候,我说既然家里人都没了,我就想在上海找个工作,毕竟这边熟人多,生活不会太孤独。"

"他怎么说呢?"

"他说我的想法对的,工作他可以帮我找。"

"嗯,看来你真把他骗住了。"

"他还说,这两天就给我找房子住。"

高宽说:"很好,只要他把你留在身边,我敢说他一定会把你发展为军统的人。不过我要跟你指出,你昨天在车上不该把他保镖作为碰撞的对象,应该找旁边其他人,你这样做太巧了,容易引起他怀疑。"我说:"当时我想到这点的,但不知怎么的身子就朝他歪过去了。"他说:"这说明你心里不放松,心里全是他们俩,就像刚学骑自行车,明明想躲开人,但就是朝人撞过去。不过总的来说,你的表现还是蛮不错的,那些话说得很好,没什么破绽。"我说:"我正要问你,昨天你怎么自己去了,应该派其他同志,幸亏我当时没认出你，否则你肯定会影响我的。"他笑道："首先我相信我的乔装水平一定能够骗过你，其次——我想亲自把把关，看看你的表现，要是稍有不妥，我就取消这个计划。"我说："说来说去，你是不信任我。"他说："不是不信任，而是太在乎你，我不允许你有任何差错，去冒任何风险。"我把头抵在他胸前说："我心里很矛盾，一方面是很想为组织上做点事，打到陈录身边去，可想到要离开你，我心里又很难受。"他抚摸着我的头发说："我又何尝不是这样？"我问："如果他真发展了我，以后我还能见你吗？"他说："都在一个城市，明的见不了，暗的总是有机会的。"我说："看来我以后只能做你的地下情人了。"他轻轻吻了吻我的脑门说："这年月啊，所有美好真心的东西都转移到地下了。"

哪知道以后我们连做地下情人的机会都没有了，因为陈录很快发展了我，并马上派我去重庆培训。重庆正好要开办一个特务训练班，给了这边一个名额，我是来得早不如来得巧。就这样，我又离开了高宽。有时候我想，老天对我跟高宽是不公平的，给我们相爱的时间太少太少了。

在培训班上，我的表现相当好，三个月培训，军事，通信，政治，日语，心理素质，样样科目我都是全班第一。其间，高宽通过重庆八路军办事处给戴笠身边的人转去一系列陈录暗中投靠鬼子的证据，直接导致他被戴笠冷落，最后变节投靠了李士群。陈录公然投敌，对军统威胁很大，必然招来杀身之祸。我作为陈录的亲信，是去杀他的最合适人选。所以，培训结束后我接受军统的第一个任务，就是回上海除掉变节分子陈录。我当然完成了任务，因为有一个组织在帮我，尤其是阿牛哥，他在乡下半年，天天练枪法，已经练就一手好枪法，百米之内，打一只碗，百发百中，更不用说打一个人头。

阿牛哥立了功，功劳却全是我的。我像个英雄一样回到重庆，戴笠亲自接见我。他居然知道我父亲，也听说过我家被鬼子满门抄斩的事。这是我后来得以调到他身边工作的一个重要原因，对鬼子有深仇大恨，且是孤儿（军统没有人知道我二哥还活着），社会关系简单，不怕出生入死。到了戴笠身边后，我给他办过几件事，完成得都很出色，得到他赏识。一年后白大怡的案子爆发，我被临时派往南京做卧底，来配合革老他们铲除白大怡。这也是我根据高宽的最新指示主动要求来的任务。

第六章 ◎

01

离开重庆时，我有了一个新名字：**林婴婴**，身份是已故南洋实业巨人林怀靳在马来西亚的私生女。林怀靳曾救助过汪精卫，汪精卫逃离重庆后，在越南避难时，林是主要的周旋人、赞助商。也正因此，林后来被军统秘密处死，处死之前胁迫他签署了不少文件、信函，其中有关于我是他私生女的一系列文书，还有一封给汪的亲笔信——也是遗书。信后来由我亲自交给汪，我当然看过，是这样写的：

精卫吾兄：

　　河内一别，暌违日久，拳念殊殷。久疏通问，时在念中。兄今既为中华主席，怀靳闻讯且慰且喜。慰者，兄之大才终能淋漓展骥，喜者，国之和平复兴指日可期。中华颓靡百年，非兄不得振兴，中日邻邦友好，非兄不能维系。怀靳常怀梦想：待兄靖平匪乱，创千秋之盛世，开万代之共和，当赴南京与兄痛饮，畅快平生！如今看来竟是不能。怀靳不幸，月前身遇恶弹，医者已无能为力，恐不久人世。呜呼，怀靳非畏死，奈何不能亲见兄之功业大成，此憾殊甚！此痛殊甚！

草书此函，除告噩事，亦有一事相求。怀靳青年时，曾于广西得一知己，本欲迎而娶之，奈何妒妇坚辞，只好留养在外（于桂林），并为弟增产一女，名婴婴。怀靳年眷数回，恋恋之情，愧然于心。五载前红颜香陨，小女婴婴赴南洋觅宗，怀靳虽无限珍爱，怎奈悍妻非之，孽子难之，婴婴处境良苦，怀靳身后，自当更见凄凉。弟辗转思忖，惟将婴婴托付于兄，方可保其一世喜乐平安。望兄念故人之情，相知之义，允此不情之请。怀靳今生已矣，来世衔草结环，报兄之高义。

　　　　　　　　　　　　林怀靳临去敬上　三　廿一

我怀揣着这封信离开重庆，先坐英国航运公司的轮船到武汉，然后坐火车到南京。作为林怀靳的女儿，不论是坐轮船还是火车，我坐的当然是豪华包箱。我清楚记得，火车启动前，有人在车下来来回回叫卖报纸。我开始没理会，后来他敲我窗户，专门对我叫卖。是一个老头，穿得破烂，戴一顶草帽，留着脏兮兮的半白胡子，他朝我扬扬手中的报纸和杂志，对我说着什么。窗户关着，月台上噪声很大，我听不清他在说什么，想必是叫我买报刊吧。我不想买，朝他摆手，却发现他怪怪地对我举了一下草帽，挤了一个眼色。

我仔细一看，天哪，竟然是罗叔叔——我干爹！

就在我离开上海不久，干爹被调到重庆八路军办事处工作。这是组织上考虑到他前年轻夫人知道他身份的原因，她后来嫁了个丈夫，虽然不是汉奸，但在日资企业里工作，经常跟鬼佬打交道，怕万一有个差错，对整个长江七组都可能造成巨大损失，便调他到重庆八办工作。在这里，他是共产党的身份为公开的，同时他又秘密兼任中共重庆市江北区委宣传部部长一职，是我在重庆时唯一的联络员。我没想到他会在武汉。事实上他是来替我打前站的，这会儿他刚从南京来，已经跟高宽他们接过头。他这个装就是高宽替他化的，化得真好，真是很难认出来。高宽的化装术确实非凡，但最后还是没有彻底掩盖好自己，那是因为他曾是影星，认识他的人实在太多。

火车马上要开，我连忙拉起玻璃，买了一堆报刊。在交接报刊时，我忍不住握了一下干爹的手，顿时我像触电一样全身都麻了。干爹在找我零钱时悄悄对我说："你干得很优秀，木秀于林，风必摧之，你一定要多谨慎、多保重。"火车就在这时启动，我耳朵里灌着这句话踏上了去南京的征程。我可以想象报刊里一定有给我的信息，但我没有急着找来看，我呆呆地望着窗外不时掠过的景色，心潮澎湃，久久不能平静。

火车开出城，进来一个列车员，给我送来茶水和点心。他是我军统方面的联络员，他告诉我，到南京后王木天会派人来接我，接头人有什么标识、暗号是什么，等等。他走后，我喝了茶，心情稍见平静后才开始在报刊里找干爹给我的信息。我找到一张纸条，告诉我：高宽已率前长江七组主要成员，于一个月前抵达南京执行重要任务，我到南京后应速去一个地方找人联系。这地方是**水西门31号**，是一家裁缝铺。

窗外景色一幕一幕从车窗里掠过，我偶尔低头端详一下挂在胸前的玉佩，想到即将可以见到久别的高宽，心里充满激动和甜蜜。我算了一下时间，我们已经分别三百七十一天，这日日夜夜，我朝思暮想就在等盼这一天：与高宽重逢，与他一起并肩战斗！

到南京火车站，来跟我接头的人是王木天的侄儿，也是军统人员，他在当时南京最好的酒店——南洋丽晶酒店当前台经理，他把我安顿在这家酒店。据说酒店有我**父亲**林怀靳的股份,我入住后当天晚上,酒店老板设宴款待我。席间来了一个人,一个长相极为英俊的小伙子,我后来知道,他是汪精卫夫人陈璧君的生活秘书。他没有陪我吃饭,只是把我喊到外面,告诉我汪精卫和夫人这两天在外地,让我先游玩一下这个城市,等他通知。他要给我安排随从,我谢绝了。对王木天的侄儿,我又以汪府有人陪同之由,免了他的陪同。

我要去见我的同志!

02

第二天我睡了个大懒觉,磨蹭到中午才出门,磨蹭就是为了看风识水。我在笃信没尾巴的情况下,依然小心地改乘三趟车,最后步行到**水西门31号**。这是街上最常见不过的一家小铺子,门口竖着一块简易的木牌子,上面写着"裁缝铺"的大字,下面还有"洗衣、擦鞋、熨衣"的小字。我走进铺子,看没人,喊了一声:

"有人吗?"

"有,来了。"

随着声音走出来的人是阿牛哥!他挂着一双拐杖,没有一下认出我来:"请问小姐有什么吩咐?"我一时失语:"你……的脚……"

阿牛哥突然认出我来，激动地说："点点，是你啊。"我问："你的脚怎么了？"他笑着甩掉了拐杖："没怎么，装的。"

我破颜一笑，回头看看，街上不时有人走过，说："既然是装的，你还是继续装着吧。"

阿牛哥又挂了拐杖，问："你什么时候到的？"

"昨天晚上，你们是什么时候来的？"

"我们来了一个多月了。"

"来了什么人？"

他报了一堆人，我发现原来我们小组的人，除罗叔和老阎，都来了。那时阎诗人已经牺牲，我知道的，干爹就更不用说，这会儿应该在回重庆的途中。他报的只有一个人，叫小红，我不知道的。我问此人是谁，他脸红了。原来，小红是今年清明节，二哥和阿牛哥回老家去给父母上坟时发展她的，她是以前我家厨娘徐娘的女儿，就是那个村的人，现在是阿牛哥的对象。

我问："她有多大？"

他说："跟你同岁。"

我说："长得漂亮吗？"

他说："当然没你漂亮，但她会做饭，二哥说她烧的菜最好吃。"

我问："你们为什么都到这儿来？有什么任务吗？"

他说："我们有个大任务，是延安交下来的。"

我问是什么任务,他说他也不知道,可能只有高宽才知道。"你知道吗?"阿牛哥说,"高部长现在当了更大的领导了。"我当然知道,干爹早同我说过,但我佯装不知,笑着问他:"是吗?大到什么样?总不会比周副主席大吧?"他说:"那倒没有,他现在是我们华东地区地下组织的总负责人,组织代号叫老A。"我笑说:"你是老几呢?"他说:"老Q,就是老枪的意思。"我问:"你还在用那杆枪吗?"他说:"那是最好的枪,也是能给我带来好运的枪,我不会换的,直到替冯叔报完仇为止。"

话到这里,我们都有些伤感,一时无语。他摸出一盒火柴,划了,我以为他要抽烟,结果发现他点了三根香,插在背后的香炉里。他说:"我每天起床和晚上睡觉前,都会给冯叔他们烧三炷香。"我说:"我也是这样的,每天都给我父母烧着香。"他说:"这些年来我们兄妹三个都平平安安的,还立了那么多功,一定是冯叔他们在保佑我们。"我说:"是啊,希望他们继续保佑我们。"他说:"他们一定会继续保佑我们的。"

大街上驶过一辆警车,鸣着警笛,提醒我不能在这里待太久。我提起干爹在武汉见我时要求我抵宁后速来此地,问他:"你知道这事吗?"他连连说道:"知道,知道。你看,见了你太高兴都忘记说正事了。"他问我现在住在哪里,我说在全南京最好的酒店,南洋丽晶酒店。他问我是谁安排的,我说了是什么人。

他说:"他是王木天的侄儿,军统的人。"

我笑:"我现在就是军统的人嘛。"

他问:"这边跟你接头的是什么人?"

我说:"陈璧君身边的人。我现在的身份是南洋富豪林怀靳的千金小姐。"

他说:"富豪的女儿,应该住别墅啊。"

我说:"你别说,王木天的侄儿就是这么说的,他们可能会给我租一栋别墅住。"

他说:"别,你别答应,千万别答应。所以叫你速来见我,就是老A要我通知你,他已经给你找好房子,让你别再找了,他就怕军统会给你找地方住。"我说:"我现在住的酒店,是他们找的。"他说:"住酒店是暂时的,老A的意思是下一步你留在这儿工作,肯定需要一个居家,这地方你别让任何人去找,他们即使给你找好你也别要,就说你来之前已经托人找好了。"

事后看,这个提醒真是太有必要又及时。我回酒店后的当天晚上,王木天的侄儿就说要给我找地方安家,后来陈璧君的秘书也这么说,我都婉言谢绝了。秘书是出于客气,听说我已找好地方他反而高兴,这样对他来说是少了一件事;王木天侄儿却是工作需要,他们本想通过我这棵大树建立一个工作站:我是汪府的人谁敢去查嘛。听说我已自己找好地方,王侄儿很不高兴,训斥我:"谁让你自己去找的。"我是大小姐,怎么能随便让人训?我不客气地回敬他:"谁说我自己找的?我又不是你,出门要自己张罗吃住行。"

"那是谁给你找的?"

"我也不知道,你去问那天来找我的人嘛。"

"他是什么人?"

"夫人秘书。"

"什么夫人?"

"第一夫人,陈璧君女士。"

他哑口了,那不是他这种地位的人可以攀谈的。

汪精卫从外地回来后,派人来把我接到他办公楼里去见了一面。之前陈璧君曾到酒店来看过我,陪同她来的人中有周佛海,他当时掌管着两个大部:警政部和财政部。陈璧君吩咐他给我找个安全的岗位,我担心他把我弄到财政部去。所以,在见汪精卫时,我表示我不想去财政部,只想去警政部保安局,理由是**我父亲**是被戴笠的人暗杀的,我要拿枪,要报仇。汪当即给周佛海挂电话,问他我的工作安排好了没有,对方说安排好了,去财政部。汪没有解释什么,只是说:"让她去保安局吧。"

真是很玄!要没有这次见面,我去了财政部,怎么办?我庆幸自己关键的时候没有错失机会。机会只给有准备的人,如果我不主动出击,出击了又不能找到合乎情理的说法,汪也不一定会这么直接给周下指示。包括以后很多事，都是我在夹缝中通过斗智斗勇赢得机会的。

就这样，没过几天我便去保安局上班了。

就这样，便认识了金深水、秦时光等人。

后来又认识了革老、革灵和秦淮河等人……

03

到保安局正式上班的前一天下午，我接到一个电话，通知我晚上八点带上行李下楼，有一辆黑色福特轿车在酒店大门口等我，司机穿黑色中山装，叫丁山。我问打来电话的人："你是谁？"他说："真是贵人多忘事，连我的声音都听不出来了。"这时我听出来，是阿宽！我顿时激动万分，想叫他一声，但电话已经挂掉。他也许已经猜到我会失控地叫他，有意掐了电话。想到阿宽近在身边，也许马上就可以见到，我的心一直平静不下来，一直在嗓子眼里蹲着，连晚饭都吃不下。

到了时间，我带着行李下楼，一个留着大胡子、穿着立领黑色中山装、三十来岁的男人迎着我走过来，很职业的样子，用手势引领我到他车边，为我打开车门，请我上车。我问他："你是司机吗？"他颔首浅笑："我叫丁山，请小姐上车。"声音很浑厚，带点儿广东口音。关了车门,他立刻回头去照顾我的行李,一举一动,举手投足,果断干练,一看就像个专门伺候人的职业司机。

上车前,我盼着车里有人,当然最好是阿宽。可没有,任何人都没有,只有一缕淡淡的香水味,似乎还夹杂着烟味。车子是够豪华的,外表黑得锃亮,内饰考究,座椅套着洁白的布套子,法兰绒的红色靠垫两个,还有脚垫,还有小电扇,都一尘不染,像新的。我知道,这肯定是阿宽派来的车,他能够派出这么好的车,这么职业的司机,说明他们在这儿已经活动开了。

我坐在后座,右边座位,司机上车后我只能看到他的一只肩膀和半把胡子。司机问:"请问小姐,没事了吧,可以走了吗?"我说:"走吧。"就走了。开到街上,我问他:"我们去哪里?"他说:"你想去哪里?"我觉得他的声音变了,思索着,一时无语。他又说:"你现在最想见的是什么人?"这时我听出来了,"是你!"我惊呼道,"阿宽!"

"你看,我这样子像个司机吗?"他回过头来对我嘿嘿笑。

"你搞什么名堂,把我吓了一跳,像个长毛鬼。"我说。他腾出一只手伸过来和我握手,一边说:"连你都认不出来,说明我的乔装很成功嘛。"我狠狠地拧他的手背,嗔怪道:"满脸大胡子,哪像个司机嘛。"他说:"我不仅仅是你的司机,也是你的保镖。"我想爬到前座去,被他阻止。他说:"今后我是你的司机兼保镖,我们可以在车上乱说什么，反正没人听得见，但样子必须做像，你必须坐在那儿，不能破了规矩。"我说："你这么瘦，哪像个保镖。"他说："其实真正有功夫的都是面黄肌瘦的，壮汉都是庄稼汉，我的点点同志。"我说："你应该叫我林婴婴，我是林怀靳的女儿。"他说："哦，对了，作为你的司机兼保镖，我的名字叫丁山。"

车子行驶在著名的总统府前，这儿车子一下多了，前面路口有警察在指挥车子过往。我们的车开过去时，警察示意我们停下，等他放行。当我们的车真正停在他身前时，他发现我们的车很高级，立刻又放行了，还跟我们挥手示意。阿宽说："这就是好车的魅力，这些人都是以貌取人的。"我再次欣赏着车内豪华的装饰，对他说："这车真好，你从哪里搞来这么好的一辆车？"他说："是二虎搞的，他现在生意可做大了，成军火商了，飞机都搞得到，别说汽车，小意思。这是他专门给你配的，富豪的女儿，得有辆好车。"我说："关键是得有个好司机。"他告诉我，二哥前两天去了香港，要过一阵子才能回来。我跟他开玩笑说："那么请问丁山师傅，二哥现在有什么新名字吗？""杨丰懋。"他说。听说我将要去保安局上班，他激动地说："是个好地方。"过一会儿他又说，"这次我们的任务很艰巨，我们就希望你去那儿。"

"是什么任务？"

"说来话长，以后跟你说吧。"

"对我个人有什么任务?"

"进了保安局你就完成了一个大任务。"他说,"下一步你要尽快跟重庆的人接上头,我估计他们在保安局里一定安插有人,争取尽快跟他们联系上,我们的任务到时一定还需要他们出力。"

我说:"我住的酒店里就有他们的人,是王木天的亲信,这两天都是他在关照我。"

他说:"他知道你走了吗?"

我说:"我给他留了纸条,让他等我电话。"

他说:"他会不会在跟踪你呢?"

我说:"没有。刚才我一直在注意后面有没有人尾随着,我看没有。"

他说:"我们还是小心一点吧,去汪府那边绕个圈,万一他跟着,就以为你是去了汪府。"

车子就回头,往鸡鸣寺方向开去。前门、后门绕了一个圈,确认后面没有尾巴,我们才往回路开。开了没多远,看见一辆高级小车迎面驶来。两车擦肩而过时,我注意到对面车内坐着陈璧君和她秘书,我告诉阿宽。他说:"我听说她身边有戴笠养的人,你知道是谁吗?"我说:"现在不知道,以后嘛,保证让你知道。"他说:"这是戴笠养的大鳄鱼,以后你也不一定能知道。"我说:"你别用老眼光看我,我现在是受过专业训练的,深得戴先生赏识的军统精英。"

他没有接我的话，想了想，突然问我："我奇怪汪精卫怎么会同意你去保安局就任？"

我问："怎么了？"

他说："在汪眼里，你不过是个大小姐，没有任何军事知识，怎么会让你去那种地方？"

我说："我跟他说我要替'父亲'报仇。"

他说："不，这个说法是你的一厢情愿，他要不同意会找出一堆理由阻止你去。我觉得里面透露出一个信息，汪在想方设法把他的人安插进保安局，包括连你这种人，进去后可能根本干不了大事，他也想插进去。这又说明什么？周佛海不像以前那么对汪言听计从了，汪以前对他很信任的。"

我说："我在戴笠身边甚至听到一些说法，说周佛海在跟重庆秘密接触。"

他说："周是只老狐狸，在蒋介石身边工作多年，他可能比谁都了解蒋，怕蒋对他下狠手。现在这种形势，很显然，汪的天下做不大，更长久不了，他想留后路呢。"

我笑道："那他如果知道我是戴笠身边过来的人，是不是会来巴结我呢？"

他回头瞪我一眼，正色地对我说："听着，你一定要给我保证自己的安全！"顿了顿，又说，"我想戴先生万万没想到，他安进去的人是个地下共产党。"

我说:"他更想不到的是,我跟中共一个高级领导心心相印,情同手足。"

他像是在跟我对诗,笑道:"更让人想不到的是,你跟这个中共高级领导又见面了。"

车子一个拐弯,拐进一条幽暗的小胡同。我问他:"我们现在去哪里?"他说:"回家,就在前面不远,我给你租了一栋大别墅,真的很大,也很好的,你一定会喜欢的。"我问:"这里是哪里?"他说:"水佐岗。"

04

水佐岗在南京不是个出名的地儿,但它对我们来说,地理位置很好,属于进退两可的地段,离鼓楼、颐和路、长江路,包括汽车站、轮船码头,这些重要的街道、口岸都不远,也不近。或者说听起来不近,实际上不远,便于我们行动,万一有事方便撤退。高宽给我安的"家"就在水佐岗,一个独门独户的小院,以前是国民党中央大学一位教古典文学的老教授的家居,门口有一排树冠遮天的法国梧桐。老教授因为太喜欢南京——据说是喜欢家门口这一排风景如画的梧桐,南京沦陷后,师生们都走了,他却不走,大胆又诗意地留了下来，天天关在铁门里面读《诗经》、《楚辞》。

也许他是不相信鬼子会那么凶残，也许是别的什么原因，总之他没有及时离开南京。鬼子进城后，实施大屠杀，街上血水成流，尸陈街头，把他吓坏了，吓疯了！毕竟是被"四书五经"泡大的，即使疯了依然悲天悯人，他每天上街把横陈街头的一具具尸体扛回家，后来小院里尸体堆成山，腐烂后整条街上臭气冲天，没人敢走，只有他一个人死死守着这些可怜的死者，直到被臭气毒气熏死为止。这成了当时南京城里一个奇谈，人们既敬仰老先生，又觉得那院子真可怕，有那么多冤魂结集于一隅。

因此，这院子一直无人敢租住。

高宽是唯物主义者，不信鬼神，他托人以极其低廉的价格从伪中央大学手上租下来，进行简单的修缮，准备迎接我——一位从马来西亚来的大小姐。因为来自异国他乡，我怎么晓得这房子可怖的"劣迹"？这叫欺生，生意场上经常有这样的成功案例，不足为怪。

这天晚上九点钟，我悄悄入住此地，进门就喜欢上了这里的一切：花园、洋楼、铁门、围墙、门前的梧桐、院里的香樟。当然我最喜欢的还是这里的人：司机是高宽，管家是老G——就是赵叔叔，用人是阿牛哥对象，就是徐娘的女儿小红。还有一个小伙子，长得白生生，性格有点腼腆，见了我都不敢抬头看我。我正要问阿宽他是谁，居然阿宽也问上了："你是谁？"赵叔叔说是他儿子，刚才一个小时前才从上海来。这有点违反纪律，随便把外人带到这么秘密的地方，阿宽决定要批评一下赵叔叔，把他儿子支走了。

"我想让儿子也来参加革命。"受了批评，赵叔叔解释说。

"你儿子多大了？"

"十九岁。"

"在做什么？"

"刚刚学校毕业。"

"读的是什么学校？"

"淞江水运学校。"赵叔叔说，"当初还是靠罗总编的关系才上的学，学费也是罗总编出的。罗总编当初就说过，等他学校毕业了，要动员他参加革命，所以……"

原来是这样，赵叔叔这么做是有前因的，我觉得阿宽批评得不太有道理，便有意找了个轻松的话题对赵叔叔说："我看你儿子长得还是挺像郭阿姨的。"就是老P，此刻她也在南京。赵叔叔说："可他的性格一点也不像他妈，要像他妈就好了。"我说："不像郭阿姨就像你，也挺好的。"赵叔叔说："也不像我，你都看见了，他的性格很内向，见了生人就脸红。"我说："他才多大嘛，性格也是锻炼出来的。"阿宽接着说："当初你要知道嫂子的性格那么泼辣，你会娶她吗？"阿宽说这话，我知道他也原谅赵叔叔了。阿宽转而问我："你知道郭阿姨现在在干什么吗？"

此刻，郭阿姨在离我们大约五公里外的一个霓虹灯闪烁的地方，这地方有一个很香艳色情的名字：**香春馆**。这是上海出了名的一家妓院的名字，二哥在二嫂死后一段时间，经常去那儿鬼混，他杀鬼子的路也是从那儿开始的，因为那是日本人爱去逛的一家窑子。不知从什么时候起，南京也有了这样一个地方，只是这里要低档一些，规模和档次跟上海正牌的香春馆没法比。郭阿姨刚到南京，要找个身份掩护，有一天她在街上看到它在招管理人员，便去试，居然就录用了，而且干得很像回事。她长年在船上生活，养成了像男人一样的脾气和性格，做事泼辣，敢做敢当，很适应在这里做管理工作。进去不到一个月，原来管店的老板娘突发生病，要临时找个人管店，老板娘看中郭阿姨风风火火的性格，把大权交给了她。郭阿姨不辱使命，干得风生水起，老板娘病好后懒得亲自管理，让她继续履职，自己则当后台老板，经常不在店里。正因此，这地方后来成了我们经常联络活动的地方，因为管事的人是咱们自己人，有人罩着，行动方便。

05

对赵叔叔儿子参加革命的事，阿宽本意是不同意的，但事实又已经没法不同意，因为赵叔叔违反组织纪律在先，他儿子已经知道了我们的身份、我们住的地方。这种情况下如果拒绝接纳他，把他丢到社会上去，他人这么年轻，万一有个长短，对我们很被动。所以，阿宽决定让他留在我们身边。我说："留下来做什么呢？"他说："让他跟老赵学学报务吧，以后我们需要更多的报务员。"我说："他对外的身份是我的什么人？我觉得服侍我的人已经够多，管家、厨娘、司机，都有了，他留下来很难找得到一个合适的身份。"阿宽说："当个花工怎么样？这儿院子这么大，配一个园丁也说得过去。"我说："太年轻了，如果年纪大一点，可以做个花工，这么年轻做花工不太合适。"阿宽沉吟道："他的长相也太文气，不太像干体力活的。"

"如果你明确要他参加我们组织，我倒有个想法。"我说。

"说来听听。"阿宽说。

"我把他安排到我住的那家酒店去行不？"

"你怎么安排他进去？"阿宽问。我说："通过王木天侄儿，他在那儿当前台经理，安排个工作应该没问题，我想。"阿宽说："你怎么介绍他呢？他是你什么人呢？你刚从南洋来这里，怎么会认识这个人？"一下把我问住了。确实，我初来乍到，马上冒出个我的什么人，会让人觉我的社会关系很复杂。我说："这确实是个问题，但我本来是这样想的，一个，我觉得我们应该在王木天侄儿身边安插一个人，这样便于我们掌握军统更高层的信息；第二点，我建议他以后走我这条路，表面上加入南京地下军统，由我来发展，这样给人感觉我一到这儿就发展了人，说明我有能力，对我下一步跟这边军统人员打交道有好处。"

阿宽当即肯定了我的想法，至于怎么安排他进那家酒店去工作，他说让他去落实。赵叔叔听了，很高兴，连连感谢我和阿宽。阿宽说："你先别谢，让我先找他谈一谈，看他愿不愿意，听听他本人意见，参加革命一定要自觉自愿，不要搞家长意志。"赵叔叔一边去叫人，一边说道："不会的，我相信他一定愿意做我们的同志。"

我们跟小伙子聊了，他确实自愿加入我们组织，不久我们就发展了他。后来通过二哥的关系，把他弄进了南洋丽晶酒店，而且就在王木天侄儿身边工作。只是很遗憾，没等我把他介绍进军统，他就出事了。牺牲了。

是这样的，有一次二哥安排他和赵叔叔去上海办一件事，我们一批军火被当地海关扣留，二哥在南京找周佛海写了纸条，让他们带纸条和礼金去上海找人解决问题。本来是一件很小的事，二哥在电话里都已经跟上海海关的头目讲好，对方答应只要见了纸条和礼金就归还东西。可父子俩在去上海的火车上，儿子去上厕所途中，过道太狭窄，和一个便衣警察擦了下身子，警察感觉到他身上好像有手枪。这就是没经验，太紧张，太把身上的枪当回事，才会让人感觉到的。警察喊住他,要盘问他。这时,如果从容一点也可以化险为夷,哪怕让他缴了枪也没事,战争年代身上有把枪不稀罕的。但他毕竟是第一次出门办事,太没经验,一下子紧张得跑了。跑就坏了,你跑,警察自然要追,你身上有枪,他当然也不敢太放松,掏出枪追他。看这人有枪,小伙子更紧张了,更要跑。可是能跑到哪里去,这是在火车上,警察亮出身份,几声大喊,乘警都出来帮他围追堵截。逃无可逃。最后小伙子逃了窗。你逃窗,就更是大案要犯的感觉了,警察开了枪,把他击毙了。

这是我到南京后我们牺牲的第一个同志,想来很可惜的,牺牲得很不值。但这就是我们的工作,生和死只隔着一张纸,只要我们在工作中稍有差错,哪怕是一次偶然的交臂而过,都可能让我们付出生命的代价。

话说回来,这天晚上我们还无法预见小伙子不幸的明天,我们跟他谈过,同意他加入我们组织后,赵叔叔和小红专门去烧了几个菜,小小地庆祝了一下。当然主要是为了欢庆我"回家"。从此,这里就是我的家,他们就是我的亲人。从此,我朝思暮想的幸福生活又变成了现实。感谢老天,高宽又回到了我身边。我清楚记得,我们见面的第一个晚上,回到房间后,我们一直在互相诉说分手以来各自的工作、困难、战绩,倾诉彼此的思念、爱恋,说这,说那，怎么也说不完，以致忘了做爱。我们像一对天使，忘记了肉体的欲望，满足于以语言的方式占有对方的精神、思想、情感、革命经历。天亮前，我实在困了，钻进高宽的怀里睡着了。也许只睡了一个小时，醒来时天还没有透亮，朦胧中我听到有人在房间里轻轻走动，我下意识地去摸枕头下的枪。

"你干吗，点点，是我。"高宽扑上来抱住我。

"天哪，阿宽，你怎么在这儿？"我还没有清醒过来。

"傻瓜，这儿是我们的家。"他狠狠刮了我一个鼻子。

我这才清醒过来，激动得哭了，一边问他："阿宽，我不是在做梦吧？"他捧住我的脸，轻轻吻着我说："可能是梦吧。我曾做过无数个这样的梦，紧紧地抱着你，喊着你的名字，吻着你的体温。"我说："阿宽，我也经常做这样的梦，梦见你这样亲我。"他坏坏地一笑，问我："难道仅仅是这样亲吗？"我说不是的，他问我："还有什么呢？"我狠狠咬他一口，咬住他的舌头……我们这才开始……那个……也许是思念得太久，我们非常疯，把枕头下的两把手枪都闹腾到了地板上，幸亏关着保险……

第七章 ◎

01

我知道，在一个无限的期限内，所有的人都会发生所有的事，但仅仅在一两个月时间内应该发生多少事，那是我所不知道的。我觉得，如果我讲的是一个故事，那么它现在正在往丛林地带进展，越来越像个复杂吊诡的惊险传奇故事。

据说，穿着伪军制服的我看上去英姿飒爽，娇气中透出阳刚气，别有动人韵味。我是学表演的，摆弄几个诱人的姿态是我的长项，在重庆培训班上，学员都说我有一段标致性的性感腰身。那不是腰本身的魅力，而是步伐，是举手投足的魅力。好色的男人会把我的这份魅力无限地放大，比如秦时光就是这样的人，我从他看我的第一道目光中就知道他会成为我最早得手的猎物。事实就是如此，我只陪他喝了两顿酒，就把他玩转了。真的，不是我吹，绝对是我玩他，不是一般人想的，他占了我什么便宜。没门，要占我便宜，他的脑袋还没长出来！秦时光是那种在日伪机构里常见的废物，草包，自私、虚荣、贪婪、胆小、窝囊，要玩转他我易如反掌。我刚进保安局时，工作安排得不理想，在通信处当接线员，身边全是一些没情报资源的小姑娘、大嫂子，后来就是通过秦时光的"帮助"，让我成了卢胖子的香饽饽，当上他的大秘书。

这天下班前，我得到通知，让我尽快交掉手头工作，去给卢胖子当秘书。阿宽见了我，一定从我脸上读到了喜悦，我刚上车坐定，就听到他嘿嘿地在笑："我怎么看到一只小喜鹊钻进了我的车，如实汇报，又有什么大喜事？"我说："你就好好想一想，该怎么犒劳我。"他说："你要怎么犒劳，在下悉听尊便。"心里揣着这么大个喜讯，我骨头都松了。我说："亲我一下。"他说："可以考虑，但为时过早。"我说："你就是小心过度，亲一下又怎么了，现在不亲，回家都不让你亲。"他一边开车，一边说："作为你的领导，我同意你的决定，但作为你的爱人，我不同意。"

我说："作为我的司机，你根本没资格对我说这么多废话。"

他笑："原来我跟你一样，也有三种身份。"

我说："作为我的司机，你现在应该保持沉默；作为我的领导，你现在应该表扬我；作为我的爱人，你应该马上亲我。"

他说:"作为南京的人,你是伪军、汉奸;作为重庆的人,你是个滑头,大敌当前,躲在山里,人民不答应;作为延安的人,我愿意跟你握个手。"他把手伸过来跟我握了握,催促道,"快说,有什么喜讯让我高兴一下。"

我跟他说了,我当上了卢胖子的大秘书,他听了喜出望外,居然真的把车停在路边,要来亲我,反而把我吓着了。我说:"你疯了!快走。"也许是当过演员的原因,接受了一些西方的生活观念,高宽有时真的会在大白天亲我,跟我那个……让我觉得又刺激,又羞愧。我其实骨子里是很传统的一个人,阿宽身上倒有些浪漫的东西,对诗情画意的生活充满向往。他经常跟我说,等革命成功了,他要带我去游山玩水,住世上最差的客栈,看世上最美的风景。

就在我被卢胖子"委以重任"的喜悦陶醉的同时,有人正在朝我伸黑手,就是反特处长李士武。这家伙是鬼子死心塌地的走狗,为人凶残,嗅觉灵敏。保安局最称职的人无疑是他,所以他也是我最想除掉的人。后来他被我栽赃,做了阿牛哥的替死鬼,真是大快我心。但现在,他还活得好好的,精神气很足,手脚勤快,眼睛贼亮,嘴巴利索。他的办公室在我们办公楼外面,我们上下班都要从他的办公室前过,据说他经常立在百叶窗前偷窥过往的人。我上班第一天大概就被他关注到了,因为我经常穿高跟鞋,我们办公楼前的路是石板路,哪怕是猫穿高跟鞋也会洒下一路鞋跟声。我后来回想,这天我下班时他一定躲在窗后在偷看我,当时我就有这种预感,只是他没想到他已经嗅见了我什么。我以为他偷看我只是好色,没想到他已经怀疑上我了。

以下是金深水第二天早上告诉我的——

昨天晚上我没回家吃饭,因为革老约我有事。食堂里人来人往,打饭的窗口排着小队。我来得比较早,已经打好饭,坐在一个偏僻的角落独自吃起来。李士武进来后,我一边吃饭一边观察他的动静。我知道他最近肯定在查杀白专家的凶手,所以一直在留意他。他先是和你们孙处长(通信处)嘀嘀咕咕一番,然后走进卢局长的包厢里。我想他可能要跟卢说什么,便有意换了个位置,正好是可以听到他们说话的一个座位。李士武一坐下就嬉笑着说:"卢局长,听说你要换秘书了?"卢问:"你听谁说的?"李不回答,直接说:"这个人不合适,请你慎重考虑一下。"卢再问:"你说谁?"李说:"林婴婴,你的下一任秘书。"卢说:"她怎么了?"李说:"不瞒你说,这两天我一直在留意她,发现她生活奢侈,连上下班都有豪华轿车接送,那可是连局长你都无法享受的待遇。你想,有这样条件的一个人,她完全可以不用工作,或者干一些其他轻松安全的职业,为什么非要到我们这样事务繁重的保安局来?"

卢问:"还有什么?"

李答:"她来得不是时候。"

卢问:"什么意思?"

李答:"她来了不久,白先生被杀。"

卢问:"杀白的凶手不是被你抓了?"

李答:"不排除还有同谋,她可能就是同谋……"

我心里不禁紧缩一下,眼睛盯着碗中的饭,嘴里却停止了咀嚼,耳朵如同身外一根天线,极力捕捉那边传来的声音,我害怕这两个人的对话声会在这个时候突然消失。好在,尽管声音偏低,但还是不断地传过来。

卢说:"可能,可能,你说的可能有道理,也可能没道理。你这叫什么,怀疑?猜测?还是什么?说出去让人笑掉牙。调令已经下了,我不能以这些子虚乌有的东西来推翻一个红头文件。话说回来,如果她真有什么问题,我把她弄到身边,可以麻痹她,对你调查是有好处的,同时也便于我进一步了解她。"

02

第二天早上,我刚进单位大门,便看见金深水在阅报栏前站着，见了我示意我过去。我过去跟他寒暄后也佯装看报，一边听他说了这些。我看他脚下丢了好几个烟头，想必他为了向我报警已经在这里等候好久，让我心生感激。我说："谢谢你，这对我确实很重要，看来我得好好琢磨一下，怎么来应对李士武可能对我的跟踪和盘问。"他说："瞧你说的，有什么好谢的，我们是一只手的手心手背，你的安全也是我的安全。"

金深水是个很朴实的人，说话也很朴实。我开始认识他时有点不大喜欢他，觉得他做事过于谨慎，没有闯劲和魄力，但后来渐渐发现，他的谨慎不是胆小，而是多年一个人在敌区、因为孤立无援而养成的习惯——只有谨慎才是他的战友。他在单位不爱说话，但待人友善，人缘关系不错。尤其是卢胖子，把他视为知己，为我们的工作赢得了不少便利。当然，对我最有用的是静子小姐，这个以后再说吧。

李士武盯上我，我必须甩掉他。在保安局，我觉得最难对付的人就是他。如果说秦时光是个草包，我玩得转，他不是，这个人有野心，有能力，而且诡计多端，心里有股子狠劲。不过我的运气真是不错，他后来居然自掘坟墓，搞了个**周大山**出来。周大山是什么人？一个乡下猎人，被李士武搞成枪杀白大怡的神枪手抓捕归案，向野夫去交差。如果说别人不知道，我怎么可能不知道？杀白大怡的枪手是阿牛哥，我亲自安排的。李士武急于结案表功，玩调包计,偷梁换柱,真正是撞到我的枪口上。后来,我成功策划了一件事,让李士武成了重庆叛贼,死在阿牛哥的神枪下,这样我在保安局的日子就越发好过了。总的来说,我在保安局做卧底期间,重庆交给我的任务我都轻而易举地完成了,因为我的背后有靠山啊,有阿宽、阿牛哥那么多人在替我坐镇、出征,我几乎成了个神人,三头六臂,耳听八方,上天入地,无所不能,让金深水和革老对我佩服得五体投地。如果说我工作上有什么压力,那都是因为阿宽给我下达的任务,比如让我打入天皇幼儿园,比如让我发展金深水,这两件事确实一度让我压力很大。

李士武被阿牛哥干掉后的一个星期天早上,阿宽开车带我出去。车子没有迟疑地一路直奔,上了紫金山。时令入秋,天高气爽,沿路风景秀丽。我已经好久没有出城,一上山心情豁然开朗。我摇下车窗,大口大口呼吸着山中清新的空气,精神振奋。山路弯弯,人迹稀有。我问阿宽:"你要带我去爬山吗?"他一本正经地说:"不,我要去碰碰运气,找一条路,带你去过世外桃源的日子。"完全是在说胡话,可又那么一本正经,我被他弄糊涂了,一时无语。他接着说:"听说山里有一条秘密小径,一年中只有一个时辰现形,现了形一路往前走,就能走到天上去。"

我知道他在逗我,也逗他:"我相信你的运气一定好,一定能找到这条路。不过嘛——，归根到底，你的运气只有一天期限，过了今天，你还得重归山下，过人间日子。"他叹口气说："是人间的日子就好了，每天血雨腥风，生死两茫茫，简直是地狱的日子。"我说："我觉得只要跟你在一起，就是在过天上的日子。"他说："我从来没有像现在一样为自己的安全担忧过。"说得我汗毛都立起来，以为他遇到了什么威胁。

我问："你怎么了，是不是出了什么事？"

他说："我很好，什么事也没有，我就是担心你的安全。"

我说："那你就别操心了，我好得很，现在唯一对我有威胁的人也死了，军统那边简直都把我当齐天大圣，能用天兵打仗。"

他说："我就担心阿牛这么频繁出动，给敌人留下把柄。"

我说："没有，阿牛哥还是很谨慎的，他从后窗进出，神不知鬼不觉。谁能想得到，一个瘫子能飞上屋顶去，阿牛哥真的掩护得很好。"

他说："你注意到阿牛对面的书店了吗？"

我说："怎么了？"

他说："金深水经常去那里？"

我说："那里面真正睡了个瘫子，是金深水以前的部下。"

他说："我怀疑不仅仅如此，那女的可能是金深水的联络员。"

我觉得这也有可能。我说："是又怎么了？金深水现在对我好得很，他老婆孩子都是被鬼子杀死的，他对敌人的恨不亚于我，绝对值得我们信任。"

他说："如果他知道你是我们的人，他还会信任你吗？"

我说："我也不会让他知道的。"

前面出现一个岔路口，一条是上山的小道，一条还是缓坡，是大路。我们的车子拐入小道，往一个山坳里开去，两边山坡上是清一色的枫树，风吹来，枫叶齐动，飒飒有声。我欣赏着，禁不住发出感叹："阿宽，你看，多美啊，这难道就是你说的上天的小路？"他像没听见我说的，专心开着车。突然，他踩住刹车，车子就停在路中央，他回过头来，煞有介事地问我："你觉得有没有可能把金深水发展成我们的同志？"

"你说什么？"我没想到他会突然问这个，以为听错了，反问他。

"我是说金深水，"他沉吟道，"他有没有可能做我们的同志？你觉得。"

我心情突然变得烦躁，瞪他一眼说："你不是说要我带去天上吗？我以为你带我出来是来看风景的，怎么又扯这些事，烦不烦？"

他笑道："烦，我确实挺让人烦的，说这些煞风景的话。不过，更烦的事情我还没说呢？"

我说："最好改天说。"

他说:"今天上山来就是要说这些事。"他开了车,一边对我指指前面山坡上的一栋房子说,"我们已经到了,就那栋房子,不错吧。"

我问:"这是哪里?"

他说:"猜猜看,里面有你最想见的人。"

我马上猜到是二哥。

果然,车子刚停在院门前,还没有等阿宽按喇叭,带滑轮的大铁门哗啦啦地打开了,开门的人是一个精瘦的老头,六十多岁,佝偻着腰,手上拎着旱烟袋,见了高宽,挤满皱纹的脸上绽出一堆笑容。在他背后,一个穿着白西装的人,一手举着红烟斗,笑容可掬,朝我们车子冲上来。车子停在一边,他追到一边,给我打开车门,什么话不说,只冲我笑,目不转睛,目光亲密、暧昧,搞得我有点不好意思。

"你好。"我埋下头说。

"你也好啊。"他说,"不认识我吗?我可认得你哦,小妹。"

是二哥!我惊叫一声,扑到他怀里。

03

这是我到南京后第一次见到二哥,他真是当大老板了,整天在大洋上漂,几次说要回来,结果又去了另一个国家。这一次他以香港为基地，为了给新四军采购药，把南洋五国跑了个遍，带回来了好多国内根本买不到的药。他的公司总部设在上海外滩，花旗银行的楼上，今年三月，为方便跟新四军联络，上面要求他在南京开设分公司。他在最热闹的新街口租了华南饭店一层楼，设立分部，有四十多个员工，主要做军火和药材生意，周佛海、陈公博都是他的座上客，包括野夫机关长也多次与他把酒叙事。二哥在日本留过学，日语说得很溜，可以用日语背唐诗宋词。组织上正是考虑到这点，安排他到南京来开分公司，争取与日本高层接上头。他公司的开业庆典仪式就安排在熹园，野夫等不少日本军政要员都去捧场。像卢胖子、俞猴子这样的伪军头目，二哥后来都认识，可以随时喊他们出来吃饭。

我惊诧二哥的长相怎么变了。真的变了，不是阿宽的那种变。阿宽是靠化装变的，而二哥我觉得是脸形变了，甚至连肤色都变了，变白了，嫩了。我说："你不会是整过形了吧？"二哥对我低下头，扒开头发让我看。我看到一条长长的疤痕。我说："你真整过形了？"二哥说："如果你一年前看到我，会被我狰狞的面容吓坏的。"

原来我去重庆不久，二哥遭过一次劫难，他晚上回家，在街上好好走着，突然从黑暗中杀出两个持刀歹徒朝他猛砍，砍了数刀，肚皮被砍破，头顶和脸上各挨了一刀，要不是抢救及时，必死无疑。幸亏事发在英租界，歹徒砍人的动静惊动了一个印度巡捕，及时把二哥送到医院，才大难不死，留了一条命。但是脸被砍破了，额头上的皮被砍开，耷拉着，几乎可以揭下来。歹徒是黑社会的人，拿钱干活，真正的凶犯是二哥生意上的对手，一个开典当行的老板，二哥的生意把他做垮了，他怀恨在心，便起了杀心。

要是以往，大难不死的二哥一定会疯狂复仇，但这一次二哥认栽了，因为他的心里已经有了理想，他有更大的事要做。他不但吞下痛和耻辱，还主动关了典当铺，不想跟对方再有纠缠。他每天举着一张破脸忍辱负重，四方奔波，寻找新的商机。阿宽说，那件事说明二哥已经成熟，可以干大事了。二哥后来跟我说，是父亲救了他，他被砍倒在地时，清楚地看见父亲从天外飞来，把他翻过身来，让他仰天躺着，让他捂住肚子，掐住肝脏，以免失血过多。然后他又看见父亲跑去叫来巡捕，把他送到医院。从那以后父亲常出现在二哥面前，要他忘掉一切，重新开始新的生活。二哥说得活灵活现，父亲的音容笑貌真真切切，父亲的训词真真实实，好像父亲真的回到他身边，和他朝夕相处。但我想这是不可能的，这不过是他心里的另一个自己，这个人以父亲的名义在不断地教训他、指导他，让他摒弃杂念，让他放弃复仇，让他变成一个能忍痛的大丈夫，一个胸怀大志的革命者。

我看过二哥伤愈初期的照片，确实很可怖，大半个额头的皮像一块破布遮着一样，皱褶四起，颜色呈暗红，像血随时要迸出来。

从这样一张脸，变成现在这张脸，是不可思议的，但二哥就是遇到了这样的神医。二哥说，这又是父亲给他安排的，是父亲帮他把神医召唤来的。去年年关前，他坐海轮从上海去香港，在船上遇到一个犹太老头，胖得像英国首相丘吉尔，走路蹒蹒跚跚，却有一双天赐的神手。他主动找到二哥，说可以给他恢复容貌。二哥不相信，对方说你们中国人就是相信巫婆，不相信科学。一路上他对二哥说了一大堆道理和例子，证明自己非凡的医术。

下船后，二哥跟他走了，他在香港有一家私人诊所。走进诊所时，二哥又后悔跟他来了，因为所谓的诊所只不过是一间用楼道过厅隔出来的临时小房间，而且很显然，他本人就寄宿在此。这里既没有手术台，也没有复杂的仪器设备，所有设备只有十几把长短、大小不一的不锈钢剃刀、剪子、镊子、铗子、弯锥等，都包在一只脏乎乎的布袋里，像乡下兽医一样。当时二哥觉得是遇到骗子了，想掉头就走，但突然父亲又冒出来，对他说了一句话又把他留下了。父亲说："这是男人的手术，你是怕痛吧？男人怕痛还做什么男人，干脆早点到我这儿来做鬼吧。"

二哥说，他就这么留下了，付了订金，约好时间来做手术。做手术的头天晚上，老头带他去洗桑拿，老头让他一次次进出蒸房，蒸了几乎一夜，二哥说最后他觉得自己都被蒸熟了。然后他们回到诊所，手术就开始了，没有麻药，没有副手，没有无影灯，只有一只冰箱和一块海绵,他咬着海绵,痛到昏过去为止。二哥说手术持续了五个多小时,他昏过去时真正的手术还没有开始,只是刚从他大腿根部揭下一层皮,保存在仅有的设备——冰箱里。二哥说,他昏过去前又听到父亲在对他说:"睡吧,你死不了的,有我和你妈保佑着……"

不说则罢,当二哥跟我说了这些后,我反而不相信他说的,太荒唐了!感觉和理智告诉我,这不是我的二哥,我不相信他说的。二哥说:"我无法把自己变回去,但真的假不了,我愿意接受你的考证。"说着爽朗大笑。

我说:"我觉得你声音也变了。"

他说:"其实没变,只是你不相信我是你二哥,就觉得变了。"

我想考考他,问问家里人的情况、发生过的事。可以问的很多,但我只问了小弟的情况,看他对答如流且无一差错,就不想问了。倒不是被他说服了,而是我想,如果这是个阴谋,很显然,阿宽是合谋者之一,阿牛哥必然也是之一。家里的事,我知道的,哪一件阿牛哥不知道?作为父亲的义子和保镖,家里只有阿牛哥知道而我不知道的事,没有我知他不知的。就是说,有阿牛哥帮他,我这样考他,肯定是考不倒他的。我能问什么呢?我能问的,阿牛哥都会告诉他。有一阵子,我真的有种冲动,希望扒下他裤子,看看他大腿根部那块被揭植到脸上的皮。

当然,我没有。不好意思是一个原因,还有一个原因,我也希望他真是我的二哥。希望！哈，我忽然觉得我的生活太离奇、太那个……吊诡了，连二哥是真是假都成了个问题。这个日子注定要在我的记忆中烙下"疤痕"，像一根绳上的结，常常需要我去解。

话说回来，这天似乎就是专门给我"打结"的日子，与后面出现的"结"相比，这还是"小巫"。这个结，说到底不解也没关系，因为它只属于我的情感、我的生活，而此时的我，情感和生活都是可以被切割掉的。不是有首诗是这么说的：

生命诚可贵，

爱情价更高；

若为自由故，

两者皆可抛。

这天，我真是想起了这首诗，它似乎是某种象征，某种暗示：我这一生将为解开"革命的结"，为"自由之故"，失去包括生命在内的所有一切。

04

就是这天，在这山中清新的空气中，在一片绿意浓浓的枫树林中，在后院休闲的六角亭子里，阿宽和二哥分别向我介绍了天皇幼儿园惊人的秘密和可怖的罪恶。最先获悉此情的无疑是我"可疑的"二哥，他到南京开设分部后，不时地与日本高层有些接触，正是在这些接触中，他偶然听说了此事。

二哥说："鬼子把这次行动命名为**春蕾行动**，决不是小打小闹，是准备大干一番的，可到底有多少人在里面干、具体干到什么程度，我一无所知，因为我根本进不了那幼儿园。那地方比秘密的集中营还要难进，我想这就是问题所在，一定程度说明**春蕾行动**，确有其事。"

阿宽说："我是今年五月份把这个情况报给延安的，党中央高度重视这件事，指示我一定要尽快查清事实，若确有其事，要求我亲赴南京，全力实施反击行动。我就这样六月底带人到这儿，开始组织实施**春晓行动**。"

我问："你要求我来南京也是为了这事？"

他说："是，我们的行动起色不大，我们需要更多的人，尤其是像你这样年轻、有知识的女性。"

我问："为什么？"

二哥说："因为幼儿园园长就是一个年轻的女性。"

我说："她叫静子，金深水现在就在拖搭她，革老想让他把她攻下来，因为她是野夫的外甥女。"

二哥兴奋地对我说："这好啊，听说你现在跟老金合作很愉快，那你以后要接近她应该也有条件啊。"

阿宽笑道："她们已经是知人知面不知心的好朋友了吧。"我看看阿宽，他其实早跟我打过招呼，要我设法多接触静子，争取跟她交成朋友，只是没有跟我说明原因而已。我问阿宽："你干吗早不跟我说明原因呢？"他说："我总以为二哥会很快回来，想同他一起来跟你说，因为这事他比我更了解情况。"

我问二哥："你去过那地方吗？幼儿园。"

他说："我让下面职员以推售产品的名义去过两次，根本不让进，我几次路过看，大铁门从来都关得死死的。"

阿宽对我说："现在只有看你，下一步能不能以去找静子的名义试试看，能不能进去。"

我说："这个我想应该没问题吧。"

二哥说："但不要想得容易，毕竟那里面有他们最不想让人知的罪恶。"

阿宽说："但我们必须想办法进去，只有进去了才能进一步了解情况，这个任务就交给你了。"指的是我，这也是他今天带我来这里的目的，正式给我下达任务。阿宽接着对我说："现在周副主席对这件事非常关心，上次老罗来这里给你打前站，专门给我带来周副主席的指示，说孩子是国家的未来，**春晓行动**关系到中华民族的存亡，当全力以赴。"

周副主席？我的血顿时沸腾起来！我激动地立起身，好像是在对周副主席说一样，慷慨陈词："请组织放心，我会竭尽全力的。"我这么说时并没有想到，要完成这个任务有这么难，比用水去点燃火还要难！我为此将付出包括我自己、包括我最心爱的人、包括我们那么多同志的自由和生命。

生命诚可贵，
爱情价更高；
若为自由故，
两者皆可抛。

这首诗，真的就是我一生的写照啊。

05

"我预感，要完成'春晓'任务不是那么容易的，我们要发展更多同志。我多次听你说起，老金为人正直，行事低调稳重，这样的人正是我们需要的。"在下山的路上，阿宽正式给我下达任务：发展金深水做我们的同志。

"你感觉他跟静子的关系发展到什么程度了?"看我沉思着,他又说。

"感觉还没有热火起来。"我说。

"这是与狼共舞。"

"但你一定希望他们共舞吧,这样对我们有利。"

"我希望他与我们共舞。"他笑道。

我心里其实一直在为二哥是真是假的问题纠缠着,接着他的话,我说:"我希望你对我说实话,他真的是我二哥吗?"他哈哈笑道:"这我干吗要骗你,如果我骗你,那也是因为他把我骗住了。"我问:"你这说的什么意思?"他说:"就这意思,我第一次见他这个样子、听他那么说后也曾经怀疑过,包括阿牛开始也不相信,但当我们问了他一堆问题,阿牛问他家里的事,我问他组织内部的一些事,他都不假思索地一一回答了,没有一点差错,足以证明他就是二虎。而且你看他,除了面孔有些异样外,其他的,像身材啊,声音啊,举止啊,哪一点不像二虎嘛。"

我说:"我觉得他的声音变了。"

他说:"这完全是你的错觉。"

我说:"那你看过他大腿上有没有被移了皮的疤痕呢?"

他说:"这我倒没有看过,但我想一定是有的,否则他不可能这么说,因为这是可以当场验证的。还有,我想,你也可以试想一下,如果说他是假的,他说的那一些也全是假话,可作为假话,这也太低级了。"顿了顿,他进一步说道,"我是说,如果他要骗我们完全可以编出更可信的假话,比如说是找了家大医院,花了大价钱,经历了多少曲折,等等,尽可以挑玄的话说,反正我们也无法查证。可是他现在说的这些,确实太不可思议了,一般情况下谁都觉得不可信。他明知这不可信,还是这么说,唯一的解释就是这是真的。"

这个解释不乏有道理,我以沉默的方式表示接受。

接着阿宽又对我道出一个在他看来不乏证据的事实,他说:"现在有一点不容置疑,如果他是假的,二虎一定见过他,并和他有非常深的过往,他要把二虎以前经历的、知道的、看到的、做的,甚至想到过的所有事都如数转达给他。不管是出于什么原因,就算是都转达给他了吧,那么好,我们又可以设问一下,他为什么要来扮演二虎这个角色,如果是为钱,该把二虎的钱财卷走后一走了之。但他没有这样,他还留下来替二虎出生入死,这又是为什么?当然也有可能,他是敌人,重庆也好,鬼子也好,伪军也罢,总之是我们的敌人派进来的,目的是要捣毁我们组织。可是快过去一年,我们组织没有因此有任何损失,他倒是为我们组织做了大量的事情,四处奔波,买药购枪,还在南京开设分部,探获了敌人最大的罪恶、最深的秘密。"

我亲爱的阿宽,你不该说这个,这是画蛇添足,把我本来已经被降服的心又搅翻天。我心想,这恰恰说明你是合谋者,这出戏是你导演的,这个人是你安排的,他本来就是我们的同志,他是替二虎来完成他未完成的事业的。

但我没有说出口,我依旧以沉默的方式表示怀疑。我发现,我其实害怕去揭穿阿宽——真能揭穿他吗?我不敢试,心里的疑窦依旧活着,像一盘蛇恶毒地盘着。回到水佐岗家里,我明显有点魂不守舍,看见小红和赵叔叔,脑海里都顿时浮现两个二哥的形象。我想跟他们聊聊二哥,又担心阿宽不高兴,或是把他揭穿了。可是不说,我心里堵得慌,我心乱如麻,像丢了魂,以致晚上临睡前都忘了给阿宽一个吻。在我和阿宽相处的日子里,我一直坚持每天晚上睡前吻他,这既是我们内心相爱的体现,也是我们感谢上苍的仪式,感谢老天给我们相知相遇的机会。我们有约定,只要在一起,不管发生什么事,吵嘴也好,干架也罢,这个吻不能少,它是我们在一起的见证,也是我们要爱到永远的誓词。从来,我没有忘掉过,可这天晚上忘了,是阿宽提醒后我才吻他的。

阿宽以为我是被他下达的两项任务压的,安慰我说:"也许我不该给你这么大的压力,一天内给你压了两大任务,我是不是太缺乏领导艺术了?"我说:"你能这么安慰我,说明你的领导艺术还是蛮高的。"他说:"我相信你一定能完成任务的。"我说:"你这么鼓励我，你的领导艺术又高了一层。"他说："别跟我斗嘴皮子，逗开心了又睡不着了，我看你很累，快睡吧。"

"你该罚我一个鼻子，刚才我忘了吻你了。"

"这可不是一个鼻子够罚的。"

"那就两个。"

"至少三个。"

"你把我鼻刮塌了，我变丑了，你还会爱我吗？"

"你就是变成丑八怪了，我还是爱你到永远……"

我喜欢这种感觉，躺在床上跟他斗嘴，打情骂俏，没大没小，无轻无重。一般人也许很难想象，阿宽这么大的一个首长，会跟我这样卿卿我我，这么富有情调。这是我用心培养出来的，可能也是母亲在九泉之下专门给我保佑来的。小时候，我最不喜欢父亲老是在母亲面前板着面孔的样子，长那么大我没看见父亲对母亲说过一句情话，父亲经常大声训斥母亲，而我母亲，只要父亲说话声音一大就会埋头沉默，像个八辈子欠父亲债的罪人。除了在一个房间作息外，我觉得母亲就像家里的其他佣人一样，让我时常为母亲伤感。我爱父亲，也爱母亲，但不爱他们那种夫妻关系，冷冰冰的。我想母亲一定希望我找一个能哄我、逗我，对我情意浓浓，能给我甜蜜生活的丈夫。

我相信，我找到了。

这天晚上，阿宽为了给我减压——其实也是给我压力和动力，还跟我说了好多宽慰我的甜话，情深意长。其实他想错了，我心乱不是因为他布置的任务，我是被二哥折腾的。这件事对我的冲击很大，阿宽不知怎么的似乎没有太在意。我一直没有理由说服自己，那人就是我二哥，到底是怎么回事？我脑海里全是两个二哥的是否问题。不但睡前如此，睡着了还是如此。晚上，我梦见父亲，我在梦中不停地问父亲，"二哥"是不是真的是我二哥。父亲一直没有回头看我，他的背影越来越小，时而往远处走，时而往高处飞，腾云驾雾，隐隐显显，急得我要哭。后来，父亲的像被狂风吹的，翻着跟斗从天上跌下来，摔倒在我眼前，我跑上前去撑扶他起来，却发现撑扶的是"新二哥"，他脸色比白雪还白，像僵尸，把我吓得大声惊叫。我就这么惊醒了，把阿宽吵醒了。

"你怎么了？"阿宽看我浑身发抖，泪流满面，把我揽在怀里。

"我做噩梦了。"我说，"我梦见二哥了，二哥，二哥……"我不停地喊着二哥，不知道说什么。

他说："你是不是梦见二哥死了？"

我说："是的，阿宽你告诉我，二哥到底怎么了，是不是死了？"

他说："我的点点啊，你怎么会有这种想法？你为什么不相信他就是你二哥？你的二哥也是我的二哥，他真的要不在了，我为什么要拿一个假的来骗你?"

我说:"你怕我伤心,因为二哥是我在世上唯一的亲人。"

他说:"……"

我说:"……"

我们又围绕二哥开始新一轮的质疑和反质疑。不知我是着了魔,还是……反正不论他说什么似乎都说服不了我。包括后来,阿牛哥也好,赵叔叔也好,郭阿姨也好,凡是跟二哥有过往的人,都坚决又坚决地告诉我他就是我二哥,可我还是信服不了。我的理智在这件事上显得无比固执,冥顽不化。如果说有什么说服了我,也仅仅是感情上的,那就是阿宽——我没有理由怀疑他会如此信誓旦旦地欺骗我。

阿宽对我发过誓:二哥就是二哥!

我正是以此笃信,不许自己再存疑虑,但凡不时冒出来的疑虑都被我狠狠掐死,没商量的。可是在他临终时,我还是有种冲动,想最后问他一次——由于没有及时问,他永远别了我,我又为此后悔。这说明我心里的疑问还在啊,我所谓的笃信不过是笃信他对我的爱。现在二哥走了,阿牛哥也走了,而这个疑问却还在我心里活着。就让它活着吧,我在这里太孤独了,就让它陪着我吧……

第八章

01

有一天，阿宽又带我去二哥会所，说是二哥发展了一位新同志，十分了得，让我去认识一下。是下午上的山，天刚下过雨，山中湿漉漉的，草木都挂着晶莹的雨滴，放眼望去，水汽升腾着，形成山岚，飘飘欲仙。个别山头上还有壮观的云瀑，从山顶泻下，白得耀眼。那天吹的是西南风，二哥会所所在的山坞坐北朝南，成了个风袋子，水汽都往那里面钻，车子开进去，顿时被浓雾包抄，视野一下子缩小，车速不得不减慢下来。我在重庆时就学会了开车，但开得不多，车技一般。为了提高车技，一般出了城阿宽会让我来开车。开车是个技术活，公里数决定车技，开多了技术自然上去了。那天就是我开上山的，但是进了山坞，山路弯弯，浓雾作怪，我不敢开，想换阿宽来开。

那天阿宽在感冒，人不舒服，上山时睡着了，我停了车他以为到了，看窗外这么大雾，说："这么大的雾你都开上来了，看来你的车技大有长进。"我说："还没有到呢，我就是看这么大的雾不敢开了，你来开吧。"他说："快到了，坚持一下吧。"我说："你不怕我把车开进山沟里去？"他说："没事的，开慢一点就是了。"

开车时，他经常告诫我一句话：车速不要大过车技，谨慎不要大到紧张。也许是当过老师又写过诗的原因，阿宽说话总结能力很强，总是提纲挈领，深入浅出，切中要害，很容易让人接受并记住。他曾写过一首诗，是反映我们地下工作者的，我觉得写得很好，第一次看到时我感动得哭了，因为我觉得它写出了我内心最真实的感受。和阿宽的遗体告别时，我心里一直在默诵这首诗。现在，我每天早上醒来，总是要默念一遍这首诗——

清晨醒来

看自己还活着　多么幸福。

我们采取的每一个行动

都可能是最后一个

我们所从事的职业

世上最神秘，最残酷

哪怕一道不合时宜的喷嚏

都可能让我们人头落地

死亡并不可怕

我们早把生命置之度外

  二哥的会所据说最初是清朝大臣顾同章的闲庭。顾大人是广东潮州人，到南京来做官，水土不服，经常上吐下泻，人瘦得跟晾衣杆似的。下面人给他找来一位风水先生，把四周的山走遍，最后在这个山坞里给他选了这个向南的山坡，让他在此地建凉亭两座，茅舍一间，瓦房三间，月末来住上一天，夏日晴天在凉亭里下棋喝茶，在茅房里方便，雨天冬季自然是在瓦房里避寒取暖，喝补汤，吃海鲜。顾大人照章办事，一以贯行，果然不吐止泻，身体日渐长肉，赢得寿长福厚的圆满。因之，后来这地方被盛传是块风水宝地，房舍几易其主，被几度翻修重建，规模越造越大。最后接手的是孙文挚友、同盟会之主黄兴，他接手后这里成了同盟会经常开秘密会议的地方，为安全起见，在房子里挖了地下室和暗道，暗道一米多宽、一百多米长，直通对面山坡下、山涧边的一片巨石堆，出口处隐在几块大石头和灌木丛中，很难发现。黄兴被暗杀后，房产一直在后人手上，二哥正是从黄兴后人的手上买过来的，当然是花了大价钱。如今，茅舍早不见，凉亭依然在后院风雨着，当然也是几经修缮。现在的凉亭正眉刻着国民党的青天白日旗，几个柱子和横梁上有孙文、黄兴、于右任、宋教仁等人写的楹联。

以往，天气好时，我们总是在亭子里去说事，这天因为雾大，二哥领我们去了会客堂。客堂在一楼拐角处，一面向着山外，一面迎着后院，向着山外的墙上没有窗洞，窗户都在对着后院的墙上，是两扇木格子大玻璃窗。我进去后，一边给高宽泡茶，一边看着窗外，在漫漫迷雾中，我看到凉亭里有一个人影，时而金鸡独立，时而抱柱翻腾，像一个武术高手在习武。我看着不由丢下茶具，立到窗前去看，看得痴痴。阿宽看我这样子，走到我身边，问我在看什么。

我对他伸手一指："你看那人，好像蛮有功夫的。"

阿宽看一会儿说："嗯，果然有功夫，看来二哥没跟我说大话。"

我问："他是谁？"

他说："让二哥告诉你吧，我也是只闻其名，未见其人。"

正说着二哥进来，说起凉亭里的人，眉飞色舞，滔滔不绝。二哥介绍道，此人姓程，名小驴，是湖北孝感人，其父是屠夫，开着一爿肉铺。小驴十六岁那年，肉铺买了一头死猪肉，乡民知情后纷纷聚在铺子前，要退钱还肉遂发生争吵，引起殴斗。十六岁的少年，如初生牛犊，殴斗起来不要命的，他操起砍骨刀，砍人如杀猪，连杀两人，吓得乡民抱头鼠窜。命案在手，小驴怕死，连夜逃走，最后改名换姓上了武当山，穿上道袍，扫了十三年树叶和落雪，练就了一身功夫。

二哥说："他最了得的是轻功，可以在晾衣竿上仰天睡大觉，可以像猴子一样在树梢上腾飞挪位，可以像猫一样在房顶上无声起落。有一回，我看见他就坐在那棵树下，突然拔地而起，把停在树枝上的一只红嘴相思鸟抓在手板心里。"

阿宽问："你是怎么认识他的？"

二哥说："在广州街头碰到的，他沿街卖艺，我看他功夫真是了得，就跟他攀谈。原来，前年夏天，他所在的道馆里来了一位病人，是薛岳部队上的一位团长，家就在武当山下，在武汉保卫战中受了大伤，肺部中了一弹，命悬一线。所幸救得及时，保住了命，却一直卧床难起，每天只能吃流食维持小命。后来几经周折，回了乡，依然举步维艰，命脉日渐衰弱，家人是死马当活马医，把他送上山，找道士来要命。此时昔日的小驴在馆中已是功夫高深的道士，名声在外，人称武师道士。他接下团长，天天给他运气发功，配合着吃了一个时期的草药，团长可以跟他扎马步习武，身体康复了。正是从团长口中，他活生生地了解到日本鬼子如何在欺负国人，他觉得自己是个罪人，如今国难当头，希望团长带他下山去杀鬼子赎罪。但团长经历了生死，看到了太多国军内部的腐败，心灰意冷，已无心报效祖国，只想在家乡苟且偷生，便给他写一封信，让他去武汉找谁。一天早上，他带了信，下了山，去寻武汉。去了武汉，发现武汉已经沦陷，他要找的部队说是去了株洲。寻到株洲，又说去了桂林，赶去桂林还是没找着，也没人知道去了哪里。他无路可走，开始漂泊，就这样到了广州。一路下来，他带的盘缠早已告罄，只好靠在街头卖艺化点小钱度日，我就这样遇到了他。"

后面的事可想而知，二哥了解到他的经历和愿望后，积极动员他加入我们组织。他听说我们也是抗日打鬼子的，二话不说跟二哥来了南京。后来，他当然成了我们的同志，当了我们行动组组长，经常出生入死，干得很出色。包括在春晓行动中，他也是立了大功的，如果没有他飞檐走壁的功夫，我们不可能这么快破掉罪恶幼儿园森严的铁桶阵：正是靠他猫一样的轻功夫，我们在腾村办公室安装了窃听器，让我们及早掌握到诸多内幕，为我们后来进一步行动找到了方向，赢得了主动。

02

程小驴的组织代号叫老J，他是我见过的最神奇的人之一，武功、轻功、木工、泥工、厨艺，样样精通，好得呱呱叫。他还会写书法、画画、看病、做油漆工。十几年道士生涯造就了他，他成了无所不能的高人。那天阿宽正患感冒，人很不舒服，他不但一眼看出来，还手到病除——其实严格说手都没有到，他就让阿宽坐在茶几上，他运了气，张开巴掌，悬空在阿宽的头顶和背脊上来来回回推摩了几分钟，整个过程没有碰阿宽一个手指头，但阿宽顿时变得神清气爽，脸色红润。我当时看傻了，如果不是亲眼所见，简直不相信。

后来军统公然跟我们作对，王木天兴师动众想捣毁我们的地下组织，他作为行动组长必须组织反击，还以颜色。他先后两次深夜入室拧断包括王木天保镖在内的几个坏蛋的脖子，因之王木天下死命令，一定要干掉他，结果有一次遭革老的手下秦淮河追杀，肩膀上挨了一枪，子弹钻进肩胛骨里，伤势很重。二哥把他送到上海，找了最好的外科医生给他取子弹，医生说那子弹钻的位置很深奥，在骨头缝里，要卸掉肩膀才能取出子弹。肩膀没了，哪还能有胳膊？没了胳膊，怎么当行动组长？他不同意。医生警告他，如果不及时手术，他有可能连命都要丢掉，因为子弹击碎了骨头，炎毒有可能通过骨髓流遍全身致命。即便这样，他还是不同意。他私自回到南京，躲在山上的会所里自己治疗，先是寻来草药排毒消炎，草药都是他自己上山采的。炎症消退后，他恢复了体力，便开始强硬活动手臂，一天多次，每一次都痛得他大汗淋漓。我听二哥说，有一次他还拿肩膀去撞墙，把他痛得昏过去了。

真是太蛮了！

可他就是用这种蛮法让子弹移了位,让肩膀可以正常活动了。

后来子弹一直在他的肩膀里,成了他的肩胛骨的一部分,平时没感觉,只有在阴雨天会隐隐作痛。隐隐作痛不会影响他什么,他对疼痛的忍受力像他的武功一样高。他是个意志和毅力超常的人,有铁的意志,水的毅力。作为肉身,他无法刀枪不入,会中弹,会断骨,会流血,会号叫,会怒吼,会痛苦,会伤心,但从不流泪。那次送阿宽走,所有在场的人都涕泪交加,只有他,像一棵树一样,伫立不动,声色全无。他是我见过的最酷的男人,是真正的可以顶天、可以立地的大丈夫!

讲讲老J的事我心里特别来劲,可终归这是我的故事。不,这不是故事,这是我的经历,我的过去,我的感情,我的记忆。我在回顾我的一段人生,但有时我觉得它更像个故事,因为太曲折了,太不寻常了,爱恨情仇,悲欢离合,生死离别,荣辱兴衰,家苦国难,都在我一个人身上发生了。我的经历就像一个虚构故事,现在这故事正在往一个凄楚的方向进展,越来越像个悲剧故事。我说过,在一个无限的期限内,所有的人都会发生所有的事,所以,所有发生的事我都能接受。

但阿宽走了,这件事我怎么也接受不了!

很长一段时间,我一直不相信阿宽已经离我而去,每天睡觉前我依然与他絮絮叨叨,依然吻他——他的衣服,他的帽子,他的手枪,他的手绢,他最早送我的玉佩,他后来送我的项链,他残留在枕巾上的发丝、汗味、头屑……他真的没走,他给我留下了太多东西,每一样东西对我都是他,活生生的他;我对一样样东西说话,一遍遍亲吻它们,感觉到阿宽依然在我身边。只有在半夜,被噩梦惊醒,我想钻到阿宽怀里痛哭时,没有一双手抱我,替我拭去眼泪……

哦,阿宽,你真的走了吗?啊,阿宽,你怎么能走呢?阿宽,你的任务还没有完成,你怎么能走啊!阿宽,我们不是说好的,等我们完成了任务,粉碎了敌人的春蕾行动后,我还要给你生一个孩子,如果是男孩我来给他取名,如果是女孩,就你来取。可是,阿宽,你在哪里?

阿宽,你记得吗?你答应过我的,等赶走了鬼子,你要带我去遨游世界,住世上最差的客栈,看世上最美的风景。可是,阿宽,此刻你在哪里?我找不到你啊。阿宽,你真的走了吗?你怎么能走呢?你怎么舍得丢下我?阿宽,我恨你恨你恨你恨你!

可是,阿宽,我更恨我自己,我恨自己恨自己恨自己!我知道,是我害死了你,我要是不要那个该死的吻,你不会有事的。都是我不好阿宽,我太任性,太冲动,没有听你的。可是我那么长时间没有见到你,我真的很想你。你知道,我每天睡觉前都要吻你的,那么长时间没看见你,见了你我真的有些控制不住。都是我不好，阿宽，我怎么会这么傻！

阿宽，你会原谅我吗？别，阿宽，我不要你原谅，我也永远不会原谅我自己，我要接受惩罚！我已经在接受惩罚，没有你的日子，每一天，第一刻，我都是在惩罚中过去的。要不是为了神圣的使命，也许我早就去了你身边。我宁愿与你一起做鬼，也不要一个人活在世上。没有你的世间，比地狱还要阴冷，还是恐怖，还要折磨人……现在，我终于知道了，什么叫生不如死！该死的吻，我怎么会那么傻？爸爸，妈妈，你们一直在保佑我，怎么就没有在那一天保佑我呢？爸爸，妈妈，你们的女儿现在什么都没了，你们能施展法力把阿宽给我送回到我身边吗？

03

一切都在我吻阿宽的那个瞬间注定，不可挽回！

事情是这样的，皖南事变后，国民党迫于国际舆论的压力，暂时收敛了对我们的地下清剿行动。但是王木天不甘心，或者说他找到了更下作无耻的伎俩。其实，那时周佛海确实在对重庆暗送秋波，王木天就勾结他，利用他的力量对我们施行公开清剿。好在我利用革老父女对我的信任和重用，给他们下烂药，制造了一些假情报，使他们对我们地下组织的真实情况了解不多不深，否则我们真的会受到重创。毕竟这是在南京，周佛海手上有军队，有警察，随时随地可以抓人杀人。但阿宽的目标太大了，王木天早知道他在南京，朝思暮想想把他挖出来，讨好戴笠。周佛海知情后也是如获至宝，替重庆抓到赫赫有名的老A，等于是他在重庆政权里存了一笔"善款"，何乐不为？就这样，一时间里，南京城里满大街都是阿宽的头像，大肆通缉搜捕。

风声太紧张，形势太严峻，阿宽只好先出去避一避风头。他去了江北，在新四军的地盘上去做了一回客人。这一去就是一个多月，我日夜思念他回来，却又怕他回来。其间我发现自己怀孕了，这是他后来提前回来的一个重要原因。他得知我怀孕的消息后，先发来电报要我把孩子处理掉。我当然不是太情愿，谁会情愿呢？他可能是怕我处理了孩子太伤心，也可能是担心我"有令不从"，所以提前回来了。

回来得真不是日子啊！有些事回想起来就觉得是命，命运要袭击我们！

我清楚记得，那天是星期日，头天晚上秦时光约我出来吃饭，我拒绝了。这家伙总缠着我，为了稳住他，我答应这天去幽幽山庄跟他吃午饭。这是郭阿姨离开香春馆后二哥出钱开办的一个饭店，是我们一个新据点。阿宽不在期间，我出门都是自己开车，每次出门前，赵叔叔总是帮我把车擦得亮堂堂的。这天，我出来开车，觉得奇怪，赵叔叔一个劲地冲我发笑。我问他笑什么，他说他刚得到一个好消息，不知该不该告诉我。

我说："为什么不告诉我。"

他说："组织上不允许。"

我说："你这不废话嘛，不允许你就别提起，提起又不说，挠我痒呢。"

他说："你快上车吧，组织就在车里。"

我打开车门，天哪，阿宽竟然坐在驾驶位上！他几分钟前才回来，看到赵叔叔在擦车子，自然先跟他招呼。他从赵叔叔口中得知我马上要出去见秦时光，便跟我做了这个游戏。我好开心啊，激动得恨不得一口吞下他，可当着赵叔叔的面怎么好意思。赵叔叔建议我们回去喝杯茶再走，阿宽问我跟秦时光约的时间，我说是什么时间。他说："那不行了，走吧，已经很紧张了。"

就走了。

事后我想，我们真不该这么仓促走的，为什么后来到了秦时光楼下我会那么不能自禁地去亲他，就因为……怎么说呢，我已经那么长时间没见他，见了他我心里一下迸出太多的情感要宣泄，要抒发。不是情欲，真的，是情感，一种久别重逢、不亦乐乎、兴奋难抑、炽热如火的情感。如果我们当时进屋去坐一下，喝一杯水，让我在他胸脯上靠一靠，哪怕只是拉拉手，我后来可能就不会那么不能自禁。还有，该死的秦时光，如果他当时准时在楼下等着，也就不会有后来的事了。他那天迟到了，这是他无意中给我挖的一个陷阱，我在诱惑中跳了下去。

其实，我们也没有怎么着，可以肯定绝对没有亲嘴。阿宽还是很理智的，我开始上车就想坐在前面，被他阻止了。"干吗？"他说，"别破规矩。"我说："让我先坐一会儿，跟你说会儿话，待会儿我再坐到后面去。"他笑道："我已经习惯你坐在后面跟我说话了。"我说："今天不一样，破个例。"他刚回来，情况不明，很谨慎，说："何必呢，万一门口就有人盯着呢。"说着特意脱了外套，放在副驾驶位上，分明是没有商量余地。

我只好坐在老位置上，车子一驶出赵叔叔的视线，我一边说着话，一边还是冲动地去抚摸他的头。他跟我开玩笑："现在胡同里没人，摸摸可以，待会儿上了街可别摸了。"

我说："你这人怎么这么绝情，这么长时间没见我也不想我。"

他说："你这人真没良心，我回家连门都没进，就陪你出来还不是因为想你。"

我说："我每天都在想你。"

他说："我每夜都在想你。"

我说："我每一分钟都在想你。"

他说："我每一秒钟都在想你。"

我们就这样以惯常的方式互相斗嘴、逗开心，一路逗下来，我的情绪真是炽热得要着火，恨不得坐到他身上去。车停在秦时光楼下时，我左右四顾一番，没看见秦时光人影，也没看见其他人，顿时情不自禁地去抓他手。看四周没人，他也让我抓，但身体依然正常坐着，既没有回头也没有侧身，只是把手伸给我，让我握着。如果仅仅握着，我不把他的手抬起来，外面是没人看得见的。可我自己也没想到，握住他的手后，我的情绪变得更炽热，是一种通电的感觉，浑身都麻了。

真的，我太爱眼前这个男人了，他是我的老师、我的上司、我的爱人、我的大哥、我的信仰、我肚子里那团血肉的父亲……哦，该死的我，居然在这时候想到我们的孩子！一想到这孩子，我们的第一个孩子即将化为泡影，我的情绪就乱了，我捧起他的手，又是亲，又是咬，是一种爱恨交加、不能自拔、几近癫狂的感觉。

阿宽一直是清醒理智的，他发觉后立刻想抽回手，可我当时是那种感觉，完全丢了魂，手上的劲比老虎钳还要大，他哪里抽得回去……不过，我敢发誓，不管怎么说，这个时间是很短暂的，顶多十几秒钟。

哪知道，就在这十几秒钟里，命运袭击了我们！

鬼知道，当时秦时光在哪个鬼角落，是怎么看到的，但后来的事实证明，他当时一定看到了……这就是我们的工作，是世上最残酷无情的,一秒钟的放松都不行,一滴眼泪流错了时间地点都不行,一个不合时宜的喷嚏都可能叫我们前功尽弃,生死相隔!

04

说起这些,我的眼泪就止不住要流,就有说不完的话要说,好像这样能够把阿宽留住似的。很长一段时间,过度的悲伤让我失去了活下去的气力,死亡的念头时常盘踞在我心里,呼之欲出,随时可能生龙活虎地跳出来。

我真是太伤心了,要不是阿宽对我有托付,我真的想随他而去。

阿宽给我留下了两个托付:一是他的孩子,这是他身体托付给我身体的,是客观存在;二是,临终前他要我快去找阿牛哥干掉秦时光。这是他给我下达的最后一道命令,是他临终唯一的遗愿。那天,老J不在庄里——在也没用,他和郭阿姨都不会开车,只有我去。因此,我当时连为阿宽哭的时间都没有,他眼睛一闭我就把他丢给郭阿姨,迫不及待地出发了。我听人说,一个人死的时候一定要有人哭,这样他到了阴间才会被幽人尊重,在幽灵世界中做人,否则要当牛做马。

阿宽,我想你一定在那里做人,我一直在为你哭……

阿宽,我想后来我运气那么好,一定是你在保佑我……

是的，后来我的运气很好，从幽幽山庄到秦时光家约有六公里，到我们单位也是差不多的距离，两者相距约两里路。按秦时光搭人力车、我开车来比算，我大约比秦时光可以早二十五分钟赶到单位。阿牛的裁缝铺在我们单位门口，如果秦时光回单位，阿牛有充分的准备时间干掉他。问题是，我们不知道他到底会回哪里，家里？还是单位？如果是家里，阿牛徒步赶过去时间很紧张，我开车过去虽然快一些，可是我的枪法哪有阿牛哥准？我没有远距离狙击的经验，去那边临时找狙击位，哪里一下找得到？这真是非常两难的事，而且时间那么仓促，根本不允许我们深思。最后，我决定先开车把阿牛哥送过去，这样保证了他的时间，然后我又赶回来，守在裁缝铺里。

　　当这样安排时，我们当然希望秦时光回家去，只要他回家，走进阿牛哥的枪口，他必死无疑，而且对我们以后也不易留下后患。可如果回单位，只有靠我拼了。我选择就在裁缝铺里行动，因为一时找不到更理想的地方。走之前阿牛留给我一支长枪，把后窗给我开好，一桶煤油放好，让我开枪后迅速从后窗逃走，放火烧掉裁缝铺。这就是不惜代价硬拼了，以后阿牛的身份再不可能秘密，我也将因此受到重点怀疑。因为谁都知道，我经常光顾此地。

　　关键是，我的枪能像阿牛哥那样百发百中吗？

　　是的，距离是很近，如果他从我门口走，只有三五米的距离，即使从刘小颖的书店门口走，至多也是二十多米的距离。但当时我的情况也很糟糕，我的心碎了，我的血像地下岩浆一样要迸发，我的心跳得像拨浪鼓，我的手抖得像筛子……真担心秦时光走进我的枪口！

谢天谢地，秦时光没有走进我的枪口，他走进了阎王庙，尸陈街头。

其实，我和阿牛哥相距只有两里路，正常发枪我是可以听到枪声的，但那时阿牛哥的装备已经十分高级，装了消音器，枪声还没有一个气球的爆破声大。我只有在看到阿牛哥从后窗爬进来时，才知道该死的秦时光已经永远开不了口了。

秦时光完蛋了，我就还有继续潜伏的资格。刚才我已经豁出去，因为如果不能杀他灭口，我什么都完了，只有消失，逃走。所以，刚才我的那些想法和做法其实是很冒险的，但我冒险成功了，现在我必须保护好自己。于是，我顾不得悲伤，只跟阿牛哥简单交代一下情况，便绽出笑颜，大摇大摆地走出裁缝铺。此时我要尽量让人看见我在这里：停在路边的汽车可以证明，我在这里已经半个小时了。我在仓促中把车乱停在裁缝铺门前这一点，为我后来消除嫌疑起到了莫大作用。这就是运气，我相信这是阿宽的在天之灵给我的。

不过，事实上当时有一点我是疏忽的，就是：我没想到秦时光的死，俞猴子会立刻怀疑到我，并迅速召见我。我离开阿牛哥后直奔水佐岗家中，我给郭阿姨打电话，知道二哥已经把阿宽遗体运走，去了山上会所，我便又直奔会所。

我刚驾车上山,只见二哥的车从山上下来。

我跳下车,扑进二哥的怀里,大哭起来。

"你别哭,快回头。"二哥焦急地说。

"怎么了?"

"老金来电话,让你马上去单位开会。"

"他怎么知道你的电话,我还没告诉过他?"

他说:"打到你家里的,老赵又打给我的,好像很紧急,我估计一定跟秦时光的死有关。"说着二哥钻进我的车,快速地替我调转好车头,让我快快下山。我上车要走了,他却又叫我等一下。已经是严冬,山涧小溪里已经结冰,他下去寻了一块冰,用手绢包好,交给我说:"你眼睛很肿,随时敷一下。不要紧张,万一有什么,能逃就逃,逃不了就去蹲班牢,不要认罪,我会设法救你。"他的镇定和理智让我佩服。我因此想,如果他真是我二哥,我二哥真是脱胎换骨了。当然,我这么想也不是说我由此认定他一定不是我二哥,革命确实会让一个人变成另一个人的,难道我还是原来冯家的那个大小姐冯点点吗?

05

我赶到单位时,俞猴子已在办公室里等我好一会儿,事后我知道，之前他已经跟金深水、马处长、办公室赵主任等三人聊过我，问他们今天有没有见过我。其实他知道，金深水和马处长都是卢胖子的人，不尿他的，如果问晚了，等我们私下见过面，他可能什么都问不到。所以，他有意在第一时间召见他们，争取获得他俩"没有见过我"的证词。这目的达到了，金深水和马处长在不明真相前，不敢随便替我作伪证。再说了，即使金深水当时也不知道秦时光的死跟我有关，只有俞猴子，他似乎开始就认定秦时光的死我难逃干系，所以要紧急审问我。

门开着，我气喘吁吁跑进去，对俞猴子说："对不起，局长，最近我的司机回老家去了，我是自己开车来的，开得慢。"

他盯我一眼，说："坐下。"

我坐下，突然发觉尾骨的地方痛得很，不知是什么时候碰的。

他怪怪地看着我，突然问我："刚才金处长给你家打电话，你没在家，在哪里？"

我说："我在家门口洗头，你看，这头发都还没干呢。"二哥给我的冰块真起了大作用，我在上楼时灵机一动，把冰水全抹在了头发上。

他说："能说具体一点吗，你在哪一家店里做头发？"

我感到他来势汹汹，精神气顿时被激发出来。我知道这个店名不能说，说了他一定会去查，便说："哪一家店？什么意思？我说了我在哪一家店吗？我在自己家里做的。"

他说："你刚才不是说你在家门口洗头，不在店里，难道在大街上洗的？"

我哈哈笑："俞局长，这说明你没去过我家，我家门口不是大街，而是花园，我就在花园里，在花岗岩砌的花台上，在阳光下洗头，这有错吗？"

他说："那你还是在家里吗？可金深水说你没在家。"

我说："我正在洗头，头上全是香皂水，怎么接电话？电话响的时候，我的女佣正在给我洗头，我让她去接，就说我没在家。"我把话圆过去了，心里便有了底气，开始回敬他，"嗳，我的俞副局长，你是在审问我吗？"

他说："我没有审问你，我在了解情况。"

我说："你在玩弄字眼，你就在审问我，我倒要知道，你凭什么审问我？是卢局长安排的吗？"

他说："卢局长去上海了，你该知道。"

我说："这我知道，我不知道的是你凭什么审问我。"

他哼一声："凭什么，你知道出什么事了吗？"

我当然佯装不知，问："出什么事了？我不知道。"

他说："有人死啦。"

我说："这年月每天都有人死。"

他说:"这人跟你关系很深哦,你不难过吗?"

我说:"跟我关系最深的人死了快一年了,我现在还在难过。"

他说:"谁?"

我说:"我父亲。"

他知道这么说下去,被动的是他,索性说:"秦时光死了,你不知道吗?"我故作惊异,立起身:"什么,他死了?不可能!"他说:"坐下吧,难道你真的不知道吗?"我不坐下,反而冲到他面前说:"他在哪里,我要去看他。"他说:"看有什么用,人死不能复生,抓住凶犯才最要紧。你今天见过他吗?"我不知道他掌握了什么情况,不便多说,有意提高声音说:"那是你的事,我要去看他,告诉我他在哪里,我这就要去看他。"转身往门口走。他上前拦住我,"先别走,我有话要问你。"我执意要走,推开他,做出要哭泣的样子说:"你干什么,我要去看他!你该知道,秦时光是我……我们关系很好,他死了你为什么不让我去看。"说着我大声哭起来。我就是要惊动楼里其他人,让他们来看我哭,让他无法再问我话。

果然,不一会儿金深水跑上楼来,随后还有其他人。

我见了金深水,立刻扑上去,哭着问他:"金处长,秦时光怎么了,他在哪里?"

他沉痛地看着我,小声说:"他出事了。"

我大声说:"他出什么事了?"

186

他看看俞猴子，对我说："死了。"

我说："怎么可能！我要去看他，他在哪里？"

金深水说："真的，他被人杀了。刚才我给你打过电话，你家阿姨接的，说你没在家，我也没跟她说明情况。林秘书，我知道你跟我们秦副处长关系非同一般，刚才俞局长说上午你们还在一起，在幽幽山庄，这确实吗？如果确实，你们是什么时间分手的？对不起，恕我直言，我觉得你应该如实告诉我们，因为凶犯还没有抓到，马处长正在调查情况。"就这样，老金及时把相关信息巧妙地告诉我，我就知道该怎么说、怎么做了。

我说："是的，我们上午去过幽幽山庄，本来要在那儿吃午饭，可他临时想起一件什么事，拨了一个电话后就匆匆走了。"

俞猴子趁机问我："什么时候走的？"

我说："十点多吧，反正我们是十点钟到那儿的，没过十分钟他就走了。"

俞猴子又问："你没跟他一起走吗？他有急事，你该送他走才对。"

我说："我当时气得很，来了就要走，把我当猴耍，气得还跟他吵了一架，要早知道他……我就一定会送他的，我送他可能就不会出事了。"说着我又哭起来，一边问金深水，"金处长你告诉我他在哪里，我要去看他。"金深水看看俞猴子，俞猴子不理他，金深水便不说。我又问赵主任,赵主任支支吾吾也不说,我又问刚上楼来的马处长。马处长也不说,我便发作,骂他们:"你们怎么可以这样无情,他死了也不让我去送送他,你们凭什么这样对我!"气极之下我抓住俞猴子,疯了似的大声呵斥他,"你告诉我,他在哪里!"

他这才说:"在反特处。"并对马处长说,"你带她下去吧。"

我为什么一定要去见秦时光,为了摆脱俞猴子这种措手不及的审查是一个原因,此外我也需要大哭一场。我心里积聚着太剧烈的悲伤,阿宽走了我还没机会哭过呢。所以到了反特处,一见秦时光的尸体我就抱住他痛哭流涕。我不需要表演,只要把眼睛闭上,把秦时光想成高宽,我的泪水就会汹涌,我的哭声就会传得很远,我的悲伤就会撼天动地。我不停地摇着秦时光的身体,心里想着我的阿宽,骂着这个王八蛋,嘴里骂着老天,骂着自己,骂着自己可怜的命运,悲伤的情感恣意汪洋地泼撒出来。此情此景,我相信,所有在场的人都被我蒙住了,感动了。

阿宽,你想不到吧,俞猴子想偷袭我,结果成全了我,让我痛痛快快、淋淋漓漓地为你哭了一场,这一定是你的灵安排的吧。阿宽,你听见我的哭声了吗?阿宽,你看见我的悲伤了吗?阿宽,没有你今后我怎么活下去?老天啊,你怎么能让我的阿宽走啊……

第九章 ◎

01

生不能扬名,死不能公开追悼,甚至连坟墓都是秘密的,这就是我们的命。

这天夜里,我们安葬了老 A,但我的记忆里一片空白。我只记得我趴在阿宽的遗体上,一边要死不活地哭着,一边向到场者简单讲了一下阿宽牺牲的经过。印象中,到场的人有二哥、老金、赵叔叔、郭阿姨、老 J 等。后来我哭着哭着昏过去了,就没有了记忆。也许,我意识里是想把自己哭死,让他们把我和阿宽一起葬了。如果我没有昏过去,安葬阿宽时我也许会跳进坟墓,撞死在墓穴里。

我真的想死!

没有人能想象我对阿宽的感情,我更难以想象,没有了阿宽,今后我怎么活下去。我希望死。我所有亲人都死了，死成了一件让我感到亲切的事，我不怕！可我昏过去了，想死都死不成。等我醒过来时已是第二天清晨，窗外漫山遍野都是白皑皑的雪。我努力回忆昨晚发生的一切，想到的最后一幕是我抱着阿宽的遗体。我立即去找阿宽，可是原来放阿宽遗体的屋子空荡荡的。天还早，二哥还在睡觉，我找遍了整栋楼也没有看见阿宽的遗体。我想他们一定是把他安葬了，可葬在了哪里呢？我在附近找，没有发现任何新的坟堆。大雪掩盖了新土，我根本找不着阿宽的下葬地。

后来我找到守门的大伯，他告诉我阿宽葬在哪里。我无法接受这个事实，太残酷了！我还没跟阿宽告别他们就安葬了他。我一定要跟阿宽再告个别！于是我冲出去找来铁锹要挖开墓地。守门的大伯怎么也劝阻不了，只好把二哥叫醒。

二哥好说歹说想劝我回去，我就是不听，不理，只埋头挥锹挖！挖！挖！二哥发了火，夺下铁锹，大声吼我："你想干什么！"我说："我要死！"我比他的声音更大，"我要跟阿宽一起死！"

"你疯了！"

"我就是疯了。"

"你这样他会不高兴的。"

"可我不死我活不下去。"

"你一定要活下去！为了老大的孩子和事业。"

就是这句话击中了我,我一下软倒在地,呜呜地哭着。二哥把我抱回屋里,对我讲了昨晚他和金深水的"双人会议"。"金深水已经代表组织做出决定,要你把孩子生下来。"二哥说,"我个人十分赞成组织的这个决定。"我说:"为什么你让金深水来做这个决定?"他说:"因为我是你的亲哥哥,我来做决定是违反组织纪律的。"

不,我说的不是这个意思,这一点我当然能理解。我不理解的是,为什么二哥要让金深水来当今后的代老A?金深水当了这个角色,意味着他就是我们组织内部的二号人物,这不论是按照资历,还是组织关系,都是有点反常的。按正常说,这个角色理应由赵叔叔来担任,因为他以前已经是替补代老A。以前二哥是真正的代老A,但由于二哥经常出差在外,需要一个替补代老A,就是赵叔叔。所以,赵叔叔基本上明确是我们组织内部的第三把手,现在二哥当了老A,他理当是代老A,非他莫属。

我问二哥:"你为什么不让老D(赵叔叔)当代老A?"

二哥说:"以后告诉你吧。"

我说:"你这样做会伤害老D感情的。"

他说:"这没办法,我也不想伤害他,可他……怎么说呢,我觉得金深水当代A也没有违反组织纪律,他现在是我们春晓行动的主力,而春晓行动是我们在这里的主要任务,让他当,名正言顺。"

我坚决说:"二哥,这不行,阿宽不在了,你又经常出门,今后我们更要团结大家，你这样安排容易引起误会，给我们的工作带来麻烦。老金是个好人，又是新同志，他不会计较这些的，我建议还是由老D来担任代老A。"

二哥看着我，严肃地问我："你想把孩子生下来吗？"

我说："当然，这是老A唯一的孩子，只要我活着，我一定要把他生下来。"

他说："那就只有这么定，金深水是代老A。"

我听出了意思，问他："老D不同意我把孩子生下来？"

他说："是的，这家伙不通人情！"看看我，他长叹一口气，接着说，"昨天我把高宽的遗体运上山后就打电话让老G迅速给上级发电报，通报情况，请求指示。上级明确指示暂时由我接任老A，全权负责下一步工作。我首先想到的是你身上的孩子怎么办，高宽牺牲了，我个人希望你把孩子生下来。可我是你哥，按组织纪律我要避亲避嫌，最好不要由我来下这个决定，所以我马上考虑由谁让来当代老A。按理老D当然是最合适的人选，但现在有一个附加条件，就是当代老A的人必须同意你把孩子生下来。老D会同意吗？昨天下午我侧面征求他意见，他说我们要尊重老A生前的决定，屁话！不同意，对不起，他就得靠边站，这一点我心里很明确，不可商量。"

我说："就怕他不高兴。"

二哥说："他不高兴？我还生气呢，居然说出那种屁话。"

我说:"老金是同意的?"

他说:"老金十分同意!"

说真的,虽然我觉得老金当代老A不妥,但似乎也只有这样了,因为我必须把孩子生下来,没有别的办法。阿宽死了,从感情上说我真不想活,真想随他而去,如果选择继续活下去,我一定会把孩子生下来,哪怕二哥不同意,哪怕挨莫大的处分,哪怕是被毙了,我也会这么做。我知道,革命是残酷的,但在这件事情上我不想做无情人。

二哥也不想。

金深水也不想。

我们错了吗?当时我们都认为我们没有错,但事后证明,我们还是错了。革命真的是太残酷了,你可以杀人不眨眼,可以毒如蛇蝎,可以视死如归,就是不能儿女情长,不能动感情,不能相信眼泪,不能听从亲情的召唤。阿宽,对不起,我错了……

02

接下来两天,我是在水佐岗家中度过的。我病倒了,发高烧,喉咙肿得连口水都咽不下,浑身像一块烧红的铁,卧在床上也觉得身体是个累赘,又热又沉。单位里的人都以为我是被秦时光的死击垮了，我在反特处那场惊天地、泣鬼神的哭宣告了我对秦时光"至深的爱"，我的病再次证明了这一点。所以，我可以放心在家养病，老金也可以名正言顺来看望我。

老金是第二天下午来探望我的，代表卢胖子。这是他第一次到我家里来，他为我住处的奢华惊得目瞪口呆，见我第一句话就说："这大概就是书里常说的金屋吧。"外面是冰天雪地，天寒地冻，我的房间里却是暖温如春，一只老式壁炉幽幽燃着。他在壁炉旁坐下，刚坐定，就问我："秦时光来过这儿吗?"我说："没有。"他说："他要知道你住在这么好的地方，又这么久不让他来看看，也许早就气死了，哪需要我们浪费子弹。"说着，笑笑。我说："老金，看你心情不错，是不是有什么好消息。"他顿时蔫了，摇着头说："好消息是没有，我是想让你心情好一点。"他安慰我说，"你要想开一点，争取尽快恢复健康。你该知道了吧，我们希望你把孩子生下来，你更要有一个好心情、好身体，不要沉浸在悲痛中，对孩子不好的。"

我流着泪说："谢谢你老金，这是高宽唯一的孩子。"

老金说："你看你看，你这不是跟组织唱对台戏嘛，让你心情好一点，你还哭。别哭了，先跟你说个好消息，我这是代表卢胖子来的，是专门来探望你病情的。这说明他对你还是很关心，没有被俞猴子拉拢过去。"

我说:"俞猴子可能掌握了我什么情况,这两天我没去单位,不知你有没有听到什么。"

他说:"他跟胖子说,你跟秦时光的死一定有关,胖子要他拿出证据,他说时机成熟就拿。"

我说:"难道他真掌握了什么证据?"

他说:"我也这么想,所以啊——"他摇了摇头说,"我刚才说了,没什么好消息。这两天我变着法子想探听他一点口风,可他咬得很紧,只说让我等着瞧,有大戏好看。"看我沉思不语,他又说,"不过你也别着急,我看胖子没信他,还跟我说他是在演敲山震虎的戏。"

我说:"就看他掌握了什么情况,万一证据确凿胖子也不会保我的。"

他沉默一会儿,突然问我:"到底是谁干掉秦时光的?是裁缝孙师傅吗?"

我心头一惊,以为阿牛哥出了什么事。"怎么想到是他?你听说了什么?"我问他。他说:"是我的眼睛告诉我的。"我说:"你看到了什么?"他说:"他健步如飞,哪是什么瘸子。"我更是惊讶,问:"你怎么看到的?"他说:"那天老A是他抱出去安葬的。"我恍然大悟,那天金深水上山时阿牛哥一直在外面挖墓坑,没人给他们介绍相识,后来我昏过去了,不知道情况。

他说:"其实我早怀疑是他。"

我说:"为什么?你发现什么了?"

他说:"我看他浑身是肌肉,哪像是瘸子。"

我说:"猴子会不会怀疑到他?"

他说:"我正要问你这事,我看这两天他一直没开门,是怎么回事?"

我说:"那天猴子迫不及待想审问我,我就担心有什么意外,所以先让他避避风头再说。"

他说:"这是对的,我认为他还应该再避几天,而你我觉得如果身体能应付得了,应该尽快去上班。你去上班,猴子可能就会又找你问什么,这样便于我们摸清他底牌。"

我问:"秦时光下葬了没有?"

他说:"明天。"

我说:"那我就去参加他葬礼吧。"

他问:"你身体行吗?"

我说:"我病恹恹的样子才说明我死了心上人。"

他苦苦一笑:"现在整栋楼里的人都在说你们,说你是鲜花插在牛粪上,怎么会爱上这家伙。"

面前的茶早凉了,香气也渐渐散尽。我们一口都没有喝,内心被一股压抑的情绪包围着,鲜活地体会到不思茶饭的感觉。送走老金，我一个人久久呆立在房间里，想到明天又要为那个烂人哭一场，我不寒而栗，不由得走近壁炉，而壁炉的暖气又让我透不过气来。

阿宽，你知不知道猴子到底掌握了我什么东西，居然对我这么不放手，你知道就给我捎个信吧，或者晚上给我托个梦，明天我就要去见他，我还没想到对策呢。可是……阿宽，我真的不想面对这些，想到你不在了，我做什么都没了热情，要不是为了孩子，我真想一死了之。

阿宽，我已经决定把孩子生下来，你别怪我不听你的话，我什么都听你的，就这一次……对不起，阿宽，我不听你的，我一定要把孩子生下来，因为这是我们唯一的孩子，也是我活下去的唯一理由。

阿宽，我们的孩子真可怜啊，生下来就见不到父亲，难道……阿宽，我知道你不爱听我说这些，我又何尝想说呢？你也许最希望听到我说说工作上的事，那么好吧，我就不说这些了，我就想想明天的事情吧。为工作操碎心，大概就是我在心目中最完美的形象吧，阿宽……

03

天公作美，出殡时，天下起了小雪，让我的表演变得轻松而又完美，我似乎只要扯开嗓子，无需用心煽情催泪。休息了两天后，我的嗓子又亮了，需要时可以吊出高音，让哭声盘旋在空中。我相信在场的人都被我感动了，但有一个人，就是俞猴子，他无动于衷，甚至听着一定觉得刺耳。有一会儿，他居然凑到我身边，不无放肆地对我说："别装了，还是把眼泪留给自己用吧。"

这让我充分相信，葬礼后他会故伎重演，把我叫到办公室去进行以聊天为名的审问。我一边哭，一边琢磨着他可能问的问题。有一点我判断错了，我觉得他没有拿出证据对我进行公开审问，说明他的证据还不实，只是在怀疑。其实，他已经在秦时光死的当天晚上，暗中搜查了裁缝铺，搜到长枪一支，子弹数盒——证据如铁！

这支长枪正是我那天下午紧紧握过的，现在这支长枪已经交到野夫手上。

幸亏，阿牛哥离开时带走了那把狙击步枪：这是他多年养成的习惯，枪不离身。他有一只银色的铝合金箱，箱子里面就是被分拆的枪支、弹药、瞄准镜、消音器等，不论走到哪里、干什么，阿牛哥总是随身带着箱子，有时拎着，有时外面套上麻袋扛着，那时他一定是农夫的打扮。

幸亏，阿牛哥那天下山后没有回去裁缝铺，如果去将被当场拿下：有人正躺在他的床上、坐在他的椅子上，苦苦盼他回去呢。而阿牛哥本来是要回去的，只因那天夜里临时下了大雪，二哥无法开车送他们下山，他们一行人是走下山去的。下了雪的山路难走，天又黑,雪又大,他们走得很慢,到山下时天光已经发白。到山下,一行人分了手,阿牛哥走着、走着,眼看着天色越来越亮。照这么个速度走回铺子,天一定已经大亮,他怕这样回去被人撞见。即使侥幸没人看见,可街上积着雪,每一个脚印都清晰地留着。这样,阿牛哥才临时改道,去了幽幽山庄。本来到了这天夜里,阿牛哥还是准备要回铺子,二哥又临时把他留下了。这就是巧合,就是运气。我相信,这一定是阿宽的灵在保佑我们。

二哥是这天晚饭前开车把我送下山的,吃了晚饭离开我,去了幽幽山庄。毕竟那里昨天是事发现场,他想去看一看,有没有留下什么后患。去了,意外看到阿牛哥,问起为什么他在这儿。二哥听了反而受到启发,觉得在事情没有明朗之前,阿牛还是先在外避一避为好。就这样,二哥临时决定把他带回山上,没想到这还真救了阿牛哥。

俞猴子之所以不愿把证据交给卢胖子,是因为他觉得"证据确凿",可以直接交给野夫机关长,他要独贪功劳,让胖子当旁观者。而且,他想——我猜他肯定有这样的想法,因为胖子不了解情况,下一步野夫调查我时,他可能会替我说好话。这样等将来案情大白时,他也许还可以另做一篇文章,把胖子当作我的同谋一起打掉。

我确实没有料到,葬礼完后,俞猴子会跟我上演那么一出戏,他看我满脸泪迹,递给我一块手绢,假惺惺地对我说:"有人在等你，还是收拾一下吧，别哭丧着脸，好像我们对你用过刑似的。"我问是谁，他说："跟我走就知道了。"他让我上他的车。我说："我才不跟你走。"他说："你胆子太大吧，这个人可是你的卢主子见了都要低头的，你敢不去。"我说："到底是谁？"他说："野夫机关长。"

他没有吓唬我，野夫果然是在等我，之前他已经把我的底细摸过一遍。要不是摸到一根大藤，我想他肯定不会这么守株待兔等我的，可能早我把从床上拉走了。正因"大藤"的作用，见了我，他没有拉开审问的架势，而是请我喝茶，不过话说得很难听。

他说："我的茶绝对是上品，你不用怀疑的，只是我怀疑你配不配喝它。"

我说："我正在生病，医生让我别喝茶。"

他说："你生的是心病吧，听说你的良心大大的坏。"说着，他面对我无忌讳地看了一眼一旁的猴子，分明是告诉我，他就是从"这人"嘴里听说的。

我看了猴子一眼，对他说："秦时光要知道你这样对我，一定会从棺材里爬出来骂你，他为你卖了一辈子的命，你就这样对他？你应该比谁都知道，我跟他是什么关系！"

他朝我冷笑道："是，我知道你们是什么关系，就是你把他害死的关系。"

我要说什么，野夫一挥手把我阻止："好了，废话少说，今天你就着当俞局长的面回答我几个问题，你能说清楚，走人，回家，没问题；说不清楚，哼，就别回家了，去哪里你该知道。"就在这时，我不经意看见，野夫的办公桌背后，靠墙立着一支长枪，旁边地上撂着一只包袱，是用阿牛哥盖在缝纫机上的蓝印花布包裹的。我一下明白，他们已去裁缝铺里搜查过，枪和包裹里的东西无疑是罪证——我想应该有手枪、地图、弹药、阿牛哥执行任务时穿的油布雨衣等。

那么，他们是怎么怀疑到裁缝铺和我的？我的脑袋里迅速打着转，我马上想到，这一定不是因为发现了我什么，然后去怀疑阿牛哥的——如果是这样，他们一定早把我抓起来。应该是，正好相反：他们抓住了阿牛哥的什么把柄，然后那天我正好在那里，加上我平时经常去那里，由此来怀疑我。这就是说，他们对我应该还没有掌握确实的证据。

但我的证据其实就在眼前。在哪里？那把枪上！

那天，我紧紧握过这把枪，枪上一定留下我的指纹。我甚至相信，指纹一定会很明晰，因为那天我实在太紧张，手心一定出了汗，手一定会很油，所以留下的指纹一定不会是模糊难辨的。所以，我特别担心他们来提取我指纹，如果这样我将百口难辩，死定了。大限在即，我心慌至极，脑袋里唯一想到的是阿宽，我在心里喊：阿宽，快来救我，保佑我，别让他们想到那上面去……

04

阿宽真的来救我了,他们摆开审问架势,审这问那,说东道西,就是没说到我的指纹上去。只要不说指纹我就不怕,我相信没人会看见我跟阿牛哥在里面碰头交流的情景,更不可能听见。既然这样我就可以编。怎么编?我的对策是,既然他们抓到了阿牛哥的什么把柄,我必须咬定:那天我们没见到他。

"那你进去干什么了?"猴子看我对野夫一口咬定我没有见到裁缝,忍不住大声唬我,"难道你就进去一个人玩了?"

"那里面有什么好玩的。"我很镇定,因为我早想好说辞。我说:"你不是知道,我本来在幽幽山庄和秦处长要一起吃午饭的,他临时有事把我丢下,我就约了其他人吃饭,那人说吃饭的地方在紫金山上,我想山上冷,想穿呢大衣去。我的呢大衣在他那儿,那是我头一天交给他让他熨的,去了发现他没在,更可恨的是,我的大衣还放在我头一天拎去的袋子里,根本没熨,没办法,我只好自己动手熨。"我对野夫说,"我在里面就在熨衣服。"

野夫问:"时间?多长时间?"

我说:"大约半个小时。"

野夫说:"熨件衣服要这么长时间吗?"

猴子对我冷笑:"你就编吧。"

我不理猴子,对野夫说:"机关长,会熨的人肯定不要这么长时间,可我从来没熨过衣服,他的东西,熨斗,架衣托,电源,我都不知道在哪里,先要找,找着了东西,还要琢磨怎么用,这个时间就花去了好多,然后……机关长,你真没看见我笨手笨脚的样子,说真的虽然耗了这么长时间,其实也没熨好,只不过时间不允许我再磨蹭,只好将就了。"

"然后呢?"野夫问。

"然后我就走了,中途我还回了一趟家。"这是我那天走的路线,我担心被人发觉,特意又补上回家这一笔。

猴子又对我冷笑着说:"你刚才不是说时间很紧张,怎么还有时间回家?"

我对猴子干脆地说:"因为我见的人特殊!"

野夫问:"怎么特殊?"

我想到野夫认识杨丰懋,决定打这张牌——说一个他认识的人,会增加他心理上的可信度,但我不会主动说,我要故弄玄虚,引诱他来追问。"怎么说呢?"我略为显得羞涩地说,"我觉得这个人,请我吃饭的人,好像对我有点意思,不久前才请过我吃饭,还送我一份厚礼,一块大金表。我是回家后才发现是一块金表,我觉得我们现在的关系还不能收他这么贵重的礼物,收了容易让他以为我对他也有意思。可我对他根本没这种感觉,所以我专门回家把表捎上,准备还给他,结果他不接受,还又送我一个更贵重的礼物。"

"什么?"野夫好奇地问。

"一根五克拉的钻石金项链。"

野夫听了笑:"这人有钱嘛,是个什么人。"

我说:"一个商人,机关长想必不会认识的。"

他说:"我认识的商人多着呢。"

我惊叫一声,像突然想起似的说:"哦,机关长可能认识他,几个月前他公司搞过一个庆典活动,听说活动上去了好多重要大人物。"我对猴子说,"你肯定认识他,那天晚上搞的舞会上卢局长和你都在场,我就是在那个舞会上认识他的。"

"你就说,是谁?"猴子瞪我一眼。

"杨会长,"我说,"中华海洋商会的杨会长。"

野夫没有表明认识他,只是一脸讥笑地问我:"那么请问,你收下他的钻石项链了吗?"我担心他给二哥打电话问情况,我说收下会很被动,就说没有。我说没收,二哥说收了,问题不大,顶多说我在撒谎。我干吗撒谎?因为我暂时还不想公开这层关系。如果我说收了,就意味着我接受了他,这么贵重的礼物我理应戴在身上。

"看来这人用金钱是没法打动你的。"野夫说着起了身,往办公桌走去,一边说道,"不瞒你说,这人我认识,我这就给他打个电话,你不在意吧?"他问我。"这……"我故作紧张,欲言无语。他说:"不要紧张嘛,这对你是好事,可以说清楚问题。"

他当即给二哥接通电话,略作寒暄后,嬉笑着说道:"问你点事,大前天,也就是元旦前一天中午你在哪里?"我听不到二哥说什么,但可以肯定他会说实话:在山上会所,同时会警惕起来。野夫又问:"你和什么人在一起呢?"敏感的时间、敏感的地点,一个敏感的人突然问他这样的问题,二哥肯定不会直接说什么,会套他话,大致会这样说:那我怎么说,跟我在一起的人又不是一个,你要提个醒。果然,我听野夫说:"嗯,是个女的,一个年轻漂亮的姑娘。"这时我想二哥会不假思索报出是我,因为只有我在野夫身边,只有我,野夫有可能关注得到,其他人野夫关注不到的。

果然,野夫的笑声告诉我二哥答对了。"你怎么把手伸到我身边了哈哈。"野夫笑道,"听说你出手很大方啊,送了她一件好贵重的礼物,是什么来着?"我没想到野夫会这样问。不过我不担心二哥会乱答,按照套路,这时二哥肯定会说类似这样的话:送什么?我怎么想不起来了,她说我送她什么了?因为说什么都可能对不上,只有这样打马虎眼,套他话。

野夫没有上当,反而说:"好好想想,到底有没有送?"这有点逼人的意味,二哥只能说"没有"。但此时二哥会高度警觉,估计到我一定在被审问,而我肯定是说他送了什么。怎么办?别急,有退路的,二哥肯定会设法为我开脱。

事后我知道，二哥是这么说的："她说我送她什么了是不是？别信她，机关长，现在的女孩子都是又虚荣又鬼精灵，我敢说她一定不知从哪儿探听到我们是好朋友，所以想攀附我来取得你的关照。嘿，看来以后我得小心一点，至少别去碰您身边的美人，免得给您增加不便是吧？不过请放心机关长，到现在为止您还无需为我替她负责，我们的关系也就是吃吃饭、跳跳舞的关系，等哪天我真的送她金戒指的时候您再关照她吧，如果有这一天。"

野夫挂了电话，用手对我一指，说："你撒谎了！"

我从他刚才的问话中已经猜到二哥不得不否认送过我东西，所以连忙说："对不起，机关长，是我对你撒谎了，他其实没送我东西，我是⋯⋯"这时我要用尴尬的神色、以最快的语速说尽量多的话，把话语权控制在自己嘴里，"怎么说呢，反正其他都是真的，这跟你要问我的事没什么关系，你又不是要了解我的人品是吧机关长？你这样给他打去电话简直让我无地自容，你把一个女孩子的虚荣心当场揭穿，你让我以后怎么面对他呢？不瞒你说，那天吃饭不是他主动请我的，而是我⋯⋯给他打的电话，我其实很想接近他，那天秦时光有事不能陪我吃饭，我就给他打了电话。"

紧接着，我掉转头对猴子发起反击："现在你还有什么好说的，真的就是真的，不信你可以去找人问嘛。我现在突然想起，那天我的车就停在裁缝铺子门口的，停了那么长时间，我想一定会有人看见的。我以前什么时候把车子在裁缝铺门口停过那么长时间？单位那么近，我干吗不停在单位里？就因为我没想到，我要自己熨衣服，我以为拿了衣服就可以走的，所以才临时停在那儿，哪知道要停那么长时间。要早知道停这么久，我肯定就停到单位里去了。因为停了这么久，所以我相信肯定有人会注意到的，不信你可以去找街上的人问一问。"

我越说越有理，越说越来气，说到后面就开始带着哭腔，说不下去了就开始哭，越哭越来劲，眼泪鼻涕，把秦时光，林怀靳（伪父亲），都哭出来了，有声有色，叫人心烦意乱。野夫哪受得了我这番哭，朝我吼："别在这儿哭！"

我说："我受了委屈还不能哭嘛，呜呜呜。"

他说："要哭回去哭，给我滚。快滚！"

这是野夫对我说的最后一句话，不包括后面说的"快滚"，那是他专门指着俞猴子骂的。我想事已至此真正想哭的该不是我了，而是猴子——野夫让我"回去哭"，他满怀的希望化作了泡影，心一定碎掉了。阿宽，这一仗真的好险啊，我差点都回不了家了。

05

事后我了解到，俞猴子所以知道我那天和秦时光在幽幽山庄，是因为秦时光出门前跟他提起过，他临时有事，给秦时光打去电话，让他去办，秦时光只好如实说，要去幽幽山庄见我。电话打过后不到两小时，秦时光横死街头，怎么说，俞猴子都会怀疑这跟我有关，所以急着找我谈话，想对我来个"措手不及"。我虽然一时找了个说法，还大哭秦时光"灵堂"，他表面上放过了我，背地里还是对我在做调查，很快探知到，那天事发前我去过裁缝铺。向他报这个信的人，是总机房一个小姑娘，我曾经跟她同过事，认识我。她那天上夜班，白天没事，约了人去街上吃小吃，出门时看到我的车停在那儿。

看到我的车停在那儿的人肯定不止她一个，但要在短时间内，且不是大鸣大放地找，也不是那么好找着的。比如说这个小姑娘，她是猴子同乡的女儿，是猴子一手安排进保安局的，对猴子言听计从，如果她早些时间向猴子报告这事，猴子收获就大了，人赃俱获！可小姑娘说迟了，说的时候天黑了，阿牛哥已经出发去山上会所了。

查个裁缝铺算什么，晚上照样可以查。猴子连夜叫人去查，一查，查出了大名堂！有枪有弹，罪证多多，猴子乐开了怀。虽然枪不是那杆作案的枪，但有一盒子弹是那杆枪的子弹（已作案三次，早备案了），足以说明，此人百分之百是他们缉拿已久的凶犯。

第二天，猴子理直气壮地走进野夫办公室。野夫看了赃物，听了汇报，自然要见我，审我。大致经过就是这样，但我相信，不论是猴子还是野夫，都不会就此罢休，野夫放我走也许是一种计谋，猴子更会去背后继续跟踪调查我。当天下午，我住进医院，目的是要：一让猴子无处跟踪，我住院了你还跟什么？二让野夫对我更信任，我住院至少说明我不会跑；三我要和金深水尽快见上面、说上事——以后还要见二哥等人，而此时的我肯定有尾巴，去哪里都不行，只有住进医院。

我让金深水开车送我上医院，这是我在当时情况下能最快与金深水见面说事的唯一办法。车子一驶出单位大门，我便向他说明刚才野夫调审我的情况，然后我说："事情肯定不会就这么了了，野夫一定会像上次一样借机在我们保安局大搞清查。"

老金说："是的，孙师傅（阿牛）暴露后，他会更加肯定保安局内部有他内线，否则他不会把铺子开在这里的。"

我说："调查的结果还是我的嫌疑最大，因为谁都看见我经常去那儿。"

他说："我记得孙师傅还同我说过，他就是为了做你的生意来的。"

我说："所以我在想，我们必须再找一个替罪羊，否则我肯定会被盯出问题的。"

他说："这回找谁呢？"埋着头，更像是在自语。

我其实刚才已经想好，"胖子！"我说，"我想了一圈人，觉得还是他最合适。"老金以为我说错了,"你是说猴子吧?"我说:"不是,就是胖子。"他纳闷地看着我说:"你想到哪里去了,现在我们就靠他给你顶着,否则猴子早对你大动干戈了。"我说:"如果我们能把胖子做成替罪羊,他感谢我们还来不及。"接下来我给他分析为什么要拿胖子下刀,"第一,"我说,"胖子总的来说是个自私又目光短浅的人,脾气不好,任人唯亲,在单位树敌太多,积怨太深,保安局迟早是俞猴子的天下。猴子很精明,会用人,又有上海李士群、丁默邨那帮人帮衬,胖子跟他斗最后肯定不会有好下场,所以不如趁此机会把他卖了,送猴子一个大礼,攀上猴子。

"第二,秦跟胖子作对,胖子对秦恨之入骨,单位上下都知道。没人知道的是,秦还私设电台在捣胖子的鬼,这对胖子是多大不敬,对外界也是震撼人的大新闻。我们只要把它说成胖子最近才得知此事,一气之下对他下了毒手,这说得过去的,一般人会信的,符合胖子的性格。就是说,胖子有杀秦时光的理由和动机。

"第三,也是最关键一条,只有把胖子做成替罪羊,我才能真正解脱。我为什么常去裁缝铺,是因为他在利用我。"

刚才金深水一直在听我讲,直到这时才打断我说:"这可能有点说不通吧,因为裁缝铺是你来了以后才开的。我刚才也说到,孙师傅至少曾跟我说过,他是专门来做你的生意的,也许他还跟其他人这么说过呢。"

我说:"正因为他这么说过我才能把话说圆,为什么?因为我到哪里都是要专门找一个裁缝的,可我从南洋来,南京人生地不熟,去哪里找?只有托人找。这个到时你也可以替我作个证,说我刚到这里时也曾托你找过裁缝,但现在这人恰恰是胖子给我找来的。还有,我为什么能从通信处,从一个话务员一下子调我到他身边当秘书,正因为我的裁缝是他的同党,他可以利用我为他悄悄做事。"

总之,我说了一通,老金虽然开始有些疑虑,但经我一一分析、解释,最后也觉得我的想法是不错的,可以搏一下。怎么搏?我对老金说:"这回只有你上阵了,你来当搅屎棒,我来敲边鼓,因为……"他抢着说:"我知道,因为你是当事者。"

"是的。"我说,"你放手去干,没人会怀疑你的,虽然大家知道我们都是胖子的人。"

他沉思一会儿,问我:"你说这次野夫为什么到现在还不来调查?"

我说:"有两个原因,一是因为已经有我这个大嫌疑人,可以先从我下手,如果我一审就招,何必兴师动众?第二是,因为这两天大家不都是在忙秦时光的丧事嘛。现在丧事完了,我审了也没招,我估计他明后天就会过来调查。我还是重要嫌疑对象,你我关系这么好,他一定会来找你了解我,到时你就给我脸上贴金,在胖子身上下烂药。"

住进医院后，怎么给胖子下烂药的问题，我们又进行了反复推敲、研究。甚至，我们还排演了一下，我扮演野夫问，他答。老金毕竟是个老地下，即使排演也蛮入戏的。可是，说终归是说，没有有力证据支持，像胖子这样有地位的人也不是可以轻易拍板的，我们必须制造证据。这个我们一时没有想出来，我答应由我来负责想。

这天晚上，我一直在想这个问题。我住院后，先是赵叔叔来陪护我，夜里十点钟小红来接赵叔叔的班。赵叔叔临走时习惯性地摸了一下腰间，我知道他是在摸枪，一下子给了我灵感，想到可以在胖子办公室和家里去藏一些阿牛哥用的子弹做证据。于是，我让赵叔叔回去转告老金，并安排老J连夜出动。

06

第二天，野夫果然带人来到保安局。这次他的手法有变，没有像前两次一样开大会，耍威风。他似乎也在总结自己办案的经验教训，改变了方法，他在反特处要了一间办公室，对着花名册，根据已有的线索把相关人员一个个叫到办公室，分头问询。事后我听说，最先叫去的是猴子同乡的女儿，就是总机房的那个小姑娘。接下来，是那天在门口站哨的两个哨兵——这一定是接线员提供的。两个哨兵提供了一条线索对我极为不利，就是：他们看到我的车子停在裁缝铺后不一会儿开走，大约过了几分钟后又开回来，回来后又停了约半个小时。就是说，他们注意到了我车来车往的全过程。

这也正常，站哨多无聊，我的车经常出入单位，他们早认识，加上我是个女的，长得不赖，一定成了他们私下谈论的对象，对我的行踪一定会加倍关注。军营里的男兵都是得了性妄想症的，所有适龄女性都成了他们的梦中情人。

于是，我成第四个被召见的人。

我穿着病号服来到反特处，坐在野夫和他两个随员面前，随员都是宪兵司令部的人，一男一女，女的作记录，我没见过，男的我认识，是野夫的跟班，经常跟着他出来转的。野夫见了我，假惺惺说："打扰你治疗了。"我说："机关长阁下，您别跟我客气了，问吧，您还有什么要我说清楚的。"他就说了那事，问我是怎么回事。

其实，昨天我回去后也想到过这个问题，所以不假思索，脱口而出："对不起，机关长，就怪我昨天后来太激动了，我们的谈话不了了之，使我没机会跟您讲这事。当时我被您的问题牵着鼻子走，也没有讲清楚全过程。是这样的，我进去没见到裁缝，首先想到他一定在后面弄堂的理发店里，那个理发师是他同乡，他偶尔会去那里串门，这也是他唯一玩的地方。所以，我想去把他接来，因为车子就停在门口，很方便。我去理发店看，发现门关着，没开店，只好又回来自己动手。"我走后面弄堂是真的，因为阿牛从后窗出去的，我要去那里接他；理发店没开也是真的，我送阿牛哥去秦时光家的路上看了一眼的。那也确实是阿牛哥理发的地方，阿牛哥确实也跟那师傅攀了老乡——其实不是的。

鉴于此，我振振有词地说："理发店不远，就在我们单位大门口出门往右走三四十米，有一条小弄堂进去，走到底就是，走路过去也就是十分钟，机关长可以派马处长去问一下。那条路很窄，平时很少有车开进去，我想我车的轮胎印子现在都可能还在。"

野夫冷笑道："这你就别说大话了，难道你的车是坦克吗，雪水都抹不掉他的车辙？"

我说："哦，对不起，我忘了那天下过雪。"

野夫问："但肯定不会忘记你来去用了多少时间。"

我说："六七分钟吧。"

野夫说："你开车大概比较慢。"

我说："是的，我的司机回乡下去了，我平时很少自己开车，车技很差，那弄堂很窄，我开得很慢。还有一个，因为弄堂太窄，我要开到前面马路上才能掉头，所以时间久了一些，也许不止六七分钟，但也差不多吧。"

野夫说："你差不多也可以回医院去了。"

我说："就是说，机关长还有问题，最后一个？"

他说："不，没了，签个字吧，你要对你说的负责。"

我签了字即走。事后我知道，我一走，他便叫上马处长一起去弄堂里走了一圈，并找到理发店问了情况。这说明他确实是把我当作重要嫌疑对象，如果没有后来的"峰回路转"，这关卡我还真不一定能过得去，因为猴子一定会对我死缠烂打，老这么缠下去，谁知道会不会缠出事来呢。好在老金一出场，野夫便开始盯上了胖子。猴子看野夫盯上胖子，简直是不亦乐乎、忘乎所以了，也就放下了我。其实，这也可以作为我决定要咬胖子的理由之四。

老金是野夫从理发店回来后第一个被喊下去的，因为他是秦时光的头，有关我的几个目击证人问过后，成了首当其冲。下面是老金后来对我讲的——

说真的进门前我真有点紧张，但怪得很，进去后，见了野夫，尤其是在沙发上坐下后，紧张感不见了，好像刚才的紧张是屁股造成的，屁股一沾了座位就踏实了。我们打过多次交道，他对我很熟悉，我坐定后他还跟我寒暄了一下，问我家里好不好什么的。我心想好个屁，老婆孩子都给你们杀了，哪有好。当然我嘴上自然是说好。他话锋一转说："但是最近贵单位情况应该很不好吧，你的搭档被人杀了。"我说："是，真想不到，怎么会发生这样的事，好好的一个人转眼不见了，心里真很不是滋味，夜里做梦都吓醒。"他说:"知道吗,凶手就是你们单位门口那个裁缝铺里的瘸子!"猴子已经公开派人在查,谁不知道?我说:"听说了,我见过那人,整天坐在裁缝机前,出门两把拐杖挂得嘎嘎响,装得还真像那么回事,谁想到居然是一个匪徒。"他问我:"平时他跟秦时光有接触吗?"

"很少。"我说:"如果有也就是洗个衣帽什么的。"

"你觉得他们之间会有恩怨吗?"

"应该没有,我从来没听说过。"

"所以嘛,他凭什么要杀他,真正要杀他的人在这院子里!"

"我也……这么想。"我吞吞吐吐地说,"秦处长真是太冤了,其实……怎么说呢,我真……不想放过凶手。机关长说得对,凶手肯定就在我们身边……我……希望机关长这次好好调查一下,一定可以查出来的。"

"那你们要说实话,要给我提供线索。你是秦时光身边的人,我觉得你应该了解一些情况吧,比如他在单位有没有什么仇人。"

"仇人谈不上,但是……有些话我……不知该不该说……"

"说,有什么都要说!"

我当然不能马上说,我装得很为难的样子欲言又止,闪烁其辞,磨蹭了好久,逼得他发了火,才迫于无奈地说:"我不想做恶人,但……人在做,天在看,我想最后机关长一定能抓到他,我就……说了吧。"我报出卢胖子的名字,看他的反应。他的反应不冷不热,我马上退回来说:"也许我是多疑了,这也是我为什么想说又不敢的原因,因为我毕竟没有亲眼所见,只是……根据情况分析出来的。"

野夫命令道:"说下去!你听说什么了?"看我迟疑不决的样子,他给了我一点鼓励,"不要有顾虑,说错没关系,说错不是你的错,但不说就是你的错了。你该知道皇军的规矩,你有话不说,我会撬开你嘴巴让你说的。"

事已至此,我不再犹豫,把我们排演过的那些话都跟他说了。他一直用心听着,用眼神不断鼓励我往下说。最后我说到子弹,我说:"三天前,我不经意听到局长在跟杨老板打电话,说要找一种子弹。"

"杨老板是谁?"

"你认识的,就是杨会长。"

"嗯,你继续说。"

"局长干吗要找他要子弹,我想那一定是一种很特殊的子弹，部队里没有的。我听说那个杨会长的社会关系很复杂，也许只有他才能找到这种子弹。也许机关长可以在局长办公室里找到这种子弹，如果找不到我建议机关长不妨找杨会长证实一下，他找的到底是什么特殊的子弹。总之，我想机关长如果要查的话，一定可以查个水落石出。"

野夫冷冷一笑，起身踱了一圈步，上来握住我的手说："谢谢你，你可以走了，顺便把你的局长喊下来。"我一边走，一边听见他在吩咐手下，"好家伙，待会儿等他下来了，你去他办公室搜查一下。"

在老金对野夫这么说的同时，老J正在胖子家里干着昨天夜里他在胖子办公室里干过的事：把两盒阿牛哥专用的子弹藏在他家里的某个角落。接下来发生的事都在我意料中，在野夫审问胖子之际，其随从在胖子办公室找到了两粒老J留下的子弹。

两粒是不是少了些？为什么不放它一盒？这是我有意为之的。为什么？因为办公室放多了，家里再放就有点不合逻辑。不用说，当野夫拿着这两颗子弹放在胖子面前时，胖子一定会喊冤，一定会挖空心思想，到底是什么人在栽他赃。我是他秘书，首当其冲会成为怀疑对象。如果有一天他知道揭发他的人是老金，鉴于我和老金的友好关系，他可能会因此咬定是我干的。可是他家里我没去过，这就是我为什么要在他家里放两盒的原因：别让他怀疑上我！

其实两粒的性质和两盒是一样的，两粒照样可以把胖子钉死在耻辱柱上。我相信，有了办公室的两粒，野夫就会抓人，然后大动干戈，抄他家，查到底。在家里又发现两盒，哈哈，这时胖子你还能说什么呢？我可以洗得干干净净，他将越洗越黑。

果不其然，当野夫从随从手里接过两颗金灿灿的子弹时，眼睛都绿了，这子弹他太熟悉了，他曾多次反复地把玩过、端详过，有一粒一直放在案头，警示自己一定要抓到凶手。现在凶手，至少是帮凶就在眼前，野夫当即下令：

"把他带走！"

这一走，胖子要再回来就难于上青天，除非杨会长不知情、不配合，除非老J在胖子家中藏子弹时不慎被人拍下照片，甚至——还除非我在再度接受野夫盘问时出了大差错。可是这些"除非"都不会发生，比如我知道二哥，他对野夫是这么说的：

"既然机关长关心这个事，我也不敢说假话。具体日子记不清了，应该是去年夏天，六七月份，我刚把生意从上海转到南京，卢局长经人介绍认识了我，认识的当天他就委托我给他找一支最先进的狙击步枪。机关长可能也知道，我平时也做一点军火生意，找枪的门路还是有的，很快我给他找了一支德国造的XB12-39狙击步枪，还有两盒子弹，共50发。他大概是用这枪在打猎吧，后来他多次向我要过子弹,最近的一次,就在几天前。"

我觉得说得很好,时间上经得起推敲,内容上十分妥帖,逻辑上经得起挑剔。就是说,我二哥,杨会长,配合得很好。而老J,当过十三年道士,甚至遁地有术,哪会在这点小事上留下马脚。至于我,更不会说错话了,我是这场戏的总导演,经经脉脉都在心里,什么话该说,什么话不该说,比谁都清楚。就这样,紧箍咒一道比一道紧,胖子跳进黄河也洗不清罪名,他抵死不承认,下场是加速了他的死亡时间。不到一个星期,野夫就失去了耐心,将他关进大牢,叫人家去折腾他了。

有一点出乎我们所有人意料,就是猴子的下场。原以为,胖子下马,他会接任上马。他是当时保安局唯一的副局长,李士群和丁默邨又那么信任他,舍他其谁?莫他莫属!所以,猴子当局长在我们看来是板上钉钉,铁定的事。哪知道野夫把他也卸了,不是撤职,是调离,去了警察局。事后我们才知道,当时鬼子对李士群已经很不满意,他膀大腰圆,有点不知天高地厚,鬼子高层对他日渐不满失信,以致两年后气极而要了他的命。所以当野夫知道猴子背地里跟李士群绞得这么紧、这么黑,猴子的前途事实上已经走到头,天上掉下来的馅饼也轮不到他吃。

谁吃了?

金深水!

金深水被提拔为副局长，负责全局工作。这下，我可以打着算盘给自己找个好位置。我算来算去挑了秦时光的办公室：虽是副处长，却履行处长权利，而且给人感觉，我真的是那么爱秦时光，他死了，爱不成了，我要把他的工作当人一样爱，矢志不渝。可惜刘小颖不在了，否则也可以这样，穿上黄皮制服，重拾陈耀的老本行。哈，这样她就是我的部下了，我相信我和老金一定会把她发展为我们的同志的。

第十章 ◎

经常听人说，人的记忆像河水，蹚得越远，流失得越多。以我的体会，这说法也许是不对的。如果我们肯定这种说法，那我们就得承认，我们的大脑是一台摄像机，又是放映机，将对过去发生的每分每秒的事，事无巨细地记录在案。事实上，我们的大脑没有这么了不起，起码在记忆能力上，顶多是台高级的照相机而已。对过去来说，我们的大脑无异于一册影集，我们的回忆正是依靠一幅幅"照片"来拼贴完成的。

现在我看见一张"照片"，是一天夜里，二哥带着一个年轻英俊的小伙子出现在我和阿宽面前，地点是在一家茶馆，时间是在老金上山前不久（金深水第一次上山是宣誓加入我们组织），小伙子戴一副深色近视镜，围着围巾，看上去有点时髦，又很文气。让我印象最深的是，他入座后居然用日语向我问好，并作自我介绍，他说他叫潘小军，是江苏淮安人。我们握手时，我发现他的左手只有三个指头，后来他告诉我，这是被鬼子的洋刀劈掉的。他在日本留过学，两年前曾给鬼子当过翻译官，一次打牌，鬼子输了不肯给钱，他一时兴起发了一句牢骚，鬼子即抽出洋刀朝他劈过来，他本能地挥手抱头逃窜，命逃掉了，两个指头却留在了刀下。

这件事促使他参加了新四军。一次二哥去苏北给新四军送军火和药品时，偶然遇到他，得知他日语说得好，专门找首长把他要了回来。我们确实需要他，以前我们组织里只有我和二哥精通日语，而我俩没有时间和条件专门去窃听，只能是忙里偷闲去听一下，做不到随时随刻监听。小军来以后，吃住在窃听室里，听到了很多重要信息，比如——

一九四一年一月十二日，上午十点。

腾村召集院长和四个"惠"开会，会前五人传看一组照片和文件，后经老J证实，照片内容是：日军在给中国孩子分发各式糖果。看的人时有议论，因声音太小，听不清具体内容。

约五六分钟后，腾村坐轮椅进来，听到他们在议论，大声说：有话拿到桌面上来说，不要在桌子下面说。

现场顿时安静。

腾村：都看了吧，这些照片，和这文件。

众人都说看了。

腾村：把文件给我。

腾村念文件：帝国每位将士出征支那，均要随身配足本国糖果，所到之处，凡见支那儿童，一一分发，不得懈怠。今日之孩童，明日之成人，让支那人从幼小的心灵中埋下对大日本帝国甜蜜的记忆，长此以往，支那人必将对我大和民族心悦诚服，从而谱写出新的帝国篇章。

腾村说道：总而言之，糖果是甜蜜的炮弹，攻克的是支那人的心灵。你们看了有什么感想？不要互相观望，都看我，对我说。人人都要说，有什么说什么，可以有思考，也可以没有思考，就像街上人看了报纸，有甚说甚，无所顾忌。

十惠率先说：我来说吧。

腾村：好，你先说。

十惠说时可能调整了一下姿势，声音顿时变得含糊不清，无法辨听。后来小惠的情况也是如此，因所处方位原因，几乎听不见她声音。声音清楚的是千惠和百惠，但百惠说得很少，说得最多的是千惠。

百惠：我要说的是，这就是体现了我们大和民族的博爱精神。这些小支那人可能从来没有吃过这么好吃的糖果,我们给他们吃,就是要他们从小记住我们的好。小孩子的心嘛,是最容易收买的。

腾村:还有吗?

百惠:没有了。

腾村:好,千惠,只剩下你了,说。

千惠:我觉得这个文件……想法是好的,从表面上看也有一定道理,但其实……我认为不是这么简单的,我自己有体会。

腾村:说,接着说。

千惠:我要说的是自己的一段真实经历,小时候我叔叔对我非常好,经常给我买吃的,还带我出去玩。我第一次去东京就是叔叔背我去的,那天下大雪,大街上没有任何交通工具,要想进城只有走。那年我才七岁,天很寒冷,冻得我浑身发抖,不能走路,后来一直是叔叔背着我走了好几个小时才进了城。我至今都记得很清楚,当时我趴在叔叔背上时,觉得叔叔是世界上最好的人,将来长大我一定要报答他。可后来叔叔结了婚,为了分家产,叔叔和我父亲经常吵架,有一次还打起来,叔叔用擀面杖把我父亲的额头打破,父亲浑身都是血,把我吓坏了。从那以后一直到今天，我都恨叔叔，我不允许自己原谅他，我经常在心里诅咒他，甚至好多次我都想找人痛打他一顿。我要说的意思……

腾村：够了，你的言外之意不言而喻，可以不说了。好，现在我请大家吃糖。

腾村拆开一盒糖果，交给院长，叫他分给大家。

腾村：这是帝国东京良友糖厂远东分厂生产的水果糖，厂地就在本市，你们身边，每天产量都在上万吨，全都配发到各部队，然后再分发给中国人，看，就是这些糖果。

腾村率先剥一粒糖吃，并劝大家一起吃：吃啊，尝一尝吧，这糖味道相当不错的。

众人剥糖吃。

腾村：刚才你们都看到了，现在帝国军人所到之处都要给中国孩子分发这个糖果，这成了一项国策，兴亚院专此颁发"国"字号文件。对此，你们刚才都发了言，谈了自己的认识和感想。我赞赏千惠的意见，小小一粒糖，可能改变支那人吗？不可能的，事情不是这么简单的，糖果虽然甜蜜，孩子虽然幼小，但无法改变支那人对我们的恨，这种恨像血脉一样，会代代相传下去。支那人现在在沉睡，哪天他们醒了照样会咬我们，哪怕你天天给他们糖吃。所以，兴亚院这个文件是荒唐的，但是我要说，正是它——这份荒唐幼稚的文件给了我灵感。你们想，如果这是一颗特殊的糖，表面上它香香甜甜的，寄托着兴亚院那帮糟老头子一厢情愿的美好意愿，但实际上它是有毒的，吃了它就像吃了鸦片一样会上瘾，吃了一回就想吃第二回、第三回，长此下去将对大脑造成伤害，会使人变成弱智、愚钝。事实上，我们要想让支那人永远当我们的奴才，做我们的奴仆，唯一的办法就是让他们的后代智力低下，情感愚钝，永远沉睡不醒。告诉你们，这就是我带你们来中国的目的，我要研制这样一种药，一种替代鸦片的新型鸦片，服之上瘾，久服心智低下。你们知道，鸦片已经让支那人变成东亚病夫，我不要他们成为病夫，我要他们都成为病脑，身体无恙、心智低下的奴才、走狗。

现场静得出奇，说明大家都听得专心。

腾村：我的院长阁下，告诉我，我们来中国多少时间了？

院长：今天正好是一百天。

腾村：正好是一百天，这个时间好啊。这是个告别的时间，也是个开始的时间。这一百天里我们研制成功了"密药黑号"，今天我告诉你们，这不是我们来中国的目的，我们来的目的是研制"密药黄号"，研制"黑号"不过是为了研制"黄号"试一下我们的刀锋。

腾村继续说："密药黑号"说到底就是个毒药，看不见的毒药，不是立竿见影的，下了毒要几十个小时后才能反应出来。这是搞阴谋暗杀的好帮手，是在光天化日之下制造黑暗的天使，所以我们称它为"黑号"。那么"黄号"是什么意思？"黄号"就是"中国号"的意思。大家知道，支那人信奉黄色，他们自称为炎黄子孙，黄河是他们的母亲河，黄土高坡是他们的脊背，黄袍加身是他们的荣耀。总之，黄色代表的是支那人，是中国，我们研制"密药黄号"，也就是说，我们要专门为支那人研制一种药，从今天开始。这种药的特点正如我刚才说的，是一种新型的鸦片，新在何处？不伤及身体，只伤害脑神经。

腾村又说：我早说过，全世界的有识之士都知道，支那人和犹太人一样是人类灾难，他们扰乱了世界的文明和秩序，他们贪婪、懒惰、奸诈、愚昧、病弱、卑贱。因为卑贱，所以生生不息；因为愚昧，所以什么野蛮的事都干得出来；因为奸诈，所以没有诚信；因为贪婪，所以没有恐惧；因为懒惰，所以没有尊严。希特勒把犹太人关进集中营，大举灭绝犹太人，我本人并不欣赏这种过于血腥、缺乏智慧的行动,更重要的是,我喜欢这片土地。是的,我厌恶支那人,但我喜欢他们脚下的这片土地。这是一片辽阔的神奇的土地,北边有大粮仓,南边有热土,东边是鱼米之乡,西边是崇山峻岭。把人都斩尽杀绝,留一块空地做什么用?没用的。可留着这些支那人,哪天又起来造我们反怎么办?只有一个办法,让我们来改造他们,通过研制密药黄号,把他们彻头彻尾改造了,改良成一种新人,愚钝、勤劳、弱智、忠诚、永远忠诚于我们大和民族。

院长说一声"好",领大家鼓掌。

罢了,腾村吩咐百惠说:把茶具拿来,今天我来给大家泡一壶茶喝。

百惠拿来茶具:教授,我来泡吧。

腾村:你没看见,我已经泡好了,就是它。给每人一只杯子,你负责倒。按我的要求倒,只有一只杯子倒满,其余依次减少六分之一。

百惠:就是说,一只是满杯,其余的分别是满杯的六分之五、之四、之三、之二、之一。

腾村:对。

百惠倒"茶",腾村一边说:你们一定在想,这茶的颜色怎么这么白,到底是茶还是酒,还是什么?我当然知道，你们喝了以后也会知道，这肯定不是酒，那么就权当它是茶吧。我们以茶代酒，共饮一杯，就一杯，以纪念这个开始的日子。

百惠：教授，倒好了。

腾村夸奖百惠：嗯，倒得好，比例掌握得很好，不愧是我的茶艺师。把满杯给我，我来喝满杯吧，院长，你就喝这一杯，六分之五的这杯。你们四个，随便拿。

说是随便拿，其实还是"论资排辈"的，千惠最多、百惠其次、十惠再次、小惠喝的是最少的那杯。腾村发现后笑道：有意思，让你们随便拿，可你们并不随便，你们把它当作奖赏，以年长者为尊，论资排辈，各取其份。哈哈，如果我说这是一杯毒药，你们会这样拿吗？来，先喝了，为黄药的诞生奠个基吧。

都喝了。

腾村：你们觉得这是什么，是茶吗？

众说纷纭，有说是茶，有说是草药，有说是菜汤等。

腾村听罢笑：你们为什么就不想象它是一杯毒药呢？其实它就是"黄药"——密药黄号，此刻毒性正在我们身上漫延。

众人惊愕。十惠不停地干咳，似乎是要把药水吐出来。

腾村骂她：别咳了，怕什么，我喝的是满杯，难道你的性命比我值钱？

十惠赶紧闭住嘴。众人跟着都哑了口，十分安静。

腾村继续说：不要谈毒色变，一点常识都没有。要说毒，人体就是由毒组成的，所有的药物也都是毒，这么一点量就算是砒霜也死不了人，要有事我会喝吗？黄药还没有研制成功，我可不想死。大家看见了，黄药就在眼前，这是我多年的心血。但这仅仅是开始，增之一分是杀人之毒，减之一分是救人之药，关键是一个量，一次的数量，时间的总量。假如以我这个量连续喝上一年，我想我一定变成十足的傻瓜了，一加一等于几都不知道的傻瓜。这不是我们要的黄药。而像你，小惠这个量，也许喝一辈子都不会对智力有影响，因为人体本身有排毒功能，这一点微量任何人都排泄得了。这更不是我们要的了，我们要的是什么？

小惠抢先说：看上去不痴不傻，但实际上智力低下，情感愚钝。

腾村开心地笑道：如果你回答得再大声一点就是满分了。

腾村接着说：现在我们手上有49个孩子，原来是50

个，有一个已经为密药黑号奉献了宝贵的生命。他们都是同年同月同日出生的——1937年12月13日。这些孩子都是在帝国军队胜利攻占南京时伟大的枪炮声中呱呱落地的，转眼已经过去三个整年。三年来，他们一直以帝国英烈后代的名义过着养尊处优的幸福生活。养兵千日，用兵一时，他们虽然是孩子，但他们生来就是我们的兵，我们用最高待遇养育的兵，现在该是用他们的时候了。

腾村：去我案头，把讲义夹拿来。

千惠：教授，是它吗？

腾村：是的，交给院长。

腾村对院长说：听着，从明天开始，把49个孩子分成六组，每组八个，多出来的一人加到第三组。等一会儿大家传看一下，我已经制订了严格的实施方案，六个组，有六种不同剂量的糖果，上下午各一次，定时定量，安排他们吃。每半个月做一次常规智力测试；每一个月最后一天停吃，以观察成瘾的大致时间；每三个月我来负责做一次深度智力测试，我想到那时应该有些数据会出来。当然，研制黄药不会像黑药那么简单的，我们用三个月时间研制成功了黑药，但黄药我们也许要用三年，因为这是一种复杂而神奇的药，需要时间来考测、证明。

※※※※※※

同一天下午，五点钟。

千惠陪腾村打完球，照例给他按摩。

千惠：你的肌肉像个年轻人一样的结实。

腾村：你已经说过好多次了，你不觉得一句话老是说很枯燥吗？

千惠：但今天说的不一样。

腾村：为什么？

千惠：因为今天是个特别的日子，你开始问鼎梦寐以求的黄药了。

教授：嗯，你为你的狡辩找到了合理的说法，是的，一切都重新开始了。

千惠：教授，研制黄药需要这么长时间吗？三年，太长了吧。

腾村：在我看来，三年时间已经够短的了。这是我今生今世的夙愿，如果能用三年时间实现一生的梦想，你不觉得是很荣幸的吗？

千惠：我是凡人，你是天才啊。

腾村：所以我要完成的事，是你们想都不敢想的事。这是多大的事啊，把蝗虫一样多的支那人统统驯化！

千惠：变得像畜生一样听话。

腾村：从某种意义上说，让一个人心智变聪明是不难的，可是要让一个人聪明的心智变是愚钝就要难得多了。

腾村猛然坐起身，可能在展示手上的肌肉：就像这肌肉，没有肌肉要练出来是不难的，但要让它消失，不知不觉地消失是困难的。

千惠：我想你一定能成功的。

腾村：时间，我需要时间来验证，也需要你来配合。

千惠：我身上的每一个汗毛孔都愿意配合你。

腾村：从明天开始，你去对面上班吧。

千惠：对面上班？为什么？教授……

腾村：你不愿意去？

千惠：我不想离开你。

腾村：只有你去，其他人去我不放心。

千惠：我去干吗？

腾村：做静子的助手，当副园长，我已经给你申请了少佐军衔，没有亏待你的。

千惠：你不信任静子？

腾村：对她我谈不上信不信任，我不了解她。

千惠：她是野夫机关长的外甥女，我听说。

腾村：管她是谁，你是代表我去的，以后名义上她是园长，实际上一切都应该是由你掌控。你去后第一件事就是落实分组情况。

千惠：嗯。我晚上还是回来住吗？

腾村：我希望你尽快进入角色，现在你是副园长，你该知道以后这些问题该同谁去商量。

沉默一会儿，腾村又发话：别说话了，我要休息一会儿。

几分钟后，只见腾村打出了响亮的鼾声，分明是睡着了。

※※※※※※

一九四一年一月十五日，下午三点。

开始听不到腾村一点声音，只有小野的声音。从小野单方面的话听，此刻孩子们可能在户外做游戏，腾村应该是坐在窗前，背对着小野，在看楼下操场玩耍的孩子们。

小野：……他们在玩老鹰捉小鸡（一种游戏）……是

的……那个孩子叫新一，是静子园长的儿子……这个情况我不太了解，按理他不应该进组的，他是我们大和人的后代……是的，加上他现在正好是五十个孩子，但他不在编制里的……哦，那个人是五郎的姐姐。

突然冒出腾村的声音：五郎是谁？

小野：就是太次五郎，看守大门的那人。

腾村：她是我们编制里的人吗？

小野：是的，在我们编制里的就他们三个人，静子、五郎和他姐姐。其他三人都是支那人，是三姐妹，一个叫小美，一个叫小丽，一个叫小花。

腾村：她们会说日语吗？

小野：会的，她们的老家在哈尔滨，从父母一代起就为帝国服务。

腾村：静子最近还在跟那个支那人来往吗？

小野：来往的，但再没有让那个支那人进过门。

腾村：我让你去了解那个支那人。

小野：我了解了，他叫金深水，在保安局机要处当处长，业务能力很强，在单位人缘不错，对皇军是忠诚的。他和静子是在舞会上认识的。

腾村：他有婚姻吗？

小野：他妻子死了。

腾村：所以，野夫也拿他们没办法，因为他们是自由的。

小野：嗯，机关长也这么说。

腾村：你认为他们好到什么程度，上过床吗？

小野：这……不好说，我不知道。

腾村：叫千惠来见我。

小野：是。

※※※※※※

一个小时后，千惠气喘吁吁地跑进屋。

腾村：怎么才来？

千惠：对不起，我正在上课。今天我第一次给他们发糖吃。

腾村：听说你把教室布置得焕然一新了。

千惠：是的，我把原来长方形的讲台变成了半圆形，把孩子们分成六个小组，一组一列，呈扇形而坐。我还在教室的墙上做了六个橱窗，一个组一个，每个橱窗里贴着分组名单，每一个孩子手臂上都戴着标明组号的袖套。

腾村：怎么样，孩子们喜欢你吗？

千惠：喜欢，他们太喜欢我了。我在课堂上给他们发糖吃，能不喜欢我吗？

腾村：你是以什么名义给他们糖吃的？

千惠：我来给你演一下吧，你当一回孩子，看怎么样。

腾村：这是个好主意，但我有个要求，你把我也演了。

千惠：好。我的孩子们，下午好！（假童声）阿姨好！同学们好……

腾村：行了，这些就不说了，你就说说你是怎么让他们吃糖的。

千惠：我先领他们唱了一首日本儿歌。

腾村：我听到了，唱的是《樱之花》嘛。

千惠：是的。唱完歌，我说，孩子们，你们唱得真好，你们的歌声一下把我带回到了美丽的故国、遥远的故乡。孩子们，你们的故乡在哪里呢？（假童声）在樱花盛开的地方，在太阳升起的地方。（鼓掌）是的，你们的故乡是个美丽的国度，那里有美丽的樱花，有大大的太阳，有蓝蓝的大海，有高高的山岭，还有这个。猜猜看，孩子们，这是什么？嗯，这位同学猜对了，这是甜甜的糖果。现在我要请大家吃糖果，为什么？因为你们太乖了，我喜欢你们，我爱你们。哎，你们看，我有好多好多这样的糖果，以后我每次上课都会给你们带糖果来。但我的糖只发给乖孩子吃的，你们说，你们乖吗？（假童声）乖！乖！好，只要你们乖，以后我就天天给你们发糖吃，我做你们的"糖老师"好吗？（假童声）好！好，现在我来给大家发糖……

腾村：嗯，不错。关于分组的做法，静子园长有异议吗？

千惠：她很支持，我把分组的建议跟她说了后，她比我还高兴。她说孩子们是最喜欢新鲜好奇的，这样改变一下格局，可以给孩子们提供一种新的生活体验。

腾村：要小心，不要让她有什么觉察。

千惠：嗯。

腾村：用三个词给我概括一下静子这人。

千惠想了想：天真，温柔，刻苦。

腾村：听上去像一个修女。修女是行善的，不要伤害她。

千惠：明白。

腾村：不要给她的孩子吃那种糖。

千惠：这做不到的，我把他安排在第六组，就是药量最少的那一组，应该没问题的吧。

腾村：你怎么知道那一组就一定没问题？

千惠：那怎么办，都在一起的，如果单独不给他吃太明显了。

腾村：废话！谁让你不给他吃，我是让你别给他吃那种糖，难道你不能单独给他准备一颗？

千惠：明白了。

腾村：记着，实验才开始，一定要定时定量，要坚持天天吃，要看着他们吃掉。还有，现在不要有任何先入为主的想法，结果没出来之前，任何一组都可能成为我们的结果。

千惠：嗯，我记住了。

腾村：更要记住的是，不能让静子有任何觉察。

千惠：一定！

腾村：你可以走了。

千惠：我看你很累，给你按摩一下吧。

腾村：不用，叫百惠来给我泡茶。

千惠走了，百惠来了。百惠泡茶时，腾村好像在看书，时而会与百惠交流一两句，问她最近看了什么书，并建议她看一本什么书。诸如此类，都是闲言碎语，不作记录。

※※※※※※

一九四一年一月十八日，上午九点多钟。

腾村弹古琴，弹的曲子很激烈（后来对话中说到是《十面埋伏》）。弹完一曲，小野进来报告说野夫机关长已经上路，大约十分钟后到。腾村不问来由，继续弹下一个曲子，一边说：不见。

十几分钟后，小野又来报，说野夫来了，又走了。

腾村：你是怎么打发他的？

小野：我说您在跟要人谈事，不便见人。

腾村：其实我是在跟古人谈事。他有什么事？

小野：哦，这是他送来的，说是宋代浙江龙泉窑烧制的青花瓷。

腾村：拿出来看看。他有这个取悦我的心，可没那双识货的眼，我怀疑又是个假货。

腾村看后，惊叹这东西是真的，很是兴奋，并大谈了一番龙泉窑作为中国古代五大官窑中首屈一指的地位和价值。罢了，腾村说：野夫这么一门心思取悦我，为的是什么？自己？还是他矜持的外甥女？我很奇怪，静子明知我是无冕之王，却从来没来找我办过任何事。

小野：她在这儿孤儿寡母的，大概也没什么事吧。

腾村：怎么叫没事？野夫削尖脑袋往这儿钻，难道是没事的样子吗？身为至亲，野夫的事就是她的事！我需要了解她。

小野：我去喊她来见你吧？听说明天是她的生日，要不……

腾村：谁说的？

小野：千惠。

腾村：嗯，那就明天安排个晚餐，准备一份礼品。

小野：好的。

※※※※※※

一九四一年一月十九日，晚上八点。

百惠在泡茶，小野进来，问她茶泡好了没有。百惠说好了，小野便让她走，说教授马上来，要单独与静子园长谈事。百惠刚走一会儿，腾村果然与静子一同进来，言谈中可以想见两人刚才一起吃过晚餐，腾村送静子一只手镯，静子似乎很喜欢，已戴在手上，喝茶之初，都在说这只手镯：静子是表达喜欢和谢意，腾村是介绍这手镯的特色和来历。随后静子说了一些孩子们的事，腾村说了一些他的工作：他自称在这里研究中国古老的陶瓷艺术。总的说，双方相谈很欢，历时近一个小时，但值得记录的内容不多，只有下面这段对话，有一点内容——

静子：教授，冒昧地问一句，您的研究和这些孩子有关吗？

腾村：你听说有关吗？

静子：没有。

腾村：那你怎么会有这个问题？

静子：您选择在这里做研究，我想应该跟孩子有关吧。

腾村大笑：你觉得这是孩子们待的地方吗？这里的每一片砖瓦都有几百岁。这是我待的地方，我和我研究的对象。所以说，不是我选择跟孩子们待在一起，而是孩子们选择跟我待在一起。

静子：可孩子们早在这里了，而您还没有我来得早呢。

腾村：我整天待在这楼里，来了你也不知道。当然，我确实来了也没多长时间，但我的研究对象早守在这里等我来了。

静子：就是这些吗？

腾村：你看到的只是冰山一角。这些玩意儿，某种意义上说都不是我的研究对象，它们都是别人、包括你舅舅他们送来的。说实在的，它们没什么研究价值，只有观赏价值。哎，那个蓝光四射的青花瓷壶就是你舅舅昨天送来的。这是个好东西，是宋代龙泉官窑烧制的贡品，我喜欢的。你应该知道，你舅舅很关心你。

静子：他对您说了什么？

腾村：这个就不说了吧，说说你的孩子吧，我把千惠交给你，你们合作愉快吗？

静子：愉快，很愉快，孩子们都很喜欢她。

腾村：这样就好，千惠这女孩很机灵，上进心很强。不过，也许是太强了，跟我其他几个助手相处得不好，所以我才把她交给你，希望你们能相处得好。

静子：您放心好了，我们相处得很好。

腾村：现在来谈谈我吧，记得几个月前你曾托小野来说，你认识一个医生能治我的病。

静子：是的……

腾村抢白：谢谢你的好意。

静子：但小野说您不感兴趣，所以……

腾村抢白：看来你确实不了解我，你知道我是怎么变成一个废人的吗？

千惠：您是大教授，怎么能说是废人……

腾村抢白：你不必恭维我，站不起来就是废人，只不过我废在身体上，不像支那人，废在心智上。想知道我是怎么变成废人的吗？

静子：该是……意外吧？

腾村：我是自残的，是我自己把脚筋挑断的。

静子没出声，大概是惊得不知该说什么了。

腾村：我的家族你应该有所耳闻，这个得天独厚的优势使我很早以前就能够得到我想要的一切，无论是幸运也好，造化弄人也罢，总之我完全可以只是享受，终其一生。因此，早年的我不思进取，整日美酒佳人。二十年前我偶遇一个高人，此人知天命，曾多次为天皇占卜，他告诉我，好色将会毁掉我的一生。我生来是一个好色的人，这是天性，没办法的。轻狂的我听而不闻，照旧沉迷于酒色中，直到两年后发生了一件事，迫使我拿起刀子自己割断了脚筋。

静子：发生了什么事……

腾村：我做了一个梦，要来中国做这个研究，这个研究如果做成了，我将成为比天皇还要伟大的人物。在梦中，我还得到一个警告，五年内不得近女色，我的事业才能兴旺发达，等到那一天，天下的女人都是我的。哈哈，我觉得这条件不苛刻，对我还是很照顾的是不是？只要忍五年折磨可得天下，事业、名声、金钱、女人，都是我的，何乐而不为。难的是，我的身体如何才能忍得住多年寂寞？只有一个办法，把自己废了，出不了门。我就这样把自己废了。我废了，哪个女人还会来找我？没了！我就这样开始一生的事业追求。谁都知道，像我这样的废人，如果还想得到女人青睐，只有一个办法，就是取得事业成功，干出一番伟大的事业，做人上人。现在我做到了，我靠我的研究成为了我们的国宝，因此我也重新拥有了一切。你也看见了，我身边不缺女人，她们都为我争风吃醋呢。静子小姐，你听了这些是不是觉得我这人很古怪，很可怕？我要说，但凡天才都是古怪的，你不该怕我，你该喜欢我才是，静子小姐。

静子：对不起，我已经不是小姐了……

腾村：听说你有个男朋友，是个支那人。

静子：嗯。

腾村：他很优秀吗？

静子：他很爱我……

腾村：你也爱他？

静子：……

腾村：以我对支那人的了解，没有一个支那人是值得我们静子去爱的。哈哈，园长阁下，恕我直言，那个支那人爱的也许不是你，而是你舅舅。

静子：不……对不起，教授，不早了，我该告辞了……

腾村：哈哈，时间是并不晚，你是讨厌我了，因为你爱那个支那人。

静子起身走，一边说：教授，您言重了，谢谢您对我的关心，但我确实该走了，因为孩子们要休息了，再见……

腾村：我相信我们会再见的。

静子走后，屋子里好一会儿没出声，再出声时，是小野急步跑来的脚步声，显然他是被腾村用电铃叫来的。小野问腾村有何吩咐，腾村似乎还沉浸在刚才跟静子的对话中，自言自语说：现在迟了嘛，九点钟都还不到，还早着的嘛，叫院长来陪我下棋。

这一夜，腾村和院长下了一夜棋。

听上去院长棋艺也不低，但跟腾村比还是差一大截。腾村跟他下的是让子棋，最多时让到五个子，但院长还是屡战屡败。可见，腾村的棋艺是十分的高……

老J几乎每天都给我们送来小军的窃听记录。看着这些记录，我有两个深切的感受：一，我们的对手是个接近于疯子的天才，他有常人没有的智力和喜好，他的忍受力、创造力，包括破坏力也是常人没有的。他身上有一种孤注一掷的邪恶劲，他为一个梦可以割断自己的脚筋，而现在他被另一个梦鼓舞着，为实现这个梦他完全可能干出任何丧尽天良的坏事。二，他的魔爪已经伸向孩子们，香甜的糖果，一天两次，日复一日地进入孩子们稚嫩的身体，我们必须尽快阻止他的恶行，然而我们束手无策。除了老J可以偶尔趁黑摸进去外，我们始终找不到进幼儿园的办法。

我们其实早得知腾村喜爱收藏中国陶瓷，因为经常有人去给他送这些东西，所以二哥一直四处在找这些玩意儿。野夫送的那个龙泉官窑烧制的青花酒壶，就是二哥花大价钱找一个古董商买来的，原以为这样可以引得他好奇，进而召见一下二哥，谁想到，他连野夫都不想见。静子这边，虽然她对金深水依然一往情深，对我也越来越友好，但我们的关系始终找不到突破的机会，她在幼儿园是个"局外者"，在我们这儿也一直是个局外者，我们不知如何利用她，她也不知如何帮助我们。更何况，如果她了解情况后会帮助我们吗？毕竟她是野夫的亲人，肩上扛着日本的军衔。

更可恶的是，王木天这边，非但不帮助我们，还阴险歹毒地暗算我们，打击我们，给我们惹出一堆事，迫使高宽不得不离开南京，让我们一时无法集中精力去实施春晓行动。本来，高宽那阵子已经在做一项工作，联系哈尔滨的同志，想找到小美她们三姐妹可能有的亲人，通过她们的亲人来做她们三姐妹的工作，争取得到她们的帮助。我们分析，只要找到合适的人，她们三姐妹是可以争取过来的，这也是我们当时唯一一个较为安全可靠的突破口。可由于高宽临时去了苏北新四军处避险，这项工作只好停下来，后来他又突然牺牲，这项工作被迫彻底停止。再说，那阵子我们面临的麻烦实在太多，阿牛哥暴露了，我也处在暴露的边缘，接下来我的孩子要生下来，还要找"丈夫"，等等，一堆棘手事亟待处理解决，迫使我们无暇顾及幼儿园的事，只好暂时将春晓行动搁起来。好在靠阿宽在天之灵的保佑，我不但保住了秘密身份，还借此打了一个大胜仗，把卢胖子和俞猴子都扫地出门，让金深水当了我们头，使我们在保安局内赢得了从未有过的大好局面。

第十一章 ◎

01

这年新春一过,上班第一天,我走马上任,坐在了秦时光原来坐的办公室里。

我是迷信的,我觉得秦时光这人晦气得很,死了没人替伸他申冤不说,还把两个局长都搭进去了。所以,我不想沾他的东西,凡是他坐过、用过、摸过的东西我都不要,我用的都是从金深水办公室里搬来的东西。我甚至想直接搬到老金的办公室去上班,但稳重的老金劝阻了我。他说:"名不正,言不顺,还是别让人非议为好。"他说的是对的,提我当副处长已经叫人红了眼,我必须低调一点。所以,办公室我没敢要,只要了里面的东西。

我坐在老金曾经坐过的办公桌前,来访的第一个人是小青,她给我送来一朵含苞欲放的玫瑰花，很考究，塑料纸包着，还配有一只白玉瓷的长颈小花瓶。我桌上已经有花瓶，插着一大把开着嫩黄小花的迎春花。眼下是早春时节，多数花还在沉睡中，花店里还买不到花，这把迎春花还是赵叔叔从我家院子里剪的。我家院墙的东边角落里长了一大丛迎春花，前两天出了两个太阳，说开就开了。赵叔叔知道我新官上任，早晨专门给我剪了一把，让我带来上班。相比之下，小青手上的玫瑰显得格外好看，我忍不住接过来欣赏，一边问她："哟，这不是玫瑰嘛，你是从哪儿弄来的？"小青是个娇滴滴的人，嘟着嘴说："不告诉你。"我逗她："你不告诉我我就不要。"她说："我告诉你了，你可能更不敢要。"我说："这说明你不了解我，本小姐哪有不敢的事情，收下了。"

我以前常来找老金，跟小青很熟，知道她爱发嗲，搞恶作剧。我以为这是她送的，有意不追问，不明不白地收下，让她无话可说。可是一连三天，小青天天给我送来这么一朵玫瑰，我真有点不敢要了。到底是谁送的？第三天我一定要小青交代。可小青死活不说，急哭了也不说。我说："看你没出息的，哭什么，不就是一个追求我的人嘛，有什么好怕的，说出来就是了，他既然追求我，我就能治得了他，他能怎么奈何你？"任凭我说什么，小青仍是守口如瓶。她把这个人说得神乎其神，搞得我也有点紧张，心想会不会是个鬼子呢。

我上楼去找老金，把事情同他说，让他找小青打听一下。打听出来的结果我怎么也没想到,居然是二哥!这天晚上,正好二哥约我和老金上山谈事,我问他有没有这回事,他不置可否地笑笑,"喊你们上山就要谈这事。"接着说,"花就是我送的,下一步我还要送你更贵重的礼物呢。"老金若有所思地看看我的肚子,暧昧地说:"看来老A同志在酝酿一桩大事,给你的孩子找一个父亲。"二哥说:"是的,既然要把孩子生下来,孩子不能没有父亲。"老金问我孩子有几个月了,我说三个多月。他看看二哥说:"确实该考虑孩子的父亲,不能再拖了,她人瘦,很快会看出来的。"二哥说:"是,我也在这么想,急死人啊,不但要尽快找人,还要尽快张罗一场假婚姻。可去哪里找这个人?这么快?我想来想去,觉得还是我最合适,年龄、身份都合适,扮起来也方便。"

老金说:"我同意。"

我立刻表示反对:"这怎么行,你是我的哥哥嘛。"

二哥说:"兄妹俩假扮夫妻,很正常的。"趁我发愣之际,二哥继续说:"这是唯一的办法,而且这样做至少有两个好处,一是便于我跟上级联系,我们在南京只有你那里一部电台,我要没有这个身份,经常出入你那里显然不可能,也不安全;二也可以预防下一步再有人来纠缠你,只要你成了大名鼎鼎的杨太太,那些混蛋绝对不敢再接近你。"金深水想了想说:"要说兄妹俩假扮夫妻,这种伪装不是无可挑剔的,因为这等于是将两枚炸弹捆在一起,爆炸的可能性就多了一倍。"二哥说："现在你怎么可能指望去外面找一个？只有在内部解决了。老实说之前我曾考虑过你。"老金笑了笑，对二哥说："我？别开玩笑了，我可配不上你妹妹。"二哥说："最主要还是静子那条线，下一步我们必须想办法进去，静子这条线千万不能断，所以你还是保持单身为好。"

我想，如果二选一我宁愿选老金，因为……怎么说呢，这时我突然又想起二哥是真是假的问题。这个问题其实一直盘在我心里，平时一般不会去想它，可有时又会突然想起它，像此刻我肚子里的小东西，多数时候是没反应的，有时冷不丁会突然激灵我一下。这天晚上，二哥是真是假的问题又纠缠了我一个通宵，让我好累。

就这样，很快二哥亲自出面来给我送花，大造声势，我也高调配合，显出很幸福的样子，每天捧着一束大红玫瑰下班。这样几天下来，保安局无人不知大名鼎鼎的杨会长在追求我。诊所那边，老金也巧妙地通过陈姨把消息递过去。革老知情后，当晚即约老金单独过去问情况。事后老金告诉我，革老听说杨会长这人很有来头，与野夫、中村等人都有往来，非常赞成我这门"婚姻"。老金说："他把你当作了自己女儿，寻了这么一个对象，像占了什么大便宜，连声道好，还说要好好送你一份嫁妆。"我想起王木天曾出卖过阿宽，说："叫他拿王木天的人头来当我的嫁妆就好了。"老金道："听说王木天最近又在南京。"我说："他又来搞什么鬼名堂。"老金说:"具体情况不了解,老家伙也没说。但我想,他可能真的跟周佛海绞上了,最近胆子大得很,经常到南京来逛荡。"我说:"也许我们应该给他一点颜色看看。"老金说你想干什么,我说可惜阿牛哥不在,否则我真想把他做了。老金说:"好好盯着幼儿园和你的肚子,其他事一概别想。"老金是个铁人,从不会感情用事。

阿牛哥身份暴露后,我们保安局把他列为大犯、要犯,张榜通缉,街上到处是他的头像,根本没法出门,老是躲在山上也不安全,后来二哥让他回我们老家去躲一躲。转眼一个多月过去,我们没有他一点音讯,也不知道他有没有遇险出事。应该是没有的,因为像他这样上榜通缉的要犯,归案后一定会大报小报登的。想到这里,我突然觉得我们可以找人做篇报道骂骂王木天,从名声上攻击他。老金说:"这倒是个好办法,说他跟臭名昭著的大汉奸臭味相投,沆瀣一气,算是点到他穴位了。"后来我们确实这么做了,通过左翼作家联盟会,组织了一批文章骂他,但结果不像我们预期的那么好。更坏了!他因此对我们恨之入骨,反而变本加厉地对我们掀起新一轮的毒杀。这是后话。

02

话说回来,我的"婚姻"大事必须加快进程,孩子在一天天秘密生长，等别人能看出来我有身孕再结婚容易招来闲话，被人多想，如果早一点结婚，孩子正常生下来，到时还可以用早产来敷衍质疑。所以，没过多久，二哥带着野夫突然出现在保安局的一次例行舞会上，中场休息时，二哥当众向我求爱，并由野夫给我戴上"那串"挂有五克拉钻石胸坠的金项链。野夫在给我戴项链时，对我小声说："看看吧，你的梦想成真了吧，这该就是你想要的那串项链吧。"我涨着一张大红脸说："不好意思，机关长，谢谢您。"野夫得意地说："谢我干吗，又不是我送的。"我说："这一定是您让他送的，因为我只有跟您说过这个。"他哈哈大笑道："算你聪明。"

我想，最聪明当然是二哥，居然叫野夫做了我们的"媒人"。

还是通过野夫的关系，不久后我们在熹园右院——鬼子高级将领居住的院子——的贵宾园里，举行了声势浩大的"婚礼"。我以前从没有进过右院，进去后才发现，里面那个规模和规格啊，出乎想象！首先是住在里面的人的等级之高令人瞠目，野夫作为核心部门的头脑，位高权重，但在这里面几乎是垫底的小喽啰，见人都要点头哈腰。其次是门岗，配有双哨，都是日本兵，一个持长枪，一个佩短枪，还有狼狗，任何外人进出都要查看证件。所以未经许可，像我们这种人是绝对进不去的。

我们得以进去，纯属偶然。

是这样的，十几天前，这里的贵宾园里接待过一位鬼子高官的老母亲，老人家入住的当天晚上，心脏病突发，死在被窝里。院子里住的都是高官要人，对死亡是犯了过度恐惧症的，有人远道而来，恰巧死在这里，给人感觉是一件很晦气的事。于是，野夫受命，要找一个戏台班子进来唱戏冲喜。野夫哪找得到戏台班子？自然把任务派下来，让金深水去找。二哥听说这事后，和老金合议，说服野夫，让我们去里面举行婚礼——婚姻大事嘛，百年之好，是喜中之喜，才是最好的冲喜之法。野夫被我们说服了，上面也同意了，就这样，我们才进了神秘的禁地。

贵宾园独立成院，占地三四亩大，四周由铁栅栏和比人高的冬青树合围。园内有一栋砖砌的西式三层小楼，是主楼，另有游泳池、祭祀堂、凉亭、假山、草坪、竹林；主楼内装饰豪华，布局合理，一楼是厨房、餐厅和一个大会客厅，二楼有三间客房，三楼有一间大客房和书房。每间房室里，家什用具一应俱全。显然，这很适宜贵宾带着家眷和随从来度假用的——不过在我看来也是很适合举行婚庆活动的。天公作美，那天天气很好，大太阳驱散了初春的寒冷，我们的活动主要在户外草坪上展开，戏班子以凉亭为舞台，唱拉弹唱，从上午九点一直闹到晚上九点。这也是野夫给我们规定的时间，除此外，野夫还规定我们不准进祭祀堂，不准上贵宾楼的二楼。就是说，我们租用的时间是十二个小时，地盘是除了祭祀堂和贵宾楼二三楼以外的所有屋子和空间。

　　来的人自然是多，百十号人，同志敌人，朋友亲属，皇军伪军，大人物，小喽啰，唱的，闹的，形形色色，三教九流，把昔日清风雅静的一片地，闹腾得人声鼎沸、活色生香、杯盘狼藉。机会难得！我们小组的同志悉数到场，至少可以把这片禁地看个眼熟，万一以后有事要进来也好认个路。这一点，老J的意识最强，他那天扮的是替戏班子打杂的角色，搬运唱戏道具，给演员端水倒茶，忙得不亦乐乎。其间他假借各种名义，几次溜出去，察看整个右院的情形。他注意到，在院子的西北角，有一片日式园林建筑，明显是新建的，看样子十分高档，四周也是用铁栅栏和比人高的冬青灌木包围起来。因为是新建的，冬青灌木长势不茂盛，可以轻易看见园内景致、动静。

　　应该说，第一次看，老J什么收获也没有，里面毫无人迹，只有两只高大威猛的警犬，虎视眈眈地看着他，叫他不寒而栗。正是这一点，让他对里面产生好奇，晚上筵终人散离去时，他临时决定绕过去看一下。这一看，发现大了！他看见一个身影，在昏暗的灯光下，引着两只大狗从回廊上走过，好像是要带它们去喂食。这身影他总觉得有点熟悉，是什么人呢？他想起来了，是小野！老J为安装窃听器先后两次进过腾村的办公楼，认识小野。

　　小野怎么会在那里？这个情况引起了我们高度重视。我们以前曾监视过幼儿园的正大门——也是唯一的出口,一直没有看到腾村身边的人进出。就是说,我们本来就在怀疑幼儿园可能有其他出口,这下子,我们马上怀疑幼儿园与熹园之间可能有一条暗道。这个想法一出现,我们都觉得是对的,因为从地图上看,从幼儿园到熹园的直线距离其实并不远,只是中间隔着一条河和一片民居,无法直行,要绕着走才显得远。那么,到底有没有暗道?要证实它很简单,只要派人守住熹园大门,看小野的进出情况。结果,老J守了一夜,并不见小野出门,而第二天早上,小军通过窃听器清晰听到,小野已经出现在幼儿园。就这样,暗道被证实了。

03

光证实没有用,必须进去看看。

派谁进去?只有老J。虽然肩膀里的子弹还没取出来,但翻个墙爬个屋顶什么的,还是难不倒的。难的是那两只虎视眈眈的黑毛大狗,让老J心有余悸。对付狗,除了肉包子,我们想不出别的办法。于是,不久后的一个雨夜,老J用褡裢揣着二十几只肉包子,出发了。一去居然不回,急死人了!以为他遇难了,准备上报情况时他又回来了,毫发未损。这已是第四天早晨。问他是怎么回事,原来这几天老J一直躲在屋顶的老虎窗里下不来,那两条狗完全被小野驯化，只吃他喂的食，老J丢过去的肉包子，闻一闻就走，不吃，包子都让老J当饭吃掉了。正因仗着身边有吃的，老J一直没出来，总以为可以寻机进屋去看看，但到最后也寻不到机会。

老J说那两只狗东西，可能是把老虎窗当作我的窝了，只要我躲在里面，它们就不理会我，可只要我一离开窗子，它们就拼命朝我叫。我说那你是怎么爬上屋顶的？他说我进去那天不是正好在下雷雨嘛，我就趁打雷窜上去。我说可昨天晚上没有打雷，你又是怎么下来的？他说你们可能睡着了，没听见，凌晨时马标那边有两声爆炸，声音很大，我就是趁那爆炸声逃出来的。这么说，幸亏带了那么多包子，否则饿了这么多天，他哪有气力发功快逃啊。虽然没进暗道去看，但守了三个通夜，老J还是有收获的，他发现，这些平时看上去静悄悄的屋子里其实是住了人的，至少有几十人。

老J说："有两个中年鬼子，手里经常拿着橡木棍子，胸前挂着哨子，像是工头，其他人都是妇女，看上去好像是我们中国人，穿的是蓝色亚麻布料的工作服，头上裹着白头巾。每天早晨、中午、傍晚，她们都在一间屋子里吃饭，晚上在三间屋子里睡觉，两个鬼子工头轮流用哨子指挥她们起床、吃饭，吃了饭这些人就消失了，到时候又不知从哪儿冒出来，聚在一起吃饭，或者睡觉。"

根据老J的介绍，我们猜测，那些屋子地下可能有一个工厂。后来，静子证实了我们的猜想：正是如此！孩子们吃的六种毒量不

263

等的糖果就是从这个地下工厂里生产出来的。有一点不对，那些妇女不是我们中国人，而是日本人，只不过都是犯人：有的犯了军法，有的犯了通奸罪，有的犯了贪污渎职罪，本来都被关押在伪满洲的女子监狱里，是腾村把她们弄到这儿来将功赎罪的。这是不久后我们从小军的窃听记录里获知的。这天，腾村接见了这些妇女，对她们有一番讲话，是这么说的：

你们辛苦了！每天在阴冷的地下工作一定很累吧，吃喝拉撒睡都在那弹丸之地解决，有门不能出，有天不能见，一定很折磨人，但是比待在铁牢里总要好受些吧，想必。我看过你们的资料，你们的牢狱时间都在十年之上，有两位还是死罪是不？没事，过去的都过去了，现在你们为我工作，一切都重新开始了。你们到这里快有两个月了吧，这段时间我对你们的工作是满意的，很好，今天我接见你们，既是对你们过去卖力工作的肯定，也是希望你们以后继续保持下去。要知道，你们的工作是很神圣崇高的，直接关系到这片土地上的人如何彻底效忠我们大和人的意志。不瞒你们说，昨天夜里我做了一个梦，梦见大日本帝国全盘占领了这片土地，所有支那人都对我们言听计从。早上醒来我告诉自己，现在也要告诉你们，这不是梦,这一天将在不久的将来成为现实。快则两年,慢则三年,不长吧。等到了这一天,我会亲自给你们签发命令,抹杀你们过去的罪行,以一个自由公民的身份回去和你们的亲人团聚。你们不会觉得我一个瘫子说的话不可信吧,你们可以怀疑说的,但我劝你们别怀疑。想一想吧,能够把你们老大远从监狱里弄到这里来的人,肯定不是一个平常人。既然来了,你们就是我的战士,我会带领你们一起打赢这场不用流血牺牲的战争,让你们罪恶的过去一笔勾销!

就在这天晚上,我又进了一次幼儿园。为了进去,我和老金,还有二哥,都费尽心机,可以说不择手段了。我事先做了一套衣服,跟静子当时穿的外套一模一样,然后安排老金把静子约出来,在宾馆里留了她大半夜。其间,我扮成静子,让二哥送我去幼儿园。天还冷,我围着大围巾,包住了半张脸,模仿静子的仪态下了车,跟二哥示了谢。适时,二哥有意用雪亮的车灯光对着看门的断手佬照,同时用标准的日语跟他搭话,总之是分散他的注意力。我就这样混了进去,事后想来真是一次冒险。但当时二哥和老金都支持我,配合我,足见我们当时有多么焦虑,是多么想有所突破,想疯了。

确实，敌人已经对孩子下手，我们却一直找不到破坏敌人行动的招数。我们像一群困兽，困得太久了，疯了，明知被围在铁笼子里出不去，却还是徒劳又拼命地想撞破铁笼子，结果差点把自己撞死。我们事先都不知道，静子的孩子晚上其实是和静子睡在一起的，我开门进去后孩子在黑暗里叫我妈，把我吓出一身冷汗。幸亏当时孩子已经快睡着，迷迷糊糊的，没有辨认出来，我及时把他揽在怀里哄他睡，他也很快睡着了，要不真是闯祸了。因为有孩子在身边，我其实什么事也做不成。本来，我还想溜到对门的医院去瞧一瞧，寻一寻暗道。可那天我真是额头上长了霉，背运得很，腾村一直在跟院长下棋，小野因此不敢去睡觉，老在走廊上踱步，走来走去。腾村办公室里灯火通明，外面走廊上灯火不灭，我根本没机会过去。后来，我是从厕所的窗户里爬出来的。

按计划，静子也应该从厕所里爬窗回去，否则一夜回来两个"静子"，事情就败露了。为此，老金那天晚上不得不用安眠药，把静子留到天亮前才把她叫醒。据老金说，静子醒来时看天已亮，急得直哭，因为她怕这么迟回去被断手佬遇见汇报上去。老金说："我看她这么急坏的样子，就给她出主意，让她从厕所爬窗回去。"在老金的游说下，静子最后果然爬了窗。静子手上有大门钥匙，有时回去断手佬睡着，或者去上厕所了，她会自己开门进去。所以，她回去断手佬没看见，这不足为怪。该怪的是，那天我们运气太差，几个人忙碌一夜，结果一无所获，白冒了一次险。

　　情况就是这样，虽然我们挖空心思，费尽心机，甚至不惜频频涉险，但局面依然没有改观。春晓行动陷入僵局！我们心里都急得冒火星子，尤其是二哥，作为新任的老A，很想打破僵局，立功争个表现。一天晚上，二哥对我说："我决定给幼儿园捐一笔款子。"我问他："目的是什么？"他说："只要他们接受了我的捐款，我要求进去看看孩子们不过分吧。"我说："看了又能怎么样？除非你能捐一个人进去。"他说："一回生二回熟，只要让我进去一次，就有第二次。"我说："进不了医院，进去也是白搭。"他说："我也可以给医院捐一批药品。"我说："那可能会打草惊蛇，腾村会由此对你我都产生警觉。"此时我跟二哥是夫妻关系，我总觉得这么做容易让腾村对我们产生看法，劝他别这么做，但他还是私下约见了静子，表示要捐款，静子当然高兴，说是过两天给回音。要不是静子后来出事，这事正常推进下去，我们可能会付出不小的代价——即使腾村不怀疑我们，至少我们要付出相当大一笔款子。以静子后来给我们提供的情况分析，这笔款子肯定是白付的，不可能产生任何回报。事实上，自**黄药**开始进入试验阶段后，腾村已经下了死命令：不准任何人以任何名义走进幼儿园，包括野夫在内。别以为野夫身居要职，了不得，在腾村眼里不过是个无足轻重的小角色，连走暗道的资格都没有。大门不能进，暗道走不了，从此野夫跟幼儿园无缘了。

04

二哥私下约见静子的第三天晚上，哦，我真希望我在讲的是一个虚构的故事，这样我一定会省略掉这个黑夜。这天夜里，静子被腾村强暴，也是在这天夜里，老J永远地离开了我们！我是第二天中午得到老J牺牲的消息，小红给我打来电话，用暗语告诉我这个消息，把我肚子里的小东西都吓着了，我当即感到下腹绞痛，干呕起来。都说怀孕初期孕妇会出现干呕现象，我却从来没有过，即使阿宽走的那阵子，我那么痛苦也没有出现这种现象。这是第一次，我感到陌生又恐惧。剧烈的干呕把我变成一个无腿的人，我席地而坐，两眼冒金星，冷汗从心里冒出来，脏腑拥堵在喉咙里，整个人成了一团衣服，蜷缩在一起。小家伙就是这样第一次向我"报到"的，想来这是不是一种不吉利的暗示呢？

第一天恰好是每月换密码的日子，上午我去鬼子那儿领取密码，下午周佛海来局里搞调研，我和老金一刻都走不开。我忙碌一天，直到晚上才回家。回到家里，我看到二哥一个人坐在客厅里，天黑了，他也没开灯。我开了灯，发现他脸上都是泪水，地上都是烟头，见了我直摇头。他说："老J牺牲了。"我说："我知道了，是怎么回事？"他说："我派他去幼儿园摸暗道……是我把他害了。"说着呜呜地哭出声，狠狠地捶自己的胸脯，伤心极了。

老J是个好同志，无私无畏，有胆有识，待人诚恳，本领高强。想到这么好的一个同志就这么走了，死无葬身之地，我心情陡然悲伤起来。老J的牺牲使我懂得——更加懂得了，不死，那不是我们地下工作者的愿望，因为那很不真实，很渺茫。正如阿宽在诗中写的一样：清晨起来看自己还活着，那是多么幸福的事。

阿宽，我们又有一个同志走了，是老J，他去陪你了，你见到他了吗？

阿宽，你说得对，生命对我们就像天上彩虹一样容易消失，阳光、水汽，甚至你站立的位置、目测的角度——凡此种种，只要稍有偏差都可能使彩虹消失。我们的生命就是这样的珍贵而伤感，因为我们的每一个举动都有着无可挽回的风险和危机。有时候，我们甚至不得不用自己的手切断动脉、喉管，用自己的牙齿咬破舌头，或者用一粒剧毒药片结束自己的生命。所以，人们说成为一名地下战士无异于是一只脚踏进了地狱门槛，另一只则在某天清晨或傍晚随时都可能跟着进去。这确实就是我们的现实，我们的生活，我们的日常，我们每天睁开眼睛要面对和接受的。不接受也得接受。

二哥告诉我，老J是昨天夜里两点钟被他派去执行任务的。二哥说："我想熹园那边有狼狗，进不去，还是想让老J从幼儿园这边去试试看，想不到就出事了。"一边是私下在约见静子，想通过捐款进幼儿园，一边又在安排老J冒险行动，二哥真是犯了求胜心切的毛病，所以他很自责。事后我们了解到，老J上屋顶时好好的，是在钻窗进屋时不知怎么"露了马脚"，正好被小野撞见，当场击毙。按说，老J轻功十分了得，怎么会钻个窗被人发现？肯定是伤势在作怪，他的肩膀里还留有子弹，对他的行动有一定影响。我说："那敌人有没有发现我们的窃听线路？"问了以后又觉得我问的是废话。当然，敌人怕有同党，连夜上屋顶全面搜查，意外发现了窃听线路，然后便顺藤摸瓜，摸到我们的窃听室里去了。

我问："小军呢，现在在哪里？"

二哥说："不知道。"

"他有没有被抓？"

"就是不知道，一点消息也没有。"

"如果没被抓，他应该会来找我们啊。"

"我就在等他来找我们，可是一天过去了，没有他一点消息。"

"那肯定被抓了。"

"也不一定，他不知道我们这地方。"

"不知道这儿，但他可以去保安局门口守我啊。"

我认为小军一定是被敌人抓捕了。

05

谢天谢地，小军没出事。

第二天，我去上班，没下车便看到小军抱着一叠报纸，在我们单位门口叫卖。我连忙写了个纸条，叫司机去买份报纸。司机原来是给二哥开车的，也是我们的同志，他借买报纸的机会把纸条递给小军。我通知小军去幽幽山庄找老P。中午我和二哥赶去幽幽山庄见小军，他正好睡了觉刚起床，他已经两夜露宿街头，人瘦了一圈。小军告诉我们，是窃听器救了他，他先是从窃听器里听到医院楼顶杂沓的脚步声，估计有情况，后来窃听器突然哑了，风声、电流声、噪声，一点声音都没有。经验告诉他，窃听器线路被人拔了，于是他连忙收拾东西跑了。二哥问："你把窃听记录本带出来了吗？"他说带了，说着从腰肚里摸索出一本笔记本递给二哥，面露愧色地说："很遗憾，机器我没有带出来。"二哥说："带这个就可以了。"小军说："那天晚上腾村把静子园长强奸了。"

"什么？"我听了大吃一惊，以为听错了。

"你看吧。"他打开笔记本，替我翻到最后一页，指着最后一段记录说，"你看，这就是那天晚上的记录。"

是前天晚上。

从窃听记录看,这是静子第二次被腾村请上楼去吃饭,但这一次不像前次一样,是礼遇,而是恶待。腾村要静子陪他喝酒,静子说她不会喝酒。腾村说,那你就坐到我身边来,我教你喝。静子没过去,腾村自罚了一杯,理由是:美女不听召唤,说明他缺乏男人魅力。总之,这次见面,自一开始,腾村便很放浪,讲了不少调情的话。酒过三巡,腾村变得更加放肆,言语越来越色情、露骨,静子终于提出要走。腾村说,今天晚上你可能走不了了。但静子还是毅然辞别。走到门口,千惠突然从外面推门进来,嬉皮笑脸地把静子拉到腾村面前。当着静子的面,千惠一边给腾村按摩,一边互相调情,说的那些话下流至极,不堪入耳。静子要走,走到门口发现门从外面被锁住了。这时候,千惠已经开始和腾村做爱,就当着静子的面。千惠一边与腾村做爱,一边引诱静子加入。静子不去,躲在屏风背后哭。后来腾村发话,要静子去,并且威胁道,如果再不去,他要割下千惠的奶头。完全是一个疯子!后来千惠把静子拉过去,扒了静子衣服……强奸!不折不扣的强奸!

我可以想象,静子有多么痛苦,但无法想象,腾村居然这么无耻,简直是禽兽不如!这么想着,笔记本在我手上变得沉重、生硬,像块铁板,我的手胆怯地颤抖起来,痛苦的记忆苏醒了。窗外起风了,乌云笼罩下来,天色阴沉沉的,大雨似乎随时倾盆而下,我突然觉得发冷和害怕。在场的郭阿姨问我你怎么了？我说："我觉得浑身发冷。"说着干呕起来，跟昨天上午一样。郭阿姨是过来人，一看就明白是妊娠反应，给我倒了一杯温水。我喝了，稍微镇静下来，二哥劝我马上走："天可能马上要下大雨，你快回去跟老金汇报这事。"我不能接受，这种事怎么能让老金知道？这对老金和静子是不公平的，尤其是静子，她一定不想让多一个人知道她的屈辱，我们知道也应该忘记。我说："干吗跟老金说，你还要不要让老金跟静子好了？"二哥说："当然要。"我说："那就不能说，说了只会影响老金的情绪。"二哥说："老金的情绪可以藏起来。"我没了退路，只好说实话："可作为静子，发生这样的事已经够痛苦的，她一定希望无人知道这事，她要知道我们都知道了会更痛苦的。"二哥说："你可能应该首先要为我们的任务着想。"二哥认为，这对我们是个机会，我们可以借此拉拢静子。

"再说，"他说，"静子现在也需要有人去安慰她。"

"你怎么去安慰她，你跟她说我们通过窃听知道这事了？"

"不需要你说，静子会主动跟老金说。我相信静子是真的爱上了老金。"

"正因为她爱他，所以她才不会把这种事让老金知道。"

"理智上是这样，可她受了太大的伤害，她会不由自主地流露出来。只要有所流露，老金就可以趁机挖，诱她说。"

"你太无情了，让她对心爱的人说自己最不齿的事。"

二哥突然瞪我一眼，对我大了声音："难道你觉得这比让你的同志一个个去牺牲还无情吗？你想过没有，老J走了，窃听室被捣了，下一步我们更没有办法进幼儿园，可孩子们一天天在吃毒药，难道还有比这更无情的事？我们的敌人是无耻之徒，现在他对静子做了最无耻的事，我们必须抓住这个机会，趁机把她拉拢过来做我们的同志。"

当然，我知道，如果静子真成了我们同志，无疑是我们完成春晓行动的最好武器。但同时，我觉得这很困难，民族感情且不说，关键是，以我的体会，静子是绝不可能对老金说这事的。从某种意义上说，我是最能体会静子此刻心情的，因为我有过相似的经历，当初我就是这样，死活不愿意跟阿宽说——守愿死也不愿意说！我这么跟二哥说后，二哥说："可你想想，如果当初阿宽知道你的经历，开导你说，你能熬住不说吗？"

"是的，"我说，"我承认，如果这样静子可能会熬不住。可是我总觉得这对静子不公平，我们太不尊重她的隐私，太不择手段了。"

二哥说："不是我们不择手段，而是我们现在没有别的手段。机会来了，我们必须抓住。我认为这是我们说服她、拉拢她的最好机会，错过了你会后悔莫及的。我可以设想，只要她把事情摊开来说,我们也可以把腾村的罪恶全部摊开来跟她说,让她进一步认识到腾村的卑鄙无耻。你们都说静子本性是善良的,对我们中国人有感情,对那些孩子充满爱心,正因如此我有理由期待,当她得知腾村在对她心爱的孩子干这种卑鄙无耻的事后,就可能唤醒她的良知,从而争取得到她的帮助。"

我没法说服二哥,只好回去把情况报告给老金,让他马上给静子打电话,约她晚上出来。老金说:"真要出了这么大事,打电话没用的,她肯定不会接。"果然,电话打过去,是小美接的,说静子园长在寝室里休息,接不了电话。老金请她转告静子让她回个电话,直到下班,电话也没有回过来。下班前,老金又打去电话,还是小美接的,说静子出去了,问去哪里,小美说她也不知道。我鼓动老金上门去见她,老金说:"她出去了,我怎么见得了?"我怀疑她就在里面,只是因为太伤心不想接电话。我说:"如果真要出来就好了,你可以在路上守她回来。"

老金就去了。

守门的断手佬跟老金早已很熟,见了老金二话不说,径自对里面嚷开了:"园长,有人找!"连喊几声,不见静子出来,出来的是静子的孩子新一。新一说她妈妈没在家,断手佬问他园长去哪里了,他支支吾吾说不知道。断手佬以为静子去了医院,让老金在门口等着。中途,小美出来,跟断手佬窃窃耳语一番,断手佬便开始赶老金走,说园长在开会,要开很久,没工夫见人,说完关了门,很绝情的样子。老金回来把情况对我讲后,说:"看来她是不想见我了。"我觉得这是好事,说明静子确实受伤很深,同时也说明她是真心爱老金的。我说:"静子现在心里一定很矛盾,害怕见你,但又想见你,明天你继续约她吧。"

连约三天,都是老样子,电话不接,登门不理,静子像死了心了,老金也没了劲。但二哥不死心,他对我和老金鸿篇大论地做分析,讲道理,"静子越是这样,我们越要去努力见她。她不肯见你说明什么,老金,说明她怕见了你会熬不住向你诉苦,她心里一定被苦水涨满了,只要稍有机会,苦水就会倾泻出来。可她在里面有什么机会?那些人都是腾村的爪牙,腾村敢当着人强奸她,说明他根本不在乎那些人,那些人都不可能安慰静子的。能安慰她的只有你,老金,我有种预感,只要你们相见,她一见你可能就会倒在你怀里哭。小妹,你替老金想想办法,怎样才能把静子请出洞来。"

我的办法是让老金装病,住进医院,然后我给静子写了一封信,交给断手佬,让他转交静子。我在信中说,金深水生病了,是心病,因为你静子对他变心了。谈情说爱,挑三拣四,这山望着那山高,谁都是难免的。本来嘛,你静子条件比老金好,你静子有新的心上人,很正常,可以好说好散。可你静子什么都不说,翻脸不认人,死活不见人,让老金天不知,地不知,上不是,下不是,这太折磨人了,也有失风度。我诚恳地劝静子出来看看老金,至少跟他告个别,问个好。一日夫妻百日恩,你们相好这么长时间,老金总有一点好值得你想念,静子你就给他一点起码的尊重吧。

我的信写得不长,但句句是理,声声是情,又句句不是理,声声是讨伐,静子看了一定又吃惊又感动。我算好时间,准备过上一两个小时,等静子看了信思前想后一番后,再给她打去电话。结果,我回单位没一会儿,静子主动给我来了电话,问老金的病情。我故意很冷淡,说:"死不了的。放心,见不到你他不会死的,死了也不会瞑目的。"静子哭了,一边说:"他在哪里,我要去看他。"

一个小时后,我把脸上重叠着悲伤阴影的静子送进了老金病房。

第十二章 ◎

01

其实,静子近日的异常不可能不引起腾村关注,几天闭门不出,突然又被我接走,去哪里?见什么人?干什么?静子会不会揭发他的丑行?等等,同样不可能不引起腾村好奇。担心,他是不会有的,只有好奇,我想。

所以,我接静子去医院的路上,从开始便有了"尾巴。"当我把静子送进老金病房,从楼上下来时,千惠客气地朝我迎上来,让我跟她上车。上了车,不客气了,小野扬了扬一个黑色眼罩对我嬉皮笑脸说:"对不起,我们要带你去见一个人,他不想让你知道他住在哪里,所以请配合一下。"我夺下眼罩,我说:"不劳驾了,我自己来吧。"我知道要见我的人是谁,却不知他为何要见我。

去幼儿园的路我太熟悉了，即使蒙着眼，我照样知道车子行驶在何处。一路上我不停地在想，腾村为何要见我，会问我什么问题，会不会对我施以兽行，万一出现那种情况，我该如何应对……脑袋里像煮了锅开水，一大堆问题横冲直撞，过度的紧张让我觉得累不可支。我的手是自由的，上车后我一直使劲在摸坐垫缝里的尘灰，我要把手弄脏，合适的时候摸到脸上去。运气不错，我摸到了半片瓜子壳，我把它塞到门牙和虎牙之间的牙缝里。我还努力挤出眼泪，并不停地使劲眨眼，这样如果到时摘下眼罩，我的眼睛也许会布满血丝，眼睑肿胀。

不过，我的努力是多余的，腾村并不想让我看到他"尊容"，他对"低人一等"的支那女人似乎也不感兴趣，何况还是一个孕妇。我那时身孕还不明显，但我可以装得明显一点，腾村一眼看出来，对我说的第一句话是："没想到你是两个人。"我说："中国人对怀孕女人专门有个说法，叫'有喜'，就是说我现在身上有喜呢，太君见我就是见喜，是好事情。"我说的是一口流利的日语，说的话又是那么投其所好，让腾村一下对我少了敌意。他问我是在哪里学的日语，我说我父亲有一半生意在日本，至今在京都和大阪还有两家酒店和不少生意，小时候我经常去日本，家里也经常接待日本客人，我几乎没有专门学过就会说日语。得知我是林大老板的女儿、汪精卫关照的人后，他让小野给我端了一杯茶，假惺惺地说：

"原来是一位贵客，怠慢了。"

我说："太君的意思我可以摘下眼罩了？"

他说："这就不必了，你该听得出来，我是坐在轮椅上的，我是个废物，你还是给我留个面子吧。"

我说："太君……"

他说："别叫我太君，我是个学者，叫我先生吧。"

我说："先生身边有车、有侍从，一定是个大学者，怎么会是废物？"

他问："你知道我是谁吗？"

我说："不知道。"

他说："真的不知道，静子没有向你说起过我？"

我说："这里面的事园长从来没跟我说起一个字，要不是有幸来见到你，我还不知道这里面有先生这么一个大学者。我可不可冒昧问先生，您是园长的亲人吗？我知道，野夫机关长是园长的亲人，好像是舅舅吧。"

他说："是的，我也是静子的亲人，我是她哥哥。"

呸，你这畜生！我心里骂，嘴上笑道："我叫园长是叫姐姐的，姐姐的哥哥自然也是我的哥哥，也许我该喊您哥哥，先生？"

他怎么可能允许我跟他称兄道妹？因为考试还没有开始。万一我考输了，我就是垃圾，什么林怀靳、汪精卫都救不了我。事后我

282

知道，当时他手里已经拿着我给静子的信，那是静子被我接走后小野去她屋里搜出来的。他喊我来，当然不是要给我结识他的机会，而是要问我话，考我试。

"你接她去了哪里？"

"医院，陆军总医院内科217病房。"

"里面住着什么人？"

"是我们头，金副局长。"

"他们是什么关系？"

"好像是在谈恋爱。"

"他们谈恋爱跟你有什么关系？"

"当然有关系，一个是我的长官嘛，一个是我认的姐姐。"

"据我所知，园长这几天身体不好，都在家休息，你知道吗？"

"不知道，我见了她发现她有点病恹恹的，问她是不是生病了，她说没有。"

"你为什么要来接她走？"

"是她打电话通知我的。"

"她怎么知道你的长官生病了？"

"是我告诉她的。"

"你怎么告诉她的？"

"嗯，我托门卫给她交了封信。"

其实，所有问题都是围绕我给静子的这封信出的，标准答案也是这封信。所以，当时我如果要回避这封信就完蛋了。事实上我是有点想回避的，一则我不知道信已经在他手上，二则这封信中我把金深水对静子铭心刻骨的爱表达得太充分，我担心腾村知道这些后会迁怒于老金，对老金不利。所以没有回避，完全是一念之差，也许是因为一时慌张，也许是冥冥中阿宽给我的安排吧。当我承认有这封信后，我马上意识到，后面的话不能再编，只能按照信里的意思说实话，因为随后腾村时刻都可以去找静子要这封信来对证。

就这样，我反而得了救，对他的每一个问题，我答得都跟他捏在手中的信里说的一模一样——我几乎得了个满分！奖品是一盒包装精美的糖，他说，这是送给我未来的孩子的。我不知道这糖里有没有含毒，我曾想找人去化验一下，却苦于找不到人，至今还放在我的书房里。我有种预感，这糖里一定是加了毒的，这个疯子，这个畜生，你别指望他会对谁发慈悲。

02

话说回来，静子见到金深水后，没有像二哥预料的一样，情不自禁地倒在老金怀里倾吐衷肠。老金告诉我，静子那天的表现虚弱而又镇定，好像除了生病，她什么事也没有发生过。老金说："她进来后一直坐在病床前,握着我的手,面色苍白,但依然强行露出笑容,对我做了一番解释,意思是我误会了,她这些天不接我电话、不见我,只是因为生病了,没有别的原因。我问她是什么病,她说是病毒性感冒引起的支气管发炎,很厉害,发了几天高烧,现在还没有完全好。我想把她拉到身边来,她不愿意,说是病毒性感冒要传染的,我也在生病,很容易传染给我。也因为这个原因,她坐了不到十分钟就走了。"这个结果,确实让我们有点意外又感遗憾。

以后,静子开始正常上班,我和老金给她去电她也接,只是很难约出来,一个月间,我印象中老金只约她出来过一次,那还不完全是为老金,而是为了老金的养子山山。山山是老金以前军统的同志刘小颖和陈耀的孩子,一年前陈耀和刘小颖相继去世,山山成了孤儿,老金把他当儿子收养,朝夕相处,感情很好。一个下午,山山突然发高烧,送到陆军医院看病,医生怀疑是得了急性脑膜炎,建议转到日方所属的东京友邦医院去看,那里有这方面的专家。可那医院我们平时没往来,人际不熟,人送去,住了院,医生迟迟不来会诊,把老金急坏了,遂向静子告急。就是这一回,静子叫了就赶来,来了就找人,通了关系,山山遂及时得到救治,转危为安。

山山病好出院后,我提议老金可以感谢的名义请静子出来吃饭。老金约了她,她也答应出来,但临时又没有赴约,说是生病了。我知情后,给静子打去电话想慰问她,照例是小美先接的电话,说静子这会儿在医院,无法接电话。我问静子生了什么病,要不要紧,小美的回答让我十分意外:"园长没有生病,她在医院有事。"我问什么事,小美说:"我怎么知道,这你要问园长本人,反正是有事。我们医院事情多得很。"我这才反应过来,她说的医院是指腾村那儿。挂电话前,小美又特别地申明:"以后你找园长别打这个电话,她以后不是我们园长了,她去医院工作了。"她怎么去医院工作?放下电话,我回味小美的话,总觉得她话音里有话,令我多思。

这样又过去一个多月,保安局院子里,那三棵从东京移植来的樱花开了,又谢了,天气转眼间变热了,幼儿园里的女孩子们开始换上漂亮的花裙子了,但我们却没有静子的一点消息。一天深夜,我已经睡着了,二哥突然叫醒我,让我去楼下客厅谈事。我起床,下楼,从厅堂的穿衣镜前经过时,我从镜子里看见穿着睡衣的我明显隆起了腹部,颇有孕妇的样子。我走进客厅,看到金深水立在客厅中央,一脸神采,双眼亮得像刚从战场上凯旋归来,兴奋得坐不下去。我知道有好事,问他有什么好消息。老金看看二哥,示意他说。

"老金见到静子了。"二哥对我说,"他刚跟静子分手,静子把腾村强奸她的事跟他说了。"

"是吗?"太突然了!我疑惑地看着老金,迫切地问他。

"是的,"他说,"我见到她了,终于见到她了,太好了!她真的跟我说了那些事,我明显感觉得到她现在非常痛恨腾村,她甚至说恨不得要亲手宰了他。这下好了,太好了,我觉得下一步我们可以争取她了。"

这确实是个好消息,及时雨啊,雪中送炭啊。要知道,自老J牺牲后,这两个多月来,春晓行动完全陷入困境中,我们有心无力,束手无策,茫茫然,甚至连静子这条线都几乎断了。这时候,静子突然出现,而且有这么大的变化,超出我们的期待。

03

很多事是后来静子告诉我的,她遭腾村强暴后,内心自是十分痛苦,甚至想一死了之,只因孩子新一这么小,她下不了狠心。死不起,躲得起,最后她决定带上孩子离开幼儿园,一走了之。腾村知情后发话:大人可以走,孩子留下。他给静子两条路,这是一条路:其实是死路,因为这等于是不让她走!另有一条路是要静子离开幼儿园,去他身边当助手,幼儿园由千惠来当园长。可以想象,这个新职意味着什么,就是名正言顺地去做他的玩偶,任其糟蹋。这其实是一条比死还叫静子难受的路。但为了孩子,静子别无选择,只能忍辱苟活。

此时的腾村研究上的事已经很少，药已经有，只是个剂量问题。这是个时间问题，三个月检测一次数据，其他时间都是空的。干吗？健身，喝茶，下棋，收藏陶瓷，总之，都是玩的事。俗话说，好吃不如茶泡饭，好玩不如人玩人。用腾村自己的话说，他天生好色，女人成了他其乐无穷的玩物。千惠，百惠，十惠，小惠，都是他的小绵羊，招之即来，挥之即去，言听计从，百依百顺。也许是太依顺了，不刺激，玩腻了，才盯上了静子。静子不是小绵羊，静子有小脾气，跟他闹别扭，反而更挑逗他，成了他的新宠。一时间，腾村几乎天天晚上把静子留在楼里，对她进行百般折磨。腾村不但玩的女人多，玩的名堂也多，他有一间专门做爱的房间，里面有各种配合做爱的工具、刑具。这畜牲其实有施虐症，做爱时喜欢施虐，轻则咬、掐、吐口水，或出恶言辱骂；重则把人捆起来，鞭打，揪拔阴毛，甚至用烟头烧烫奶头、用辣椒水灌下身。凡此种种，残忍，病态，疯狂，不可思议，更不堪忍受。

那天金深水碰见静子，就是因为头天晚上静子被施虐，肩膀脱臼，去医院看病，回去的路上恰好被金深水撞见。这是一次具有历史性意义的会面，它把我们每一个人的历史都改变了！老金说："我没有想到在那儿碰到她，更没想到一个多月不见，静子变得那么落魄、憔悴，埋着头，偻着腰，一只手被绑带套着，吊挂在胸前，脸上一点神采也没有，脸色黯然，目光畏缩，像个刚从战场上逃回来的哀兵。最让我没想到的是,静子一见到我眼泪就夺眶而出。"可以想象,这些日子静子受的伤害太深了,她心里积压着太多的悲伤和恨,急需一个出口,一个倾诉、发泄的机会。可谁能给她这个机会?幼儿园里的同事都是腾村的奴才,舅舅野夫一心想往上爬,几乎成了腾村的走狗,孩子太小,更不可能,老金嘛,迫于腾村的淫威又不敢相见。腾村把她害得成了一个可怜的孤家寡人,举目无亲,苦海深重,生不如死。恰在这时老金从天而降,不期而遇,一声声亲切又喜悦的呼喊,一道道带着体温和温情的目光,把静子的内心一下戳破了。

老金说:"说实在的,我还没开始正式问她什么,只是顺便问了一句你的手怎么了,她便断断续续地跟我讲起了她令人发指的遭遇和近况。"转述了静子的遭遇和对腾村的恨后,老金言之凿凿地对我们说,"我觉得机会来了,现在我们可以跟她摊牌,把腾村的罪恶给她摊出来看,让她更加认清腾村这个魔鬼的真面目。"

二哥说:"光认清没用,关键是要帮助我们。"

老金说:"能不能帮我们现在我不敢说,但我相信她绝对不会揭发我们。"

二哥说:"如果这能保证当然可以说,毕竟她孩子也是受害者,说了只会加深她对腾村的恨。"

老金说:"我可以保证。"

我们决定放手一搏！那阵子，静子因为要上医院换药，我们要见她不难。难的是让谁去跟她说，是老金单独跟她说，还是我和老金一起去跟她说。因为我对情况最了解，口才也比老金好，老金要求我跟他一起说。但这样我们有预谋的感觉太明显，怕引起静子多心。如果让我单独去跟她说，又怎么也找不到一个说的途径，去路上碰她？太巧了，容易叫她怀疑是老金安排的；给她写信，又怕落入他人之手，引火烧身。最后还是我灵机一动想出一个方案，事后证明效果是不错的。

在我的方案中，老金扮演的是个不知情的角色，他先单独去医院守着，见到静子后请她到办公室去小坐。静子出来是看病的，在外面待的时间不宜过长，喝茶、吃饭很容易被谢绝，去办公室坐一坐的时间是有的。老金一进办公室，看到桌上放着一堆我送上去的文件，即对静子说："哟，我忽然想起来了，你那个林妹妹啊几次跟我说要见你，说她有重要事情要跟你通报，我问她什么事她还跟我保密，要不我叫她来见一见你？"静子推辞，但老金会说服她的。老金说："我听她隐约说过，说你们幼儿园是个魔窟，藏着骇人听闻的罪恶，我在想会不会是腾村强暴你的事被她听说了？"一下点到静子的穴位，使她变得比老金还急切地想见我。

于是，我被叫上楼去。

于是，我一五一十把幼儿园的秘密毫无保留地端了出来。为了激发静子对腾村的恨，我特意准备了几份窃听记录，其中一份内容是虚构的，是说腾村对新一（静子儿子）非但没有关照，反而有意加害他，给他单独吃一种毒性最重的糖。

静子听得目瞪口呆，老金却暴跳如雷，大骂腾村。骂够了腾村，老金又掉头骂我："你为什么不早告诉我，这么丧尽天良的事我们必须阻止他！"我说："第一，我也是才听说不久，第二，我想先跟静子说，让她帮我证实之后再跟你说也不迟。"老金说："你撒谎，我怀疑你早知道了，没准就是那次腾村见你时他亲口对你说的。"我说："胡扯！他在作恶怎么可能跟我说？"老金说："因为他是个疯子，变态狂，他要跟你炫耀他的狗屁才华。"我说："你少跟我废话，现在我们需要尽快证实他到底有没有在干这事，如果确有其事，说明他真是个疯子，我们要想法阻止他才是，你怎么还在跟我啰唆这些。"他说："我啰唆是因为我不相信有这种事，这哪是人干的事，连孩子都要糟蹋。"我说："我也不相信，所以我想问了静子后再向你汇报，现在静子就在面前，你可以问她。"他说："你自己都说不清楚，我问什么。"我说："我刚才不是说了那么多，你可以问静子我说的对不对，以前是不是有个女孩突然死了，现在那些孩子是不是在分组吃一种糖果，还有，医院地下是不是有通往蒹园的暗道，暗道里是不是有个地下工厂。"我们就这样，故意当着静子的面吵，唱双簧，乱弹琴，目的是要把我们想对静子说的话巧妙地说给她听，让她表态。

静子表了态：以前确实有个女孩死了，现在那些孩子也确实在分组吃一种糖果。至于医院地下有没有通往熹园的暗道，暗道里有没有工厂，她不知道。老金听了静子这么说，一屁股跌坐在沙发上自言自语："这么说，看来确有其事。我的天哪，世上怎么会有这么恶的人，对孩子也下得了手。腾村，你这个没人性的魔鬼，你糟蹋大人也罢了，怎么能把魔掌伸向孩子。静子，我相信你以前一定不知道这事，因为新一也是受害者。"

我说："而且是最大的受害者。"

老金说："是的，所以我相信你以前一定不知道。但现在知道了，你说我们该怎么办？"

静子沉默一会儿，说："我听你的。"

我连忙也对老金说："我也听你的，为了救这些孩子，我甘愿赴汤蹈火。"

老金继续跟我演着，对我说："你连门都进不了怎么赴汤蹈火，暂时我们还是要靠静子。我觉得先还是要以证实为主，刚才静子也说了，地下有没有暗道，暗道里有没有工厂，她不知道。那么到底有没有，这个必须要搞清楚，如果有，就不用怀疑了，说明腾村肯定在搞鬼名堂。如果没有——我希望没有，到时我们再来商量。"

我说："肯定有。"

他说:"口说无凭,眼见为实。静子,这就拜托你了,你回去后去查一下,如果有,这也是我们下一步行动的主要目标。"

静子答应了。

老金说:"要快,因为你今后出来不容易,最好就在这几天,你去医院看病期间。"

静子又答应了。

从静子的态度看,我们没有理由怀疑她在敷衍我们。但是,第二天,第三天,第四天,第五天,静子都没有出来,也没有联系我们。她的伤情肯定还没有好,但就是不出来。我们不知道发生了什么事,是静子反悔了,还是出事了,她的行动被发现了,还是……别的什么原因。静子!静子!静子!我们在心里一遍遍呼唤她的名字,白天黑夜都在幼儿园四周转溜,试图捕捉到一点信息,却是一无所获。

就这样,绝望的阴影被时间拉长又拉长,一个星期过去了,依旧没有一点静子的信息,我们基本上绝望了。为此,我们决定冒险行动,紧急调来阿牛哥,准备远距离射杀腾村,同时安排赵叔叔去炸毁那个地下工厂。我们想只要阿牛哥干掉腾村,里面一定会乱套,赵叔叔也一定能得手。如果这不行,二哥准备硬拼,出动所有人去干一票,豁出去了!总之,我们决定孤注一掷,准备付出一切代价去完成任务。那几天,我们小组所有同志都每天在外面,密切注视敌人行踪，紧张配备武器炸毁，准备行动，包括也准备好了逃跑路线。

到第九天，我们方方面面都准备得差不多了，万事俱备，只等东风，却不曾想到，有人已经在夜里为我们轰轰烈烈地行动了。

04

这天大清早，我刚起床，正在漱口，老金打来电话，让我迅速去单位。到了单位，我看到反特处屋前，几辆摩托开着引擎，反特处的官兵进进出出，都忙着整装出发，一副风声鹤唳的样子。我径直去老金办公室，他正在打电话，在朝人吼："你的人怎么还没有出发？少啰唆，快走！野夫都已经到场了，你不是找骂嘛！"

我不知道出了什么事，可听说野夫出动了，想必是大事，我替老金着急。哪知道，老金挂了电话对我笑，"天上丢馅饼了，昨晚熹园着大火，而且我要特别说明，是鬼子高级将领住的那片院子，据说大火烧了整整一夜，希望能烧死几个大家伙。"我问是怎么回事，他说："我也不知道，这不，正准备去现场看。"他让我在单位守着，静候佳音。

老金还没回来，我从反特处那边已经得到消息，昨晚大火烧死十几个人。这么多人！真是佳音啊。中午老金回来，给我带回更好的消息：着火的地方是老J发现的那个院子，就是我们怀疑跟幼儿园有暗道、地下有工厂的那片日式园林建筑。这不正是我们一心想捣毁的地方！老金说，现在完全成一片废墟，住在里面的那些女犯有一半葬身火海，尸体都烧煳了。天哪，真是天大的喜讯啊！

那么这到底是谁干的好事？我们首先想到可能是革老那边的人干的，毕竟重庆也曾经给他们下达过任务。去见革老，革老只字不提，问了也是三不知，足见这事跟他们没关。那么会不会是我们组织其他小组的同志呢？或者是重庆方面的其他小组呢？四方打听，也没有相关消息。照理，这么重大的任务，哪个小组完成了都一定会报上去，上面也会通报表彰。现在这事上无文，下无音，成了无头案，确实叫人费解。

很快，相继冒出两件怪事：一是野夫被调走，据说是去了前线，明显是被罚了；二是我们保安局新来一位局长，可以说老金也被罚了，没当上局长。两人都跟静子有关：一为舅舅，一为情人，不禁使人猜测，这把火是静子放的，他俩在替她受过。但确切的消息一直没有，我们见不到静子，也见不到幼儿园任何其他人。火灾发生后，幼儿园彻底成了禁地，日军宪兵司令部直接接管了它，大门由持枪哨兵把守，以前孩子们还偶尔出来踏青、出游，现在再也见不到他们了。

后来，慢慢地，消息一点点冒出来，先是我们听说静子死了，就死在那场大火中；后来又听说腾村和那个院长都死了；后来又听说院长其实没有死，只是受了重伤，住在某个医院里。后来我们查到，住在东京友邦医院，我们去人侦察发现，他的伤势非常重，一直昏迷不醒，随时都可能死。算他命大，经过半个多月抢救，他起死为生，醒了过来。醒过来就要接受调查，腾村之死是个大事，怎么能死得不明不白？他受命把事发经过写成材料，事隔两个月后这份资料恰巧被老金看到。至此，我们才完全搞清楚事情的来龙去脉。那时我已经怀胎十月，大腹便便，在家等着临产了。

根据院长提供的材料，加上我的猜测，事情应该是这样的：静子跟我们最后一次分手后，一回到幼儿园就开始寻找地下暗道。她没有马上找到，但后来还是找到了，并沿着暗道一直走到尽头，发现了那个地下工厂。不巧的是，静子返回途中正好被院长撞见。那个工厂是院长在管的，他经常要去现场指挥那些女犯干活。事情暴露了！腾村连夜对静子进行审问，审问不出结果开始折磨她，变本加厉地对她施行性虐待，先是让院长用高压电棒击打她，把她击昏后用尖刀在她背上刻字，静子痛醒后，腾村又令院长强奸她。就在院长对静子实施强奸时，静子抓起尖刀连刺院长，接着又刺腾村：一个是猝不及防，一个是没脚的废物，都是该死的恶魔！结果表明：一个是真被杀死了（腾村），一个只是重伤，后来被救活了（院长）。

296

之后，我想静子一定是去放火烧了工厂。据说，静子的尸体是在暗道里发现的，且身上没有烧伤痕迹。我猜测，她放火后可能想回幼儿园带上儿子逃走，但火势迅速蔓延，加之暗道里通风条件差，烟雾迅速灌满通道，她因窒息而死。糖和糖纸都是油性的，一旦着火蔓延的速度是非常快的，所以也才会烧死那么多女犯，她们当时都应该在睡觉吧。

可惜，没有烧死小野。

不过，无所谓了，工厂毁了，腾村死了，他疯狂的**春蕾行动**只有去阴间……

外一章 ◎

01

以上是我根据林婴婴留下的手稿编写的。很遗憾,手稿至此戛然而止:它就这么结束了,像一个不幸的生命猝然离去。其实没有结束,只是后面的内容被漫长的时间弄丢了。我数了一下,后头还有二十一页的墨迹,但清晰可辨的字迹几乎寻不到一个。显然笔记本落过水。我想象落水的方式:不是浸入,不是雨淋,而是——也许笔记本放在箱子底部,水从箱子底部慢慢渗入,积了个底,然后又经历了一定时间的泅透。

幸亏,只泅透了二十一页!

手稿是写在一本十六开大、一百八十页厚的褐色牛皮纸外壳的线装笔记本上的,里面的纸张是铜版纸,本色无疑是白色,但在漫长岁月的侵蚀下，如今已成浅黄色，墨迹也变得疏淡，有一种历尽沧桑的意味。手稿以日记格式写成，起始日是一九四一年六月七日，终止时间是个谜。作为日记，当中有不少日常琐事记录，比如当日天气、突发事务、一些特别心绪等。我的案头工作首先是删，把这些日常琐事和部分过于情绪性的文字删除；其次是增，诸如文中部分书信、引文、窃听记录——就是那些仿宋体字，大约有三分之二的内容，是我根据资料加补进去的。当然，为了便于阅读，我对文字也做了一定润色，并分了章节。但总的说，我做的工作量不大，顶多是一个编辑的工作。

二〇〇三年夏天，我阔别多年的老首长王亚坤夫妇专程来成都看我，交给我"一箱子材料"，林婴婴的手稿就在其中。那么他们又是如何得到这些材料的？听听王亚坤老首长对我说的就知道了。

可以想见，老首长对这次谈话是做了精心准备的，也许在对我说之前已经在心里默念过多遍，所以谈得很沉着，斟字酌句，有思考。老首长的谈话中又夹着另一个人的谈话录音，我都录了音。这是录音记录，我基本未作调整，只是分段分行而已。

王亚坤的谈话录音——

那是五年前，你知道，那时候我已离开鼓山，到洪山桥工作，我妻子颜丽也随我调到山下医院上班。福州是没有冬天的,部队上的生活又很单纯,一年四季我们都有午睡的习惯。我记得,他开始叩门的声音很轻,以致我听了好久也吃不准是在敲我家的门。那声音很缥缈,很不真实,也许更像是记忆中的声音,或是在敲旁人的门。后来,有一声敲得有些近乎绝望的用力,我终于听清楚是在敲我家门,便去开门。看见一位银发老人,穿一套笔挺的西服,头上戴一顶黑色的礼帽,手上还握着一根漆亮的拐杖,跟电影中的人物似的,有种我陌生的风采。我想他一定是敲错门了,因为我家的门从来没有被这样的人敲开过。但出于对老人的恭敬,我还是客气地问他找谁。他问这是谁家吗,问的是我妻子的名字。

我说:"是的,我是她爱人。"

他说:"哦,你好,请问她在家吗,你太太?"

我说在的,并专门为他敞开门,请他进屋。他似乎有些犹豫,慢吞吞地把鞋子在棕垫上擦了又擦,一边磨蹭一边又有些遗憾地说:"最好去我那里,我住在珍珠饭店,不远,但这天……突然下雨了。"他说话口音很怪,既有江浙味,又带有港台腔。这时我妻子已从卧室出来,我一边把老人迎进屋,一边告诉妻子老人是来找她的。我妻子客气地上前,接过老人的手杖和帽子,安排他在藤椅上坐下。他坐着,有很长一段时间一句话不说,只是神秘地看着我妻子,好像有话难以启口,又好像脑子断路了,把要说的话卡在了喉咙里。

突然,他仿佛醒过来似的对我妻子说:"你长得真像你母亲。"

我想他是在无话找话,因为我妻子和我岳母并不像,我岳母的生相有点冷漠又带点儿怨气,而我妻子人们都说她有张高高兴兴的脸,一对甜蜜的酒窝使她显得格外亲切,讨人欢喜。在生活中,说我妻子像她母亲的人很少,他是少有的一个。

我妻子问他:"您认识我母亲?"

他点点头,说的还是刚才那句话:"像啊,真像啊,简直跟她一模一样。"沉静一会儿又说,自言自语地,"多少年了,我总是反复说要来看看你,现在总算来了,看到了你,啊,想不到……"他抬起头深情地望着我妻子,目光充满惊喜的光芒。后来,他突然又困难地摇摇头,感叹道:"唉,她要能见到你该会多高兴。"

我问:"谁?"

他说:"你妻子的母亲,也就是你的岳母大人。"

我和妻子变得越发惶惑,我妻子说:"我们夏天才回老家看过母亲。"

他说:"不,那不是你母亲。"话像子弹一样射出!但马上他又冷静下来,用一种客气的请求的目光注视我妻子和我说,"也许我不该告诉你们,你们不会相信的。但我又必须告诉你们,因为这是你母亲生前对我的嘱托。"顿了顿,专门往我妻子凑近了一下,说,"我说的是你亲生母亲,不是你家乡那个母亲。你觉得我说得很荒唐是不?是的,这是我想得到的,我昨天才从你的家乡来,我知道他们什么也没同你说过。他们不对你说也许是为了爱护你,也许是想等我来说。不过我到今天才出现,他们已不准我说了。这次我去你老家见了你现在的父母,临别时他们再三要求我别来找你。我理解他们的心情,确实,事情到今天再来提起实在是晚了,你接受不了,他们也接受不了。我想我要早来三十年他们一定不会这样的,可我迟迟不来,他们以为我死了,所以就打消了失去你的思想准备。但我还是来了,对不起。"他特意掉头看我一眼,对我说,"也对不起你。"

尽管他的口音很怪,我还是听清了他说的每一个字,可同时我又不知道他在说什么。我相信,我妻子一定比我更有这种感觉,如入五里之云,如在梦中。

他又转头看着我妻子,接着说:"刚才我说了他们——你现在的父母——叫我别来找你,我甚至都答应了,可我还是来了,我也对不起他们。但我不是有意要伤害他们,包括你们,我是决计要告诉你的,告诉你事情真相是我这一生的愿望,也是你母亲——我不得不说明,是你亲生母亲——的愿望,临终遗愿啊。我知道,在今天,在你自己都已经做了母亲的年纪里,我,一个你平素闻所未闻的人,突然跟你提起什么亲生父母,你一定不会相信的。你相信自己的记忆和感情,你的记忆和感情在忠实地告诉你,你现在的父母就是你的父母,你唯一的父母,你相信他们就像相信你手上的一颗痣。但我要告诉你,一个人对自己的出生是没有记忆的,也请你相信我的诚实。你可以看得出我已经很老,死亡对我来说是转眼之间的事。你看,这满把皱褶的老脸,还有这手杖,这样一个老人,生活是真空的,他扳着手指计算着末日的到来,同时要扪心自问一下:什么事情我应该在生前把它完成,否则死不瞑目。好,就这样,我想到了你,想到了你母亲,想到了让你知道事实真相,是我此生此世该做的最后一件事。这件事我必须做,因为能做这件事的人这世上也许只有我一个人,我是这世上唯一掌握你秘密的人,你现在的父母,他们对你身世也是一知半解。譬如你真正的父母到底是谁,这问题他们是回答不了的。他们能告诉你的无非是多少年前,我,一个汪伪政府里的伪军长官,在怎样一个夜晚,怎样将你委托给他们,他们又是怎样把你带回那个小镇,怎样抚养你,等等,而背后的很多真情他们是不知晓的。"

一个几十年都对自己身世确信无疑的人,有一天,一位素不相识的人突然告诉你说,你现在父母亲不是你亲生父母——像《红灯记》中的奶奶告诉铁梅一样。发生这样的事情是可怕的,也不公平。确实,接下来我和妻子被他陌生又离奇的说法搞得非常紧张不安。我说过,那天下午天在下雨,雨后来越下越大,这位客人,这位神秘的银发老人,他为自己从来有的信念的驱使,跟我们讲述了我妻子秘密的身世,也是他传奇的经历。

他就是金深水,从美国来。

02

依然是王亚坤的谈话录音——

这天下午,老人的心情一直处在激动中,说了很多动情的话。他甚至还几次流泪，让我和妻子的情绪也大受感染。他告诉我们，我妻子的真正父母是他在敌后战斗的战友，父亲叫高宽，母亲叫林婴婴。高宽在我妻子出生前已经不幸遇难，而林婴婴则在我妻子出生后第二天又遭不幸——身份暴露，被捕入狱。

"是我亲自带人去医院抓她的。"老人对我妻子说，"那时你出生才两天，我担心把你留在医院，没人管，会死掉。所以，我暗示你母亲一定要把你带走，她肯定也是这么想的，死死抱住你不肯放手。当然如果没我在场，你母亲怎么闹都没用的，那些人都没人性的，他们会把你当场摔死，也不会准许一个犯人抱着孩子去坐牢。这也是我为什么要亲自带人去抓你母亲的原因，我要把你送进监狱，给你一条生路。"

就这样，我妻子出生第二天就跟她母亲林婴婴一起去坐牢了，一坐就是三个多月。其间金深水花钱买通了两个狱卒，在敌人对林婴婴执行枪决的前几天，他用一个死婴把我妻子从牢房里调换了出来。

老人对我妻子感叹道："唉，那天晚上，天也像现在一样下着大雨，你被我装在一个旅行袋里拎出来，一路上我鬼鬼祟祟的，像拎着一袋偷来的赃物，害怕你随时的啼哭把我出卖了。你倒是好，始终没哭一声，我几乎一路都在感激你的沉默。可到家一看才发现，真是可怕啊，你知道怎么了？原来我拉死了拉链，中途没给你透气，你差点就被闷死在里面。幸亏天在下雨，雨水淋湿了布袋，总算有些水汽透露进去，要不我这一辈子都要向你母亲忏悔。你不知道，你母亲为了生下你把一切都抵上了。"

老人告诉我们，我妻子现在的母亲，养母，是他一个远房姨娘的女儿，几年前因为逃婚，离家出走找到他。当时他在杭州警官学校（戴笠的人才基地）当教官，而且刚做父亲，家里正少人手，就把她留在家里，以后一直跟着他，帮他带孩子，做家务，直到鬼子占领杭州才各奔东西。老人说："说来也正巧，一个多月前，她抱着还不满周岁的孩子又来南京找我，说是丈夫在给鬼子做挑夫时染了急病死了，她孤儿寡母活不下去，找我还是想来投靠我。我问她孩子还吃不吃奶，她说吃的，我就说好的，我给你找份工作做。我特意给她找了一个在学校烧饭的工作，这样可以保证她顿顿吃得饱，有奶水给孩子吃。我还要求她必须继续给孩子喂奶，不能停。她当时一定不理解我为什么会有这个要求，当然，等我把你从监狱里偷出来交给她时，她一定知道了。我怕她继续待在南京眼多嘴杂，万一传出风声去不好，没过多久我筹到一笔钱，给了她，亲自把她送上火车，送她回了老家。"用老人的话说，那时候我妻子还不到四个月，不可能有记忆的。

我妻子颜丽完全不能接受老人的"胡言乱语"，以她能表现的方式：又是哭，又是闹，总之是极尽所能地表示着抗议和拒绝。老人一边道着歉，一边说等雨见小后，他要带我们去宾馆，他带来了众多证据可以证明他说的决非虚妄。后来雨小了，他果然执意要求我们跟他去宾馆。我妻子坚决不肯去，这也是她表示抗议的一种方式。尽管我也不能接受这个事实，但我凭直觉相信老人说的，最后我说服妻子，让我随老人去了宾馆。

到了宾馆，老人打开一只厚实的牛皮箱子，里面放满了各式各样的老旧的东西：书信、照片、带照片的相框、文件、图章、纸条、笔记本、书籍、电报纸、子弹壳、丝巾、领章、帽徽、怀表、花名册、衣服、指北针、金戒指，等等，五花八门的东西，看得我眼花缭乱。老人则如数家珍又情绪高亢地对我诉说着这些东西的来历，我听着、问着，兴趣越来越浓，兴致越来越高。晚上分手时，老人从箱子里翻出一本用黄纱巾包的褐色牛皮纸外壳的线装笔记本，让我转交给我妻子，一边对我解释道："这是林婴婴的手稿,我已经替你爱人保管了半个多世纪了,以后还是请她自己保管吧。她是林婴婴的女儿,这是铁的事实,任何人都不可改变。我希望她勇敢地接受这个事实,好让她父母的在天之灵得到安息,也好让我这把老骨头了掉一大心事。"

我带着笔记本回到家,已是深夜一点多钟,我妻子还没有睡,哭肿的眼睛依然红着,见了我哭着对我说:"我下午去邮局给我妈打电话了。"我问:"她说什么了?"她哭得更加响亮,"妈说……是真的……"我说:"那你就认这个事实吧。"她说:"我认了,我要去见他。"她是说要去金老。我说:"都什么时候了,明天去见吧,今天你就看看它吧。"我指的是林婴婴留下的笔记本。

这个晚上我和妻子通宵未睡,轮流把笔记本上的每一个字都看了。最后二十一页的墨迹也反复研究着看了。墨迹并没有因为我们的特殊身份和虔诚之心向我们显灵。第二天,妻子比我还着急,吃了早饭就催我去宾馆。到了宾馆,老人家还在餐厅里吃早饭,人头攒动的餐厅里,老人的一头银发显得格外扎眼。见了我妻子,老人家不及坐下,又是不自禁地对她感叹一句:"你长得真像你母亲。"

随后的一周时间,我们天天和老人在一起,他一口口把我妻子叫女儿，我们在心理上也把他当作了自己的父辈，愿意听他说，渴望从他的记忆中了解父辈的生平历史。他跟我们说了很多很多，我把他说的都做了录音，走的时候老人家还把一箱子资料留给了我们。他也许已预感到自己来日不多，希望我们来妥善保管这些东西。这些年来，我们一直把它们当宝贝一样保管着，同时又收集了不少新东西，希望找一个作家来把它写成书，听说你现在成了大作家，我们甭提有多高兴了。我和颜医生都是年过花甲的人了，却从没有给两位老人做过任何事，我们衷心希望把这件事做成、做好，以告慰两位老人的在天之灵，也告慰自己。我们把所有资料都带来了，恳切希望你能帮我们了掉这个心愿，你有什么要求都可以说，我们一定极尽所能配合你、支持你、报答你……

03

我说过，王亚坤先生是我的老首长，曾经多年关照过我，听他对我说恳求的话，我心里非常难过。我没有让他多说，拍了胸脯，爽快地答应下来。只是，事情的进展没我想象的那么顺利，我第一稿写出来后，他们不满意，多少让我感到愧疚。其实说到底是个构思的问题，构思的问题决定着怎么使用、处理这些材料。材料确实很多，我第一稿就因为没有好的构思，导致很多材料用不上，用上了的似乎也不那么真实，所以他们不同意出版。他们希望我重新写，我一时缺乏冲动，一拖又拖。直到 2008 年，五年后，我才重新出发，开笔写。这一次，我找到了比较理想的构思，就是：让金深水和林婴婴分头来讲述这段历史，写得比较顺利，结果也好。老首长夫妇看了都满意，同意出版。

总的来说，虽然我"几易其稿"，但都不是创作性的劳动，用的材料都是现存的，大多是金深水老人留下的，少许是王亚坤夫妇后来东奔西走搜来的，它们原本零散、杂乱，像散落的珍珠，我做的工作主要是"删繁就简"，尽量把它们串好，合乎情理。

当然，确实很遗憾，林婴婴的手稿最后二十一页成了无字的密码，没有人能完全破译这些内容，但大致内容金深水是知道的。下面是金深水老人对王亚坤夫妇说的录音——

好，现在你们知道，你们母亲已经讲到，我们最后其实是靠静子完成了春晓行动任务，这说来好像……怎么说呢，有点不光彩是不？我们投入了那么多精力，牺牲了那么多人，最后竟是靠一个外人来完成任务的，好像我们没有用场似的。不能这么讲，很多事情就是这样，尤其是搞地下工作，我们的很多付出是得不到回报的，即使没有任务，出一个叛徒，一干人都要去死，去付出惨痛的代价。为什么说我们是在刀尖上行走的人，就是这个道理，付出、牺牲是我们的代号，而我们要做的事总是那么难、那么险，如果敌人不出错，堵死所有漏洞，不露一点破绽，我们也许很难完成一项任务。就是说，我们提着脑袋在干什么？等敌人犯错！只要是人总会出错的，你从小吃饭喝水，吃喝了几十年还是难免要呛着，要漏饭粒。我们的工作就是在等敌人出错，或者给敌人制造错误。从当时情况看，我们已充分了解腾村的个性、喜好和作息规律，以及地下工厂的情况，即使没有静子，我们照样可以完成任务。正如林婴婴在手稿中说的，我们已经做好两手准备，我们准备豁出去了，以命赌命，不惜付出最大代价也要完成任务。我相信，我们一定能够完成任务的，即使没有静子。

当然，最后由静子帮我们完成任务，是有些偶然。其实，我们很多任务都是在偶然中完成的，但决不是无意的偶然，而是有意的偶然，是必然中的偶然。比如说静子，如果我们不在她身上付出那么多，不做她的工作，她会去寻找暗道吗？她去寻找暗道，说明已经是我们的同志、战

313

友。我们能把一个鬼子的同胞发展成我们的同志，你能说我们没有用场吗？没有付出吗？我们付出得太多了，灵和肉都付出了！

唉，我必须控制老年人东拉西扯的习惯，赶紧讲讲你母亲最后的事情。是这样的，完成春晓行动任务后，组织上安排我们小组的同志陆续离开了南京，因为当时南京的局势对我们很不利，王木天和周佛海勾结在一起打击我们，对我们的安全造成很大威胁。最后，真正留下来的只有我和你母亲，还有小红。你们舅舅，就是老A同志，他是上海南京两边跑。要不是他还扮着你母亲名义上的丈夫，我估计他也走了，他不时地来南京是为了迎接你的出生。

林婴婴在日记中已经提到，静子出事后，野夫滚蛋了，我也受到排挤，到手的局长被一个莫名其妙的人抢占了。此人原是警察局刑侦大队长，姓吕，曾在周佛海公馆当过卫队长，是个二杆子，待人处事很不讲道理。他对保安局不了解，却来了就想耍威风，包括对林婴婴。那时你在你母亲肚子里已经七个月，他居然给你母亲出了一张很混账的牌：把孩子处理掉提她当处长，否则他要另外调人来当处长。混蛋！太下作了！他其实是想把你母亲拉拢过去，做他的铁杆死党。试想，如果谁愿意用孩子来换取这个位置，以后自然会对他唯命是从。

可孩子怎么能处理？不处理吧，整天在他眼前挺个大肚子晃，又怕他看不顺眼，哪天又出什么混账主意。我和你们舅舅研究决定，索性让你母亲请产假，在家保胎，这样他看不见，眼不见为净，省得他瞎操心了。所以，你母亲在生你前那段时间是比较轻松的，要不是有鬼子，作为冯八金的女儿，你母亲在怀孕之初便会被养在家里，被孩子父亲及一堆用人众星捧月地呵护着，悠闲和幸福像空气一样包围着她，使她一辈子都对这段时光充满甜蜜而温暖的回忆。现在好了，最后两个多月基本上是这样，她天天守在家里，很少出门做事。就在这期间，她开始写日记，回顾了自己的一生……

据金深水老人说，林婴婴是在医院生孩子时暴露身份的，孩子胎位不正，难产。巨大的疼痛消耗了她全部体力，她多次昏迷过去，醒来后又多次拼了命地发力，最后拼了整整一个通宵才把孩子生下来。可她的身份也因此暴露了，因为她在疼痛和挣扎中反复喊叫一个人名——阿宽！高宽！新来的保安局长原来是警察局刑侦大队长，当然知道高宽是什么人，曾经满大街通缉过他，大家都知道。那么林婴婴为什么要在生孩子时喊他？这个问题一点不高深，一般人都想得到。

林婴婴的身份就这样被敌人怀疑！

然后，敌人去她水佐岗家里一查，电台、密码本、联络表都找出来了。就这样，林婴婴和杨丰懋，还有小红，都被逮捕归案。最后，我听到金深水老人在录音机里这样说道——

幸亏，林婴婴去医院时带走了笔记本，否则笔记本落入敌人手里，那样我也完了。我跟林婴婴真是天生有缘，她总是在有意无意保护我，可惜我没有保护好她啊，连她临终托付我的日记本都没有保护好，把那么多页的内容弄丢了。是的，是我弄丢的，我太粗心了！我前面说过，女儿，那天我把你从监狱里偷出来时天在下大雨，瓢泼大雨啊。刚才我也说了，如果没有这场雨你也许就被闷死在了袋子里，是雨水救了你。可我不知道，你母亲没跟我说，袋子里还有一本笔记本，就垫在你的襁褓下，在袋子的最底部。那天我是开车去接你的，监狱在雨花台那边，很远的，必须开车。车子停在监狱里，我把你从监狱里拎出来后，担心出门时或在路上遭卫兵检查，我没敢把你放在身边，我把你放在车子后备厢里。门卫其实没有检查，进雨花台城门时哨兵也没有检查。那天雨实在太大了,哨兵看我车牌是保安局的,懒得出来查。就这样,我一路畅通无阻,直奔我表妹租住的地方。停了车,我打开后备厢,发现你一点动静没有,这时我才想起刚才忘了给你拉开拉链。我连忙拉开拉链,把你从袋子里挖出来,发现你已经奄奄一息。我轻轻拍打你,你没一点反应,急得我连忙冲进楼里去找表妹。到了表妹屋里,我们连忙抢救,打你巴掌,掐你人中,总算把你从生死线上抢回来。就是这么一忙一乱,我根本忘了车上还有一只袋子,后来回到家也没想起来。直到第二天去上班,看到车才想起来,那时后备厢里已经积了一层雨水。那时的车子哪像现在,密封好,滴水不进,再说那天的雨真大,整整下了一夜,后备厢里全是漏进去的雨水。笔记本就是这么被浸湿的,等我发现时不行了,后面好多页都湿透了,罪过,罪过啊……

磁带呲呲地走着,仿佛是时间的脚步声,不会停止。

老人家真的说了很多,最后我听到老人好像抓住了颜医生的手,这样深情地说——

哦,女儿,我的女儿啊,请你不要怪我跟你说了这么多，我是决计要跟你说这些的，我要把我所知道的有关你父母的事一点一滴的，都要尽量如数地交给你，让你知道，请你记牢。我说女儿，你要好好地把这一切都记在心上，因为你是他们唯一的后人。我时常想，这世上除了你也许再也找不出第二个可以怀念他们的人，他们的亲人、朋友、战友，很多已经在那场战争中牺牲，幸存下来的现在也该老死了，或者说正在死亡，就像我。

哦，女儿，我们的女儿，过去了那么多年，我能说的也许还没有丢掉的多，过去了那么多年，我真的丢掉了很多记忆。我为什么不早几十年来跟你说这些，那就是我另外的故事了，你要感兴趣的话以后我会跟你说的。作为一个在敌后干了一辈子的老地下工作者，我现在这把年纪也许都无法说完我的故事了，因为太多，太多了……

2011 年 7 月出版
2015 年 9 月修订